U0448587

悬疑故事写作指南

Writing and Selling
Your Mystery Novel

人物塑造、悬念设置、
事件叙述与创作技巧

［美］海莉·艾芙隆 著
Hallie Ephron
王文雅 译

九州出版社
JIUZHOUPRESS

目　录

序　言 1
本书简介 5
本书的作用 25

第一部分　计　划

第 1 章　写作前提 31
第 2 章　侦探的人物设定 39
第 3 章　犯罪事件与受害者的秘密 67
第 4 章　反派人物 73
第 5 章　无辜的嫌疑人 81
第 6 章　配　角 89
第 7 章　目的冲突的人物关系网 99
第 8 章　背景设定 103
第 9 章　划定情节块 127

第 10 章 拟书名 149
附录一 悬疑小说的构思蓝图 155

第二部分 创 作

第 11 章 写个引人注目的开头 169
第 12 章 引出主人公 181
第 13 章 介绍主要人物和次要人物 191
第 14 章 戏剧性场景与章节写作 209
第 15 章 叙述口吻与叙述视角 221
第 16 章 对话写作 239
第 17 章 制造空间感 253
第 18 章 描写调查过程：线索，干扰信息和误导 265
第 19 章 制造悬疑 281
第 20 章 行为描写 295
第 21 章 解答问题：描写思考过程 309
第 22 章 背景故事的层级 321
第 23 章 最终的高潮 333
第 24 章 尾 声 341

第三部分　修　改

第25章　着眼大局：确定故事情节和人物 355
第26章　着眼细节：优化场景和句子 367
第27章　接受批评并寻找解决途径 387
第28章　准备定稿 401

第四部分　出版你的悬疑小说

第29章　与传统出版社合作 411
第30章　自助出版你的小说 433
附录二　人名、书名中英对照 439

致　谢 453

序　言

莎拉·派瑞斯基[①]

"从开头的地方开头,"国王庄重地说,"一直念到结束的地方。然后就停。"

《爱丽丝漫游奇境记》里,红心国王这一颇有见地的建议也是对我们创作小说的忠告。红心女王对红心骑士偷取女王制作的果馅饼一案的审讯更是令人拍案叫绝。如果你想要成为犯罪小说作家,就应该参考写作大师是如何撰写法庭戏的,看看法庭如何捏造不实之罪使无辜受害者入狱,以及受害者又是如何脱罪的。

那么,创作小说的捷径是什么?你有关于杀手的想法,在你一年级的时候你就被告知你是一个优秀作家。坐在椅

[①] 莎拉·派瑞斯基(Sara Paretsky),美国著名侦探小说家,著有《血色杀机》《女性之眼》等书,并成立了"最有影响力的女性犯罪作家协会"。——编者注

子上，打开电脑，从头开始创作，然后——等一下，你说你不知道开头是什么？

小说创作的困难之处在于这三个部分：开头、中间和结尾。每个部分都有不同的挑战，而想清楚如何动笔、从哪里开始恐怕是难度最大的。

开始创作一部小说就像站在高山之巅。万里无云，转身你便看到连绵不绝的美景：美丽的峡谷，偏僻寂静的村庄，令人想要一探究竟的废墟。

你决定好目的地后开始下山。你知道接下来将是长途跋涉、披荆斩棘，你不知道前进的方向是对是错，你也会深深地质疑能否如你所愿达成目标。某个时刻，你感到沮丧，于是折返回到原地重新开始。或者你彻底心灰意冷，要求海岸巡逻警卫护送你回去。

我共出版过 18 部小说，其中只有一本，也就是我的第四本小说，可以从开头到结尾一气呵成。我丢弃掉的文稿有 150 页之多。我爱上了消失在终稿里的那些人物。有些情节写不下去了，于是一份 250 页的文稿也只能作废。

换句话说，创作小说没有捷径。但还是有方法可以使小说创作轻松一些的。这就是海莉·艾芙隆的《悬疑故事写作》的写作目的。这本书对于新手来说是无价之宝，具有重要的启蒙作用。有经验的作家阅读这本书同样也会有新的收获——我自己也吸收了本书中至少一条重要的

序言

建议。

小说创作没有一成不变的写作套路，但是艾芙隆会一步步地把一切都教授给你，从角色如何登场，到角色怎样退出舞台，到如何写出令读者信服的对白，以及对白的变化如何改变你的作品基调，如何使你的小说情节显得真实可信、有说服力。

艾芙隆同样为悬疑小说创作过程中大家公认的最艰难的部分提出了解决办法：坐稳一个固定的冷板凳。找一个适合自己创作的空间，坚持在那个地方写作。你也许有狄更斯或勃朗特般的天赋，但如果你不坐在那张凳子上写完你的小说，没人会看见你的才华。作家兄弟们，作家姐妹们，给自己找一个特殊的创作空间——阁楼，或厨房里被窗帘遮挡住的角落，抑或如果你想效仿伊迪丝·沃顿，你也可以选择在床上写作。把这本书放在你的电脑桌、平板或纸袋（如果你要效仿简·里斯）旁边，然后着手创作吧。

本书简介

为了仅仅有几分擅长这件事,你得忍受在很长时间内都把这件事做得很糟糕。

——大卫·欧文,《纽约客》(2016 年 3 月 7 日)

在准备修订本书的 2005 版时,我偶然读到了上述引言。欧文先生谈论的是桥牌游戏,但这也许同样适用于此处,因为犯罪小说创作也需要经过艰难的学习过程。几乎每位作家的第一部作品都令人不屑一顾。

这一发现尤其令我不快。我的英文课成绩一直都很优秀,而且我读过的犯罪小说不胜枚举,这导致我很容易低估手头的任务。这能有多难?毕竟,我不是在创作什么伟大的文学作品,不过是想写本扣人心弦的通俗小说而已。我希望我能像鲁斯·伦德尔一样写出充满活力的角色,像埃尔默·伦纳德一样写出活跃的对白,像阿加莎·克里斯蒂一样写出曲折离奇的情节。我对现实的打击没做好心理准备。

我的写作之路是一场持久而艰难的跋涉。我花了六年时间完成一部悬疑小说，我自认为这本小说已经足够好了，于是把它寄给了潜在的代理人。后来我又有了两份文稿和一吨重的短篇故事——它们都没有出版，也不再有出版的机会了——现在放在抽屉里，足以证明这一点。

写悬疑小说不适合胆小的人。骗子、魔术师和养猫的人——这些都是职业描述。要准备好三到四个错综复杂的情节，让它们交织在一起；也要掌握误导的艺术，让读者死死地盯着你埋在故事中的陷阱，从而忽略显而易见的线索。你可能突然发现你塑造的人物开始与你对抗，而你则试图让他们温顺下来，这没什么可大惊小怪的。

接下来的创作过程甚至会变得更加复杂。成功没有秘方，如果你问十位成功作家，他们就会分别向你保证有十种不同的方法。这是因为就像你一样，他们中的每一个人都有自己的优缺点。可能你的对白精妙绝伦，叙述却苍白无趣；也许你在构思曲折的情节、创作精彩的动作场面方面很有一套，但你的人物却趋于平淡，缺乏内在的情感；又或者你能写出多面而有趣的女性人物，但对男性人物的塑造却很生硬。你的初稿会反映出你具有的优点和缺陷。

我经常被人问："任何人都能学习创作畅销的悬疑小说吗？"我的答案是否定的。有些人天赋异禀，不费吹灰之力就能写出大师级的作品。部分作家则是另一个极端，他们努力了多年，费力完成的作品仍然注定要被冲进下水道。但我们大多数人处于两者之间，没有人能一开始就预言谁最后能成功，谁又会失败。

有抱负的作家不会因为缺乏天赋就必然失败。失败者通常缺少足够的毅力和耐心来完成初稿，或者他们脸皮太薄，听不得批评，也没有足够的韧劲去再三修改，又或者他们被拒绝几次后就放弃了，从来没能抵达终点。

这本书向你展示了写作过程中如何充分利用你的优点，弥补你的缺点。通篇读完，你会发现文中提及了一系列适用于优秀悬疑小说作家的写作策略，同时也邀请你尝试这些策略，看看它们是否适合你。

没有人能保证你一定会成功，所以是否要坚持下去完全取决于你自己。只有一件事是肯定的：如果你不完成你的第一份文稿，你永远不会知道自己是不是"足够好"。

所以这就是我给打算写悬疑小说的所有人的第一条忠告：坐住冷板凳，坚持写。

什么是悬疑小说？

悬疑小说的精髓在于至少有一个谜题。总会发生一些糟糕的事情——通常是谋杀——把读者和主角带往一条发现之路，以找出诸如"究竟发生了什么""谁干的""为什么"等问题的答案。

以下是一些把悬疑小说推入正轨的谜题的例子：

谜题	书籍
一位美国老人是如何在前往伊斯坦布尔的火车上被杀害的？	阿加莎·克里斯蒂的《东方快车谋杀案》
谁杀害了迈尔斯·阿切尔，即私家侦探萨姆·斯佩德的搭档？	达希尔·哈米特的《马耳他之鹰》
尼克·邓恩的老婆艾米出了什么事？	吉莉安·弗琳的《消失的爱人》

悬疑小说的主角要负责解开谜题。一般而言，这个主角扮演的是侦探的角色。故事的进展通常几经波折，读者会跟随着故事中的侦探被干扰性信息迷惑而转移注意力。每个人物都有自己的秘密。

故事伊始，恶性事件似乎是围绕某一个目的发生的，可到了最后你会发现它们背后常常是全然不同的动机。下面的三个例子完美地阐述了这一点。（注意：前方剧透！）

- 东方快车上的每一位乘客都各自有杀害那位美国富豪的动机。
- 迈尔斯·阿切尔被害是有人想引导萨姆·斯佩德调查珍贵贡品的失窃案。
- 艾米没死，她只是试图陷害尼克。

为了使小说的情节说得通，作者会构思出一连串的事件，并用一系列的哈哈镜映现出这些故事。主要情节与次要情节交缠在一起，并因一些藏有秘密的人物变得更为复杂，这些人物通常有自己的目的，与主角的目标相冲突。一旦谜底揭露，读者应该感到吃惊，而并不是因为情节异想天开而目瞪口呆。

想想你看《第六感》这部电影时，当你意识到男主早已离世时的反应。如果你跟我的反应一样，你会惊掉下巴，然后再看一遍这个电影，探究一番电影制作人究竟是如何制造出这个效果的。

这就是你期待读者们在读完你的悬疑小说后的反应：彻底震惊，同时意识到他们其实早已看到了解谜的关键，并且想要再读一遍小说，探究你是如何做到的。

类型惯例

人们通常把悬疑小说归为类型小说，这就意味着这类小说包含一些读者了解和期待的特定惯例。作为创作悬疑小说的作者，你也理应了解这些惯例。并不是因为你有义务遵守它们，而是你要知道你什么时候在逆水而游。

下面是一些读者期待在犯罪小说里看到的内容：

- 有犯罪事件，或至少是不好的事情发生，通常至少要有一个凶手。
- 至少故事的一部分是以侦探的视角阐述的。
- 作者要"公平"——担任叙事任务的角色知道的所有事情，读者也要知道。
- 到小说结尾，读者要知道谜案是谁干的以及原因。一切谜团都要解释清楚，细节和线索要善始善终。
- 一个令读者满意的结尾，某种形式的正义最终取得了胜利。

这是不是意味着悬疑小说作者必须要在这些条条框框下进行创作？并非如此。许多作为悬疑小说推广的作品中并没有谋杀；许多作者会悬置情节线索，尤其是当他们在写系列小说，打算在将来创作的小说里延续它们的时候；另外，作者可能会把读者带进阴暗面，传统意义上的正义没有得到伸张。

我在这里提供一条主要规则，尽管它甚至算不上是规则：写一本足够出色的书，你就可以打破所有惯例，且没有任何不良影响。

子类别

悬疑小说这一标签覆盖的范围很广。纯粹的悬疑小说指的是那些最后才知道凶手、目的和手法的侦探小说，其中有主角进行调查。如果一本书的情节充满张力，让读者手不释卷、提心吊胆，迫切想知道下一步会发生什么，出版商就可能把它定义为悬念小说来推广。如果这本书写的是一场阻止坏人再次攻击的充满肾上腺素的竞赛，出版社就可能称之为惊悚小说。许多小说将这三种元素融合在一起。犯罪小说这一笼统的术语则涵盖了所有这些元素。

此外，这里还有大批的悬疑小说的子类型。

- **安乐椅小说：** 也被称为"传统推理小说"，这类小说笔触轻松，常带有趣味性成分。背景通常设置在小社区中，主角是一名业余侦探，大多数情况下，性和暴力都发生在舞台之外。阿加莎·克里斯蒂首创了这一类别，她笔下的马普尔小姐仍然是这一类别中的主角典范。其他经典的安乐椅小说包括黛安·莫特·戴维森以小镇餐饮业者和食谱为特色的"高迪·舒尔茨"系列、卡罗琳·哈特的以悬疑小说书商安妮·劳伦斯为主角的"按需死亡"系列、亚历山大·麦考尔·史密斯的以博茨瓦纳为背景的"第一女士侦探社"系列。

- **警察疑案作品：** 主角是执法机关工作人员，案件调查过程涉及司法办案程序。威尔基·柯林斯的《月亮宝石》被认为是该类别最早的小说之一，其中的侦探是来自伦敦警察厅的警探。在这一子类别中表现出色的作品通常设定在严峻的都市背景下。例如,艾德·麦克班恩(另一笔名为伊凡·亨特)的"八十七分局"系列设定在纽约,约瑟夫·万鲍的小说在洛杉矶,伊恩·兰金的"雷布思警探"系列在爱丁堡,而露易斯·佩妮的"阿尔芒·伽马什探长"系列在魁北克。

- **私家侦探小说:** 以私家侦探为小说的主角。悬疑小说大师达希尔·哈米特(创作出代表性人物萨姆·斯佩德)和雷蒙德·钱德勒(代表性私家侦探菲利普·马洛)完善了该子类型。现当代代表性私家侦探小说家及其创作的私家侦探主角包括苏·格拉夫顿(金西·米尔虹)、罗伯特·B. 帕克(斯宾塞)、詹姆斯·李·伯克(戴夫·罗比乔克斯)、萨拉·派瑞斯基(维·艾·华沙斯基)和沃尔特·莫斯里(易兹·罗林斯)。

- **历史悬疑小说:** 这类故事将背景设置在早前的历史时代,经典作品之一就是约瑟芬·铁伊的《时间的女儿》。在这本书中,现代的巡警揭露了理查三世的侄子们被谋害一案的真相。其他代表作有安妮·佩里以托马斯、夏洛特·皮特为主角的维多利亚时代犯罪小说、劳拉·金的以夏洛克·福尔摩斯及其年轻妻子玛丽·罗素为主角的小说、杰奎琳·温斯皮尔的"梅西·杜伯斯"系列小说、苏珊·伊利亚·麦克尼尔的"玛姬·霍尔普"系列小说。

- **法律小说**：法律系统是故事展开的背景，通常主角是律师，精华部分则是真实可信的发生在法庭里的戏剧性场面。这个小说类型的大师级人物包括斯考特·杜罗（《无罪的罪人》），威廉·蓝迪（《永远没有的真相》），丽莎·斯科特林（"罗萨托与合伙人们"系列）。英国作家约翰·莫蒂默在"法庭上的鲁波尔"系列小说中对这一类型进行了精彩的喜剧性处理。

- **心理悬疑小说**：这些小说通常各具特色，以人们潜藏心中的黑暗冲动为引擎。它们常常打破创作常规。当代优秀的作家及其作品包括塔娜·法兰奇所创作的《神秘森林》、吉莉安·弗琳创作的《消失的爱人》、珍妮弗·麦克曼《迷路女孩之岛》，以及梅根·阿波特创作的《一切之终结》。

- **浪漫悬疑小说**：最好的浪漫悬疑小说能平衡令人紧张不安的悬念与浪漫。诺拉·罗伯茨以 J. D. 萝勃为笔名创作的"迷踪"系列，主角为一对夫妻；桑德拉·布朗在她的《摩擦》等作品中协调了悬疑与爱情，也贡献了精彩之作。这一类型中的经典之作是达芙妮·杜穆里埃的《蝴蝶梦》，经得起一遍又一遍的重读。

此外，悬疑小说还有许多其他种类，比如政治惊悚小说（史蒂夫·贝利、巴里·艾斯勒、布拉德·托尔、戴维·鲍尔达奇）、间谍惊悚小说（约翰·勒卡雷、格雷厄姆·格林、亚历克斯·贝伦森、汤姆·克兰西）和西部小说（东尼·席勒曼、克雷格·约翰逊、C.J.巴克斯）。

系列小说和独本

悬疑类系列小说的特点是一个悬疑事件在每本书的背景中都会出现，有一组重复出现的人物，他们的故事在书与书之间延续。独本是一次性完结的小说作品，情节和人物都是为了这部独立小说而创作的，没有写前传或续文的规划。

接下来要创作的小说是系列的，还是独本的，你最好在开始时就决定好。这会影响你在创作过程中的许多决定，包括是否要干掉你的主角。

对系列小说而言，每一处情节固然要写得精彩，但真正吸引读者回来的是那些重复出现的角色。长远来看，在首部作品中花时间充分引介主角是值得的。

创作系列小说的好处不胜枚举。首先，你不用每写一本小说都从头再来一遍。在第一本小说中你创作出主要人物，每个人都有自己的背景故事和问题。把他们放在精心编织的背景下，然后一本一本地发展他们的故事。再者，从商业的角度来看，跻身畅销小说行列的压力在一定程度上减轻了。在出版商的支持和帮助下，你有时间建立自己的读者群。此外，系列中新出的小说会刺激之前作品的销售，所以早期的作品会持续印刷。

到了第三或第四本书，一个系列的缺陷就会变得明显。这时，你需要找一种新颖的方法在每本书中重新介绍全体人物，并且不会让老读者感到无聊；同时，在不破坏之前故事的前提下，你需要让新读者了解每个人物的过往。你必须不断抛给主角一些新的灾难和严重到足以改变其人生的危机。另外，大多数出版商希望系列小说的作家每年为该系列创作至少一部小说。

如果你创作过一个成功的小说系列，你可能会发现在写完五本或六本系列小说之后，创作独本小说、在更宽广的画布上创作这件事非常有吸引力。丹尼斯·勒翰在《神秘河》一炮而红之前曾经出版了五本"帕特里克/安琪"系列小说；哈兰·科本在出版大热的独本小说《恶魔的吻别》之前，也曾写过七本"米隆·波利塔"系列小说；劳拉·李普曼则交替着写她的"苔丝·莫纳汉"系列和独本小说。

但另一方面，苏·格拉夫顿看起来好像要在她最畅销的"金西·米尔虹"系列小说上一路走到底。

悬疑小说流行的原因是什么？

首先，让我们从高处着手：无论是硬汉派还是浪漫悬疑，无论书中是否出现了谋杀，拥有牢固读者群的悬疑小说往往不仅有办法把读者心提到嗓子眼，还常常审视和探讨严肃的主题和社会问题。真相、罪责、种族主义、爱、腐败、权力、救赎——这些沉重严肃的话题往往是杰出的悬疑小说的主题。最吸引读者的悬疑小说中，往往都有一些令人难忘的人物在整部小说中发生了巨大转变。除此之外，悬疑小说还必须有趣，让读者读到结尾处拍案叫绝，开心得瞪大眼睛想道："我早该想到这结局的。"

然后我们看看细处：从商业市场的角度来看，搞点噱头也无伤大雅，尤其是当你或你的代理人把文稿呈给出版商时。编辑喜欢那些他们知道如何推销给自己的销售团队、书商和读者的书，所以如果你可以在10秒之内讲清楚作品中的亮点和独一无二的特色，对你的作品而言非常有利。

悬疑小说的亮点可以是任何东西，从人物的职业，到能引起兴趣的故事设定或背景，又或者悬疑之外的一些额外福利。

以下例子是一些作者和他们系列小说的亮点：

作家及其系列小说	亮点
丽塔·梅·布朗 "斯尼克·派"系列	猫破了案。
艾伦·布拉德利 "弗拉维亚·德卢斯"系列	侦探是11岁的孩子,一个扎着辫子的调皮鬼。
里斯·鲍恩 "皇室血裔"系列	一个落魄、身无分文、第60顺位的王位继承人破了案。
劳拉·查尔德 "茶店"系列	小说的主角是查尔斯顿一家茶馆的主人。
凯瑟琳·霍尔·佩奇 "费思·费尔柴尔德"系列	书中涉及烹饪食谱。
芭芭拉·罗斯 "缅因州室外宴会"系列	侦探家里有一家宴会公司,位于风景优美的缅因州沿海。
莎莲·哈里斯 "南方吸血鬼"系列	人物有吸血鬼、狼人、变形人和精灵,故事由通灵术者叙述。
卡罗琳·哈特 "贝利·鲁思·雷伯恩"系列	侦探是个鬼魂,一个来自天堂善意部门的使者,他总是打破"规则"。

　　亮点绝不是必不可少的。有很多明星级作家,年复一年地写出畅销书,内容也不过是专业或半专业的侦探破了一个老派犯罪案件而已,代表作家包括迈克尔·康奈利、珍妮特·伊诺维奇、苏·格拉夫顿、卡尔·希尔森、威廉·肯特·克鲁格、史蒂夫·汉密尔顿、林伍德·巴克雷,当然还有詹姆斯·帕特森。这些作家以卓越的风格讲述精

彩的故事，对他们取得的长久的成功而言，任何噱头都只是其中的附带因素。

耳目一新：一个阅读清单

有些作家自己创作悬疑小说的时候就无法阅读别人的作品。在第一次读完罗伯特·B. 帕克的小说后，我书中的角色开玩笑的方式听起来同斯宾塞和霍克越发类似，我只好删除、删除、删除。不过随着你对自己的措辞和叙事越来越有信心，阅读他人作品带来的问题就越少。

这是一件好事，因为孩子啊，你能从大师那里学到东西。阅读优秀的悬疑小说会让你耳目一新。你可以通过阅读埃尔默·伦纳德的作品来学习对话写作技巧，通过阅读杰夫里·迪弗来学习悬念设置，通过阅读泰斗级作者的作品来学习如何让读者回应你，通过阅读埃德加奖的作品来了解评奖人们对作品质量的定义，通过阅读那些作为处女作出版后就畅销的小说，来了解有什么是悬疑小说门外汉的作者能做到的。还有，别忘了那些奠定悬疑小说流派的经典代表作。

为此，我列了一份简短的阅读清单。

为悬疑小说树立标准的经典代表作品

情节设计

- 《一份不适合女人的工作》,P. D. 詹姆斯
- 《寒颤》,罗斯·麦克唐纳
- 《无罪的罪人》,斯考特·杜罗

人　物

- 《消失的爱人》,吉莉安·弗琳
- 《蓝衣魔鬼》,沃尔特·莫斯里
- 《第一女士侦探社》,亚历山大·麦考尔·史密斯

对　话

- 《击掌欢呼》,珍妮特·伊诺维奇
- 《拉布拉瓦》,埃尔默·伦纳德
- 《寻找瑞秋·华莱士》,罗伯特·B. 帕克

背景和描述

- 《再见,吾爱》,雷蒙德·钱德勒
- 《狼在等待》,东尼·席勒曼
- 《神秘河》,丹尼斯·勒翰

故事情节

- 《假面人质》,李·查德
- 《最后的危险》,琳达·费尔斯坦
- 《豺狼的日子》,弗·福赛斯

悬　念

- 《幸福家庭的秘密》,玛丽·希金斯·克拉克
- 《索命赔偿》,莎拉·派瑞斯基
- 《恶魔的吻别》,哈兰·科本
- 《被我遗弃的》,珍妮弗·麦克曼

被搬上荧幕的悬疑小说处女作

- 《黑色回声》,迈克尔·康奈利
- 《当树枝折断时》,乔纳森·凯勒曼
- 《火车上的女孩》,宝拉·霍金斯

奠定悬疑小说流派的经典代表作

- 《月亮宝石》(1868),威尔基·柯林斯
- 《巴斯克维尔的猎犬》(1901),阿瑟·柯南·道尔
- 《螺旋楼梯》(1908),玛丽·罗伯茨·莱茵哈特

- 《罗马帽子之谜》(1929)，埃勒里·奎因
- 《马耳他之鹰》(1930)，达希尔·哈米特
- 《寓所谜案》(1930)，阿加莎·克里斯蒂
- 《九曲丧钟》(1934)，多萝西·L. 塞耶斯
- 《矛头蛇》(1934)，雷克斯·斯托特
- 《死亡序曲》(1936)，奈欧·马许
- 《长眠不醒》(1939)，雷蒙德·钱德勒
- 《审判者》(1947)，米奇·斯皮兰
- 《博来特·法拉先生》(1949)，约瑟芬·铁伊
- 《天才雷普利》(1955)，帕特里夏·海史密斯
- 《大笑的警察》(1968)，马伊·舍瓦尔，佩尔·瓦勒
- 《索命赔偿》(1982)，莎拉·派瑞斯基
- 《两次害羞》(1982)，迪克·弗朗西斯

伏案写作指导

弗吉尼亚·伍尔夫说的最有说服力："女人要想写作，就必须有钱和属于自己的房间。"在当今的平等机会环境中，这句格言也适用于男性。

如果你决定写作，我有两条建议：

- 准备一个写作空间。
- 除非你有独立的收入来源，否则不要辞去你的工作。

刚开始写作的时候，我仍然坚持工作，但相对减少了时间，这样我就有时间创作。我在卧室的最内侧摆放了电脑，在那里写作，结果却不甚理想。我开始写作，最后却在整理内衣抽屉。

直到我的女儿们长大了，不再把狭小而封闭的阳光走廊当作她们的娱乐室，我就把它改造成我的办公室。我发现一旦我有了专用于写作的空间，我就会进去写作。我一旦走进我的办公室，家里每个人都知道我在工作，就不会打扰我。

即使你没有多余的房间，至少也要找一个没有其他人使用的独立角落，竖个屏风隔离自己与外界，并与家人和朋友做好沟通："请不要打扰我。"然后设定一个工作时间表。

每个作家的产出量不尽相同。众所周知，罗伯特·B.帕克在一年内出版了三本书，还能从写作中抽出六个月的空闲时间。他曾经透露他每天不写出十页书不会罢休，而他一周中用五天时间写作。他几乎很少改变计划，所以他能够在六周内完成一部小说。

帕克的写作速度让我们望尘莫及。一周七天，我每天都写，除了度假或完成一本书与开始创作下本书之间的小憩。我规定自己每天至少要写500字——不过是一页半的量，这并不多。但是每天写500字，六个月后你就能完成初稿。

每天给自己设一个最低目标，这个目标应该稍高于你的能力，但又不必太过费力，然后坚持下去。根据自己的生物钟，定一个适合自己的写作时间表。我早上7点起床，煮一杯咖啡然后开始写作。我一整天的灵感和创造力在午饭前就耗尽了。我的初稿几乎毫无用处——尽管还可以研究和修改。

确保写作空间里有你需要的所有东西。一台联网的电脑几乎可以取代那些曾经不可或缺的参考书，更不用说费工夫跑去图书馆了。百科全书、字典、同义词词典、写作指导书等工具书籍均可在网上找到。即便如此，这些工具书籍我都有实体书。此外，我还有几本词汇使用手册、法医指南、犯罪现场调查手册，以及我最喜欢的作家的作品。

这里还有打造有利于写作的空间的其他几个要点：

- 可以出色支撑背部的办公椅
- 宽敞、光线充足的桌面
- 电动削笔器（我喜欢这个工具，虽然我很少用铅笔写字，但桌面上摆一个装满了削好的铅笔的笔筒会让我心旷神怡）
- 一台联网的计算机
- 一台好用的打印机
- 一部电话（是的，它会带来干扰，但这样你就不必

走出工作间接电话了）

最后，我的工作室少不了粘贴在墙上的幸运饼干纸条，那是我多年来叫中餐外卖积攒下来的。我整天都在写东西，没时间准备晚餐。每当我气馁的时候我都会读读它们。我最喜欢的那条已经贴在那儿至少十年了，而且完全褪色了：

你会在一项异乎寻常的事业上取得成功。

本书的作用

> 你能否保证你笔下的侦探们在侦破他们面前的案件的过程中真正运用的是有劳你赋予他们的智慧，而非依赖神圣的启示、女性的直觉、巫术、骗局、巧合或上帝的行为？
>
> ——侦探俱乐部（1928年成立）成员誓约；俱乐部前主席包括多萝西·L.塞耶斯和阿加莎·克里斯蒂

本书的设计是互动式的，其中有大量的举例供你阅读和分析。"牛刀小试"是当场做的练习，"独立练习"则放在章末，作为后续练习。你做得越多，你的收获就越大。

你会注意到一些练习标题的右侧标有数字。这个数字表示该练习有可下载的版本，你可以在 www.writersdigest.com/writing-and-selling-your-mystery-novel-revised 中找到。直接进入该网页，找到练习编号，点击链接下载。

该书将写作过程分为五个部分：

1. 第一部分，构思：从一个创作前提开始，第一部分为构思悬疑小说的全过程提供了逐步的讲解。每完成一个章节，你会被指引去附录一蓝图的相应部分。完成蓝图是构思小说时不可或缺的过程。完成构思部分以后，你就得到了一个完整的蓝图，也做好了开始写作的准备。

2. 第二部分，写作：从引人入胜的开场，到小说的高潮，到最后的尾声，该部分将指导你完成整个写作过程，论述了场景写作、人物介绍、调查过程写作、悬念设置和动作描写，还囊括了一些写作技巧，指导你如何吸引读者，让他们不愿放下你的书。

3. 第三部分，修改：该部分提供了一系列调整小说框架和润色小说的技巧，帮助你的文稿在编辑如山的稿件堆中闪闪发光，脱颖而出。第三部分的内容是指导你完成修改过程，首先从整体出发，检查大的问题，例如节奏和人物塑造，然后从细节入手，斟酌场景、句子和措辞。

4. 第四部分，出版：该部分为你提供出版指导，引导你了解作者将面对的令人激动或难以抗拒的一系列选择。你想找一个传统的出版商，还是自己出版？你需要经纪人吗？你将在这一部分中探索适合自己的路。

第一部分

计 划

对于初学者来说，一套像悬疑小说写作指南这样的规则是很有意义的，就像艺术家们最初学习色彩和透视规则一样。在你找到自己的风格、积累足够的能力去扩展写作极限之前，这些规则都对你的写作有益处。而某些规则，比如"公平对待读者"，则是亘古不变的准则。

——里斯·鲍恩

刚开始动笔写一部悬疑小说时，你可能会不知所措，无从下笔。据说小说作家要么是计划者（先写出详细的大纲或概要），要么是随想随写者（直接写，凭自己的感觉写）。但根据我的经验，我们中的许多人都是这两者的结合体，只要计划和凭感觉写作得以调和，能符合当前的写作要求即可。

你可能需要几个星期的时间来构思你的故事，直到它足够清晰和明确，可以写出大纲；抑或你更喜欢写概要，在尝试把故事写在纸上、赋予其生命之前，先对内容进行冷冰冰的概述；或者你可能更喜欢先参与到故事中，写一大段话来了解你的角色和情况，再从全景来掌控故事；或者你是少有的幸运儿，能一气呵成，从头写到尾。

无论你适用哪种方法，请记住悬疑小说是相当复杂的，需要一丝不苟地精心创作。所以我建议，在着手创作初稿的早期或完成初稿之后，你应该把你的脑袋从纷乱的思绪中拔出来，认真地从头到尾思考一下你的故事。

为了帮助你统筹好全局，请翻到这一部分的结尾，仔细阅读"悬疑小说的构思蓝图"。你对小说的构思和想法会不断发展，而这部分将帮助你记录下它们。在这一部分中，每一章节的结尾都会邀请你查看蓝图，并完成下一写作部分。

没有一个作家的写作过程会按照计划一成不变。当你发现你小说中本该是次要角色的人物开始站上舞台中央，或者破案的关键情节点的可信度处于崩溃的边缘，你就需要对你的作品做些改动。但只要记下基础规则，对故事和角色进行了认真的思索，你就给你自己的创作打下了一个坚实的基础。

第1章

写作前提

> 坐等伟大灵感来临的人恐怕现在连第一本书、第一篇短篇小说都还没完成。当然,我的作品也通常始于一念之间,这个念头是能激发我的兴趣的。然后我会问自己三个问题:假设,如果,以及为什么?
>
> ——玛丽·希金斯·克拉克

我过去认为自己无法创作小说,因为我并不擅长编故事。我该从哪里找寻灵感呢?

后来在一次庭院旧物出售的活动上,我偶然有了一个绝佳的想法。

那是一座维多利亚式的房子,有着浮艳装饰的山形墙壁和铅框玻璃窗。我询问了房主(一位素不相识的陌生人)一连串关于这座房屋的近期修整问题。她问我是否愿意进去到处看看,我欣然答应了。

我一边在房屋里徘徊一边天马行空地想,假设一个女人去逛售卖旧物的庭院，如果她设法以某种方法走进了屋子……如果她再也走不出来呢？

我一路跑回家，下笔开始写作。由此创作出的小说就是《永远不要说谎》，以发生在一栋维多利亚式建筑中的庭院旧物出售活动开头。这本书最终入围了玛丽·希金斯·克拉克奖。同时这部作品被拍成电影，在终身电影网播出。

这段经历证明有趣的点子就在你身边。当你的大脑振奋起来，向你传递"这挺有趣的！"讯号，你要学会注意和捕捉。

去哪里发掘点子

不妨来这里瞧瞧：

- 书里（你不能把一本书的主要点子拿来用，那就成剽窃了，但是你能从一个意象、一个场景或一行对话中得到启发并发展）
- 交谈——你自己的，或你听到的
- 新闻和杂志上的故事
- 一些发生在你熟人身上的事
- 你自己的经历
- 你的梦

第 1 章　写作前提

我不管何时想到一个点子，都会草草记下，并装进一个标着"素材"的文件夹里。如今，这个文件夹已是鼓鼓的，里面满是剪下来的纸片和手写的笔记。下面是一些选自报纸的素材：

- 丰田汽车的一名销售员，试图在网上调查恐怖分子，并因涉恐而被逮捕。
- 断了的双脚，还在鞋子里，一直在沙滩上任由海水冲刷。
- 男子想谋杀一个他在网上发现的和他长得像的人，借此来上演一场失踪案。
- 女子在她烹饪的猪屁股上发现了一颗子弹。
- 年轻男子在个人日志里描述他的性幻想，被指控在进行儿童色情文学写作。

开启你自己的素材文档，保存好那些对你有启发的点子。

完成从想法到创作前提的过渡

创作前提指的是一本书背后的基本主题。实现从一个想法到一个表述清晰的创作前提的过渡是写一本悬疑小说的首要步骤。

下面就是从素材文档中的点子发展为创作前提的例子。

33

从新闻里收集来的想法	"假设"和"如果"式的创作前提
一位年轻男子在个人日志上描述了他的性幻想,被指控"撰写儿童色情文学"。	假设一个备受困扰的年轻男子在其日志中描述了暴力而具体的性幻想情节,并和他的治疗师分享了他的日志。那么如果之后发生的一系列暴力犯罪案件恰与他描述的幻想情节几近吻合呢?

"假设"和"如果"这两个词能锚定一个表述清晰的前提。以这种模式写出的前提能给你指引方向,让你不至于在整个写作过程中偏离主题,对你向代理人、编辑、书商以及读者介绍你的书也大有裨益。

一旦前提明了,你就会自然引出各种各样可能的情节。年轻男子犯罪了吗?他的治疗师呢?是治疗师把男子的日志内容透露给了其他人,还是有人偷了日志?又或者这些性幻想是男子从别的地方看到的?这个故事可以探究有关罪责和隐私的问题,然后继续写下去。

有个好点子和前提在手,你就可以起跑了。

从真人真事取材

有些真人真事即便对小说来讲也过于离奇。比如,我积累的素材里有一则关于高速公路收费员的新闻:这名收费员接到朋友的电话,提醒她留意一辆白色雪佛兰汽车,

牛刀小试：创作前提　　　　　　　　　　1.1

试着变想法为前提。把报纸上吸引你、你认为有着悬疑小说创作萌芽的文章剪下来。在以下表格的左栏先草草记下每个想法。在右栏，通过"假设""如果"的句式，将想法变为写作前提。

从新闻里收集来的想法	"假设"和"如果"式的创作前提

驾驶者是一名在逃枪击案嫌犯。片刻之后，这辆白色雪佛兰就驶入她的收费车道。如果你把这件事写入小说，读者会大喊犯规，因为这似乎并无可信度。你说这是真实发生的，读者却不以为然。现实是荒诞的，很多现实中发生的事件其实并不符合小说的标准。

一个构建完善的虚拟世界未必真实，但必须可信。

市场导向下的创作构思

你的创作构思是否必须有销售市场？当然。你的作品必须让更多的人感兴趣，而不是局限于你本人和你那些古怪、专业的同行。不过，读者的兴趣点很难预测。你能想象一本关于冰山物理学的小说俘获了大量读者的芳心吗？这是彼得·赫格的畅销小说《冰雪谜案》的创作重点。丹·布朗的《达·芬奇密码》将一宗国际谋杀谜案与对西方两千年历史中秘传之谜的缜密分析结合起来。B. A. 夏皮罗的《我不是德加》中尽是如何给画作做旧的血腥细节。这些作者用生动的写作手法将晦涩难读的内容变得引人入胜，开发了悬疑小说读者学习新事物的胃口。

究竟该不该追赶潮流，写市场上时下最热门的题材？我并不推荐。读者的善变是众所周知的，今年读者群体趋之若鹜的热点，三年之后他们很可能会认为枯燥乏味。即便你的书得以幸运地出版，并被摆上书架，但到了那时，读者早已转向更新奇的内容了。

鉴于小说创作相当艰难且费时，我的建议是：用你的激情去创作。写你真正关心的内容，写你感兴趣以及能激发你兴趣的题材。如果你关心自己的写作内容，你就更有可能完成小说创作，而只有已经完成的作品才拥有出版的机会。

独立练习：寻找想法

1. 善于观察。你身边其实充斥着灵感。坐公共汽车时，在酒吧喝酒时，或是机场候机时，观察周边在发生什么，听听人们在说些什么。留意人们的穿着和举止，并记录下来。

2. 灵感涌现时，做好准备。口袋里随时装个便签本，带支笔，床边也备上纸笔。你总以为你会记得，其实不然。

3. 做个可折叠文件夹，用来收集想法。从报纸、杂志上剪下那些有趣的故事并保存起来。还有其他能激发你灵感的想法都放进去。

4. 随身携带一个录音机。你开车时想到过好点子吗？我想到过。手边准备一支录音笔，这样就能安全地做记录了。

→完成第一部分结尾的构思蓝图中的写作前提部分。

第 2 章

侦探的人物设定

> 一个专业的侦探是不会踏入婚姻殿堂的。
>
> ——雷蒙德·钱德勒

一位编辑曾告诉我,她每次阅读文稿,尤其是系列小说第一部的文稿时,她主要看的是主角是否有吸引力,能否为整个故事奠定基调。读者需要关心在这本书讲述的故事开始之前主角经历了什么,整本书的故事结束之后主角又会经历什么。解开谜团的旅程应该是变革性的,因此到小说最后,主角将产生一些根本性的改变。

读者会关心什么样的主角呢?毫无疑问,主角应该是真实且复杂的,而不是无足轻重或老套的。如果不是十足的讨人喜欢,那她就得富有同情心。如果完美无缺呢?绝对不行。道德、智力、外形都完美无瑕的人是无趣的。读者更青睐一个有缺点但有意思的人。迈克尔·康奈利笔下的侦探哈里·博斯就是一个焦虑不安、情感上十分受挫的前警察，他犯了错，并且在追求正义之路上老是碰壁。莎拉·派瑞斯基笔下的私家调查员叫华沙斯基，她是个有原则且顽强的人，这样的性格让她屡招麻烦。

哈里·博斯和华沙斯基都是典型的硬汉派侦探作品中的主人公：他们没有结婚，无儿无女。这些毫无牵挂的主角过着相对简单的生活。能和人发展浪漫关系，想去哪去哪，想什么时候去什么时候去，不需要告知祖母或保姆。每次他们一往无前地奔赴险境时，读者都丝毫不用担心他们的孩子可能因此失去父母成为孤儿，或伴侣失去他们的另一半。

不过，也有些热门的悬疑系列作品，主角身上包袱极重。亚历山大·麦考尔·史密斯创作的《第一女士侦探社》中可爱的兰马翠姊结了婚，还领养了一个孩子。凯瑟琳·霍尔·佩奇笔下的费思·费尔柴尔德是宴会负责人，嫁给了牧师，有两个年幼的孩子。

创造角色始于了解角色，要比了解你最好的朋友还要透彻。你没必要告诉读者你笔下的主角是否裸睡（尽管华沙斯基会这样做），但你自己要知道。

你的主角怎么展开调查呢？他会使用笨拙但粗暴的手段，还是凭借智力上的策略和狡诈，抑或是冷酷的专业精神和情感上的超然呢？他会冲进审讯室恶语威胁、严厉指控，还是藏在暗处等着嫌疑人露出马脚呢？

是什么激励着你的角色去解决这起特殊的案件？即便调查破案就是主角的日常工作，也总得有一些内在动力支撑着角色，使其甘冒风险，只为揪出坏人。

尽管你可能永远不会将你定下的所有内容都告诉读者，但只有全面了解主角后，你才能挑出那些让角色栩栩如生的细节。

角色的幽暗往事

悬疑小说中尽是备受作者折磨的男女主角。他们遭受了身体或情感上的虐待，沉溺于毒品或酒精无法自拔，或被错误地定了罪，或失去了至爱……一连串的不幸在书中上演着。

悬疑小说的作者给角色设定痛苦的背景故事是有原因的，在书中，这些幽暗往事会转变为他们的动力。调查性犯罪案件的侦探可能曾经幸免于一起残忍的强奸案；调查警方腐败的警察也许长久以来因父亲涉嫌行为不当被免职而备受烦扰；一个在邪教环境下长大的人也会全力以赴，将施虐的邪教领袖绳之以法。

当你的角色有一段幽暗往事时，故事的风险就提高了。每一次出场，侦探不仅要破解一起案件，还要"享受"一场个人的旅行，并有机会弥补往事。救赎是一个强有力的动机。

侦探的经验水平

如果你或我被尸体绊倒，我们也许会报警，然后整个故事就这样结束了。但300多页的悬疑小说需要主角参与调查，你的设定必须让这种情况有可信度。如果调查案件是主角日常工作的一部分，那么自然没有任何问题；但是，如果你的主角仅仅是一个普通人，通常不会加入案件侦查中，这就更具有挑战性了。

悬疑小说的读者更愿意追随各式各样的业余侦探，只要业余侦探是合乎逻辑地接触到调查过程，或凭令人信服的理由参与其中的，例如：

- 警方对业余侦探具备的特殊技能或掌握的内部消息有需求；
- 业余侦探的配偶是凶案的警探；
- 警方的调查人员腐败或不称职；
- 警察怀疑错了嫌疑人，业余侦探却不能说服他们修正调查方向；
- 警察不认为发生了犯罪案件。

下面是从已出版的悬疑小说中挑选出的一些侦探的职业。左边一栏是业余侦探，中间一栏列出的人物拥有一些警方可能在调查过程中需要的专业技能，右边一栏是专业侦探。

业余侦探 ←	→ 专业侦探
演员	考古学家	保释代理人
艺术家	律师	犯罪现场调查员
出租车司机	神职人员	专家证人
宴会承办人	法官	联邦调查局探员
书店老板	博物馆馆长	调查记者
大学教授	物理学家	法医
驯马师	心理学家	军警
图书管理员	科学家	警察
婚礼策划人	小偷	私家侦探

为你笔下的角色挑选职业时，你应记住：侦探被尸体绊倒的可能性越小，你就越应该努力为你的侦探参与案件调查找一个让人信服、不可抗拒的理由。

对角色进行深入研究

在一部悬疑小说中，一个可信的主角会让你经历"快看，我做到了"的时刻，而读者也会感叹："哇，这真的可能发生。"

只有对笔下主角生活的世界了解得更多，创作出令人信服的文本才会更轻松。达希尔·哈米特在平克顿侦探社工作多年后，才创造了私家侦探萨姆·斯佩德。艾伦·埃尔金斯成为人类学家后，才创作了法医人类学家吉迪恩·奥利弗。丽莎·斯科特林、斯考特·杜罗和约翰·格里森姆都是在有了律师的工作经验之后，才推出了他们法律惊悚题材的处女作。

一旦你撕下了真实性的假象，读者们就会止步于此了。比如，假设你正在读一本法官主持审判某谋杀案的悬疑小说，读到法官在鸡尾酒会上偶遇了陪审团主席，两人讨论起了案件。如果你像我一样对流程有一定的了解，你肯定不会继续读下去了。因为在审讯期间，法官是绝不会与陪审团成员有任何交流的，即便碰巧遇上了。

如果你要赋予主角一个你没有亲身体验过的职业，那么你应该做一些必要的调研，来让书中的相关内容真实可靠。下面是一些可供采用的方法：

- 采访：寻找与角色职业相同的特定人群，并和他们进行交流。随身携带录音笔，提前准备好问题。
- 亲身体验：说服与角色职业相同的人，允许你在他们身边待几小时或几天。和警察一起巡逻，或和刑事律师一起度过一天。留心观察他们的行为，记下笔记。
- 公民警校：许多社区会定期举办培训项目，包括随行纪实、警械使用说明等，旨在让公民熟悉当地警察部门内部的工作流程。留意你所在的社区附近是否提供类似的活动。如果你前去参加，并能和遇见的警察们交朋友，你就可以提一些你写作中遇到的问题。

向专业人士请教

你会惊奇地发现，人们都十分乐于分享他们掌握的专业知识，关键在于你如何找到他们。

- **在你认识的人中寻找**：你可能已经知道谁具备你想要的知识。如果你的小说涉及警察办案程序，你也许会像我一样幸运，隔壁住着一个州警察，他总是尽力回答我的问题，或者帮我联系其他专家。一次，他让我坐上了他的巡逻车，于是我坐在护栏后，获得了全部感官体验。
- **寻求朋友的帮助**：你也许知道某一朋友认识某人……你会发现，其实你和你要寻找的律师、玩具制造商和犯罪心理学家之间的距离并不遥远。
- **去你笔下角色消遣的场所亲身体验**：游览角色住的地方，并结交一些朋友。
- **充分利用网络**：许多各领域专家的网站都有其专业认证和联系方式，找到合适的人并取得联系。你也可以通过社交平台联系他们，或者加入一个你可以访问的在线群组。

创作一个真实的角色

创造一个真实的主角绝非易事。所以,当你构思时,应考虑以下几点因素。

需要展现和隐藏的外貌特征

外貌特征决定了其他角色对主角的反应。即使小说中没有对外形的具体描写,你自己也需要知道笔下的角色究竟长什么样。他是像现役海军陆战队士兵、已经过了巅峰期的职业拳击手,还是二手车销售员?她看起来是像职业律师、魅力四射的选美冠军,还是胆小鬼,认为隐藏起自己的想法会更加安全?

个人而言,我更喜欢一个像是真实存在于生活中的角色。当然,略高于生活的也是一个不错的选择。正如珍妮特·伊万诺维奇谈到斯蒂芬妮·普拉姆曾说道:"我想要一位长发飘飘的女主角。"杰克·雷彻身高 1.95 米——比创造出他的李·查德还高两三厘米。聪明、报仇心切的黑客利斯贝恩·萨兰德(《龙文身的女孩》)头发短得像保险丝,鼻子和眉毛都穿了孔,"脖子上有一个大约 3 厘米长的黄蜂文身,在左臂肱二头肌和左脚踝上也有文身圈"。

那些与第一印象不符的角色会激发读者的阅读兴趣。例如,一个看起来像花瓶的女性角色竟是化学博士;犹如冷硬的警察一样气势汹汹的角色可能是个救助小狗的好心老人。读者的乐趣来自揭开角色的层层面纱。首先,他们会因发现角色隐藏起来的特质而惊讶;其次,当其他角色被主角的外在迷惑时,他们会感到愉快。

以简·马普尔为例。下面是阿加莎·克里斯蒂在她1927年创作的短篇小说《星期二晚间俱乐部》中对她初次出场的描述:

马普尔小姐身穿黑色织锦连衣裙,腰间束得很紧,上身的梅希林蕾丝像瀑布一样垂下。她手上戴着黑色蕾丝手套,头戴一顶黑色蕾丝帽,其下是她盘起来的银发。她正在织一件白而柔软的毛衣,淡蓝色的眼睛满含和蔼和善良,面带微笑地端详着她的外甥及其朋友。

表面上来看,马普尔小姐是一位没有架子的老妇人,也许还有一些傻气。她的一头银发、过时的装束和织毛衣的动作掩蔽了她敏锐、逻辑清晰、时刻运作并观察的头脑。一个自大的警探认为她只是个慌乱的老姑娘,而这个老姑娘捕捉到他没有抓住的线索后,警探受到了应有的惩罚,这就为读者带来了愉悦。

在克里斯蒂笔下,马普尔小姐的外表特征与其真实面目形成了巨大的反差。

简·马普尔小姐		
外在特征	反差	内在本质
慌乱		逻辑清晰
天真		世俗
愚钝		敏锐

想一想角色的哪些外貌特征真实反映了人物形象,哪些则是误导别人的假象。在角色的外在和真实面目之间创造反差,然后通过情节和行为揭示角色到底是个什么样的人,以此来发掘这种反差。

牛刀小试:外貌要展现和隐藏的特点　　2.1

列出你想要读者通过角色的外貌特征能轻易推断出的特点;列出你希望读者在逐渐了解角色时发现的其他特点。

显而易见的特点	开始时被隐藏的特点

牛刀小试：外貌——最基本的因素　　　　2.2

明确角色的特点。把头脑中所有漂浮的想法写下来。可以参考下面的表格：

性别：
_____

年龄：
_____

体形：
_____

显著特征：
_____

头发颜色，是否是天生的：
_____

发型：
_____

工作服装：
_____

正式场合的服装：
_____

睡衣：
_____

面部毛发、文身、穿孔、伤疤：
_____

种族，或者读者能从什么外部特征中得到暗示：
_____

行为举止：
_____

健康状况：
_____

你希望由哪位演员扮演这个角色：
_____

失衡：现状和抱负

失衡会引发有趣的人物形象和令人兴奋的情节。譬如，在汉克·菲利皮·瑞安的小说《另一个女人》的开头，记者简·瑞兰德因拒绝透露消息来源而失去了工作。该小说讲述了简通过调查一桩连环杀人案件而重获声誉的故事。

每个人的现状和他未来渴望成为什么样的人之间存在着一定的差异，这可以为故事情节的发展提供令人信服的动机来源。谋求从行政岗位晋升到凶案警探的警察，极有可能宁愿冒着风险也要证明自己；刚刚发现丈夫出轨的妻子，也很容易被另一个女人声称丈夫虐待自己的谎言欺骗。

试着去思考一下故事开始时，你的角色是什么样的人，未来又渴望成为什么样的人。试着用这种失衡来推动情节的发展。

背 景

人物的背景会影响他处理事务和与人交往的方式。例如，S. J. 罗赞小说中的私家侦探主角莉迪亚·陈是生长在美国的华裔，在她还年幼时，对她疼爱有加的母亲就在血汗工厂里干活。所以在《中国话格子》中，当一位年轻又

牛刀小试：现状与抱负　　　　　　　　　　2.3

列出你笔下角色的现状以及对未来的期望，并找出你可以利用的差异来构建故事的情节。

	现状	抱负
职业 / 工作		
成就		
收入水平		
现居住地		
声誉		
感情关系		
子女		
终身成就		

有前途的中国时装设计师被扣下了速写，并被索要赎金时，莉迪亚当然会想帮助他。迈克尔·康奈利笔下的哈里·博斯从小便是寄养儿童，在《白骨之城》中，当那些埋葬的骨头被发现来自一个被收养的孩子时，他当然会无视上级发下的不再继续追查杀人凶手的指令。在《消失的爱人》中，艾米·邓恩的父母都是精神病学家，他们在"神奇的艾米"系列畅销书中将女儿理想化了，所以艾米为何不可能成为自认为能够逃脱杀人罪责的变态自恋狂？

你可以将角色塑造成被捧在手心里的独生子女，或早早就学会在九个兄弟姐妹的争夺中得到令人垂涎的火鸡翅膀的第三个孩子。你可以让她成为一个已周游过全世界的

> **牛刀小试：选择背景设定** 2.4
>
> 从以下角度决定角色的背景。
>
> 出生顺序：
> _____
>
> 父母（职业、教育和收入）：
> _____
>
> 兄弟姐妹：
> _____
>
> 家乡：
> _____
>
> 童年的家（公寓、牧场、豪宅等）：
> _____
>
> 教育：
> _____
>
> 理想职业：
> _____
>
> 过去的创伤或造成创伤的事件：
> _____
>
> 保留的纪念品，以及它代表的意义：
> _____

小提琴家的独子,也可以让她成为一个从未离开过斯克内克塔迪的无业酗酒者的大女儿。

明确你的角色从哪里来,有助于你创造出一个复杂而又始终如一的人。这个选择没有对错之分,但你创造的人物背景必须和你希望故事发展的方向紧密配合,如果人物背景的某个方面对你而言有特殊意义,那么你就可以反求诸己,利用自己的经验来丰富角色的反应。

天赋与技能

天赋与技能使你笔下的角色更富有质感。以罗伯特·B.帕克故事中的主角私家侦探斯宾塞为例,他身材魁梧,喜欢举重和慢跑,还喜欢做饭。劳拉·李普曼笔下的私家侦探苔丝·莫纳汉则是个意志坚强且热衷于划船的记者。

如果你熟悉你赋予主人公的才能和技能,这会对你写作有所帮助,但这并不重要。帕克从来不打拳击,但他确实练举重练了多年,而且他对自己的厨艺很谦虚。和她的角色一样,劳拉·李普曼是巴尔的摩一家日报的热门记者,也是一家划艇俱乐部的成员。

有什么事情是角色讨厌但不得不去做的吗?他是一个害怕打电话的记者吗?或者是一个讨厌日常训练的警察?

这些矛盾会让人物变得趣味十足。

想想你的角色擅长什么。擅长的是关于身体还是关于大脑的？是艺术家还是工程师？所有的长处都是显而易见的，还是有所隐藏？你可以利用角色的长处来塑造情节，用隐藏的技能或潜能给读者带来惊喜。

> **牛刀小试：天赋与技能**   2.5
>
> 主角的才能和技能是什么？这里有一份列表供您填写。
>
> 最显眼的技能：
>
> 鲜为人知的技能：
>
> 最显眼的弱点：
>
> 隐藏的弱点：
>
> 天赋：
>
> 讨厌做的事情：

性格特征

幽默、愤怒、恐惧、爱,是什么在你故事的主角心中触发了这些情感反应?他是不是在爬山的时候无所畏惧,却会被蟑螂吓到?他是不是表面好友众多,却没有亲密的朋友?他是不是喜欢双关语,但讨厌恶作剧呢?

你将角色的个性特征描绘得越详细,你就越能知道他在常规和极端的情况下分别会有什么反应。你会知道是什么让他在面对严重的危险和可怕而又不可逾越的障碍时坚持下来,什么样的压力会让他屈服,什么会让他崩溃。

面对威胁的风度

悬疑小说的本质:主角受到考验。小说的主角会受到侮辱、欺骗、欺凌、羞辱、威胁和伤害。他会看到其他人上当受骗,会被当作替罪羊,还会受到伤害。但角色也会如同真实存在的人物一般,会在生死关头展现自己的勇气。

曾经有一篇新闻报道称,地铁上的一群年轻人爆发了武装冲突,许多惊慌失措的乘客目睹了这一切,但只有一个人站起来,穿过地铁车厢去警示其他人。如果同在现场,你的角色会怎么做?

牛刀小试：性格特征　　　　　　　　　2.6

请依据你为角色塑造的性格回答以下题目：

会由于什么而受到惊吓？

会由于什么而被激怒？

会被什么逗笑？

讨厌因什么而被取笑？

会因为他人身上的什么品质被吸引？

会讨厌他人身上的什么品质？

能承受什么程度的暴力？

能接受什么程度的亲密？

心目中的英雄和榜样是谁？

紧张时有什么不自觉的行为、口头禅或强迫性行为？

生气的时候会说什么脏话？发火的时候呢？暴怒的时候？

试想你的角色受到胁迫时会做出什么反应。他是会以其人之道还治其人之身，还是甘受侮辱，不准备报复？他是会轻率行事还是强忍怒火，直到情绪爆发？他是会给他人一拳、拔枪，还是拨打911？

牛刀小试：处于威胁的情况下 2.7

写下你的主角在这些情况下都会做些什么：

剪了个很糟糕的发型：	
正在享受牛排时，附近桌子的女人点了一支雪茄：	
在超市里被少找了零钱：	
在另一半的钱包或口袋里发现一对避孕套：	
开车去机场赶飞机时撞了一只狗：	
被漂亮女人或帅气男人提出非分要求：	
凌晨两点时，车在一条荒废的路上抛锚了：	
在公园长凳上发现一枚钻石戒指：	
发现最好的朋友挪用了慈善机构的钱：	
发现一个近亲是恋童癖：	

癖好和取向

癖好和取向是一个值得我们好好研究的主题。它是人物特征的装饰音,并且能够充实人物日常生活,比如多萝西·L.塞耶斯笔下的彼得·温姆西勋爵就是位葡萄酒鉴赏家,雷克斯·斯托特笔下的尼禄·伍尔夫则是一位兰花种植者。

那么,现在来想一想你笔下的人物拥有怎样的癖好和取向:她是倾向于在酒吧品味一杯百威啤酒,还是更享受细抿一杯特定年份的梅洛红葡萄酒呢?独自一人的夜晚,她是在看电视、读书,还是煲电话粥呢?她是穿着二手商店淘来的古着,还是身着运动服、脚踏运动鞋在街上漫无目的地闲逛呢?他会经常进出当地的小餐馆,还是以法式佳肴为特色的小酒馆呢?他喜欢啃比萨,还是抽雪茄呢?正是这些微小的细节,让你笔下的人物栩栩如生。

诚实或欺诈

悬疑小说的发展就是由一个又一个谎言推动的。角色们通常相互欺骗,甚至自欺欺人。但是在悬疑小说创作中,所谓的规则之一就是故事叙述者应该与读者"平起平坐"。换句话说,他们不应该向读者撒谎或隐藏任何信息。

牛刀小试：癖好和取向   2.8

　　从以下问题着手，刻画你的人物的癖好和取向。

最常光顾哪种餐厅？
___

工作日的夜晚，独自一人时，选择什么作为晚餐？
___

在酒吧通常点一杯什么酒？
___

在床头柜放什么书或杂志？
___

开车时喜欢听什么音乐？
___

在静谧的周六午后，最喜欢做的事情是什么？
___

在周六夜晚，最喜欢做的事情是什么？
___

认为"完美假期"是什么样的？
___

外出闲逛时最喜欢去的地方是哪里？
___

对什么毫无抵抗力？
___

有什么收藏癖好？
___

政治立场如何？
___

是否是某一方面的活跃分子？
___

牛刀小试：个性特点　　　　　　　　　　2.9

个性特点有其一定的范围。在下列轴上画"X"来表示你的人物特点的程度。

谨小慎微 <1—2—3—4—5—6—7—8—9—10> 冲动鲁莽
内向孤僻 <1—2—3—4—5—6—7—8—9—10> 外向合群
理性主义 <1—2—3—4—5—6—7—8—9—10> 感性主义
焦虑不安 <1—2—3—4—5—6—7—8—9—10> 从容淡定
魅力四射 <1—2—3—4—5—6—7—8—9—10> 态度粗鲁
趾高气扬 <1—2—3—4—5—6—7—8—9—10> 局促不安
过分讲究 <1—2—3—4—5—6—7—8—9—10> 不拘小节
诚实正直 <1—2—3—4—5—6—7—8—9—10> 奸佞欺诈
积极乐观 <1—2—3—4—5—6—7—8—9—10> 悲观沮丧
无精打采 <1—2—3—4—5—6—7—8—9—10> 精力充沛
呆滞死板 <1—2—3—4—5—6—7—8—9—10> 灵活变通
思维敏锐 <1—2—3—4—5—6—7—8—9—10> 反应迟钝
顽固执拗 <1—2—3—4—5—6—7—8—9—10> 通融随和
爱慕虚荣 <1—2—3—4—5—6—7—8—9—10> 虚怀若谷

列出其他你认为对角色十分重要的性格：
_____ <1—2—3—4—5—6—7—8—9—10> _____
_____ <1—2—3—4—5—6—7—8—9—10> _____
_____ <1—2—3—4—5—6—7—8—9—10> _____

第 2 章 侦探的人物设定

阿加莎·克里斯蒂在她 1926 年的小说《罗杰疑案》中就违背了这一规则。（前方剧透！）小说中，詹姆斯·谢泼德医生是故事的叙述者和波洛的助理，最终却被证明是杀人凶手。谢泼德医生在小说的 300 多页里确实没有直接撒谎，但是他故意混淆视听，省略了一些信息，愚弄波洛，也骗过了读者。

克里斯蒂玩弄读者，但是这不重要了，因为侦探小说家协会称这本书是有史以来最佳的侦探小说。

谢泼德医生是一个不可靠叙述者，现代最畅销的小说

牛刀小试：为什么你的人物要编造谎言　　　　　　2.10

在你能想到的撒谎原因旁边做标记：

☐ 为了隐藏某个秘密

☐ 为了避免面对真相

☐ 为了保护挚爱

☐ 为了了结宿怨或报复仇敌

☐ 为了一己私利

☐ 因为他根本就不知道真相到底是什么（记忆缺失，或不在事发现场，或对所见所闻有所误解，或喝醉了，或嗑药迷糊了，或无意识了，或轻信了其他人编造的谎言，等等）

☐ 因为他就是一个病态的撒谎者

☐ 其他原因：＿＿＿＿＿＿＿＿＿＿＿＿＿＿＿

尽是这种类型。尼克和艾米·邓恩在小说《消失的爱人》中都对读者撒了谎。在斯科特·杜罗的小说《无罪的罪人》中，检察官拉斯迪·萨比奇被指控杀害了他的情妇，但是却未曾向读者揭露他是否无罪。瑞秋在宝拉·霍金斯的小说《火车上的女孩》中，从头至尾都是一个醉妇的形象，所以她的记忆也不可信。

人物命名

既然你已经彻底了解了你的人物，那就为他取一个最适合的姓名。悬疑小说作家通常会给主角选取朗朗上口又容易记忆的名字，并且无论是从发音还是含义方面来说，都暗示了主角的某些方面。

珍妮特·伊万诺维奇提到，她之所以选择斯蒂芬妮·普拉姆作为赏金猎人主人公的名字，是因为斯蒂芬妮读起来十分顺口，而且她喜欢普拉姆散发出的成熟魅力。此外，她还提到，她在有着大量蓝领家庭的新泽西州长大，认识许多叫斯蒂芬妮的女孩，并且斯蒂芬妮·普拉姆听起来就是典型的泽西女孩会有的名字。

想一想达希尔·哈米特为他最有名的两个悬疑侦探选定的姓名：萨姆·斯佩德和尼克·查尔斯。即使你不知道他们，你也可能会猜想到他们中的哪一个是冷峻无情、精

牛刀小试：给你的人物命名　　　　　　　　　　2.11

1. 仔细考虑一下你想要你的人物姓名传递何种信息：力量感、脆弱感、年龄、种族、个性特点、社会阶层，还是职业类别。列出至少四点你想要人物姓名传递的信息。

_____

_____

_____

_____

2. 列出满足标准的姓氏与名字。

姓氏	名字

3. 挑选出你最喜欢的组合。
4. 上网查找你挑选出的全名，确认它的使用度或它是否已经在某一本书中被使用过。

干敏锐、有着钢铁般意志的旧金山侦探,哪一个是衣冠楚楚的曼哈顿城市佬。

萨姆·斯佩德名字中有单音节,并且有齿擦音的重复,听起来就像是一个直言不讳、冷酷无情的家伙,萨姆听起来就是一个简单直接的工薪阶层的名字(注:萨姆是哈米特的真名)。而尼克·查尔斯听起来则更加轻柔随意。我们很容易就能联想到曼哈顿一些以查尔斯(Charles)为姓的上流社会夫人。此外,尼克这个名字暗示着主人公的希腊裔美籍背景——当他以私家侦探退休后,打理他妻子可观的财富时,便把他拗口的姓氏改成了查尔斯。

所以对你的角色来说,究竟什么样的姓名才是最为恰当的姓名?你的人物已经跃然纸上,你也已经设定了他是一个怎样的人,决定了他的偏好、职业,以及故事发生地,等等。现在,万事俱备,只欠姓名。

独立练习：设定你的人物　　　　　　　　　　　　　　2.12

　　1. 为你的人物写约 5 分钟长的一段传记，这个传记可以作为实际出现在小说中的人物简介。

　　2. 写出你的主角生活中影响最大的四件事。简述每一事件对主角的影响。

事件	影响
1.	1.
2.	2.
3.	3.
4.	4.

　　3. 以主角的第一人称口吻写一页独白，讲述你在第二步中列出的某一个事件。

　　→完成第一部分结尾的构思蓝图的主角部分。

第 3 章

犯罪事件与受害者的秘密

> 每个人都有意义,但也可以说没有人有意义。也就是说,无论是卖淫女郎还是市长夫人,我都一视同仁,竭尽全力解决案件。
>
> ——哈里·博斯警探,迈克尔·康奈利
> 《最后的郊狼》

一切推理小说都是围绕一起犯罪事件而展开的。某人做了一件坏事,受害者因此受伤乃至丧生,接下来搜寻罪犯的过程就构成小说的主干部分。即使你还无法决定罪犯究竟是谁,不妨重现犯罪现场以制订计划、展开故事。决定谁是受害者,在何地、以何种方式受害。

犯罪行为

关于犯罪行为的安排,既可开门见山,也可在情节顺利开展后再引入，还可以安排它发生在故事开篇的过去。关于谁被谋害，以及如何被害，没有一定的准则。但温情派读者希望暴行能发生在幕后，他们也难以接受谋害猫狗或儿童的行径；冷硬派读者则有一颗强大的心脏。你无法取悦所有读者，所以你必须决定你的小说为哪些读者而写。

让犯罪行为对主角产生影响

注意！构思小说时，头等要事就是弄清你的主角为何需要破解该起犯罪案件。

无论犯罪事件是轻（败坏了某人的声誉）是重（威胁到了人类的未来），它对于主角来说都得是至关重要的。犯罪行为或受害者们的某一处深刻而私人地触动了主角。也就是说，主角和案件必须有某种利害关系，而且这种关系越私人越好。

以下情节设计可供参考：

- 受害者是主人公的爱人、同事、朋友或亲戚。
- 罪犯的下一个目标可能就是主人公的爱人、同事、朋友或亲戚。
- 罪犯的下一个目标可能就是主人公本人。
- 主人公被指控犯下这桩罪行。
- 主人公同情被指控为犯人的无辜人士。

- 主人公与受害者产生了共鸣。
- 主人公自己或挚爱的人遭受过类似犯罪行为。

构思出一桩犯罪事件，以及它对你笔下主人公至关重要的缘由。构建受害者与主人公之间的关系，以此推动故事情节的发展。

受害者

对受害者的了解程度取决于故事本身。也许你只需要掌握少量有关受害者如何遇害的信息。例如，一本关于博物馆抢劫案件的小说中，一名遇害保安占据的篇幅不会长，只有短短几个句子：错误的地点，错误的时间，他只是在老实本分地工作。随后故事情节继续向前发展。但如果那名保安认识抢劫者，故事又会如何发展呢？也许他是一名从犯或无辜的人质，或者负责调查的侦探是他的姐姐，又或者他的弟弟是抢劫犯之一。这时，了解受害者对于情节来说就十分重要，作者要考虑将受害者充实并具体化。

通常来说，受害者是整个故事的关键。例如，在斯考特·杜罗所著的《无罪的罪人》一书中，副首席检察官拉斯迪·萨比奇的同僚卡洛琳·波尔希默斯被人奸杀，萨比奇奉命调查该案件。通过人物对话与情节倒叙，读者了解到受害者是位实力强大、外表美艳、极富魅力的女子，有着众多朋友和敌人。我们同时也得知一个秘密：她曾是萨比奇的情人。一旦他们之间的关系暴露，萨比奇就会成为头号犯罪嫌疑人。

受害者的秘密

受害者秘密的揭露推动着故事情节向意料不到的方向发展。每个人都有秘密，受害者也不例外。

以下表格列出了犯罪场景和受害者可能持有的秘密。阅读列表的同时，思考每一个秘密对于调查者的思考有什么不同的影响。

犯罪场景	受害者的秘密
罗琳达·路易斯，30岁，银行出纳员，在家门口被劫车。不久后被发现于好莱坞高速公路遇害。	假设她正要揭露一个挪用银行公款的计划。 假设她与上司有染。 假设她夜间兼职脱衣舞女郎并被跟踪。 假设她是个瘾君子。 假设她有一位双胞胎姐妹。 假设她是一位嗜赌如命的赌徒。 假设她的男朋友是一名毒品走私犯。 假设她是一名养女，最近才联系上生母。

不要选择你不感兴趣的秘密下笔。如果受害者曾是一名脱衣舞女郎，那么你就需要研究脱衣舞和脱衣舞俱乐部。如果她正要从银行挪用公款，你就要对犯罪的技术细节进行一番研究。所以选择你感兴趣、愿意花费时间去着手调查的秘密。

一部小说中，一名受害者可以同时拥有多少秘密？两三个，甚至四个。有些秘密会转移读者的注意力，使无辜的嫌疑人成为替罪羊。但最少有一个秘密会成为揭露罪犯身份的真正线索。

牛刀小试：受害者的秘密　　　　　　　　　　3.1

　　在下面构思你自己的犯罪现场，运用头脑风暴，想出六个受害者的秘密。思考并选择最恰当的一个。

你的犯罪现场： 谁、在哪里、如何受害	受害者的秘密
	1. 2. 3. 4. 5. 6.

独立练习：犯罪行为与受害者的秘密

1. 为小说中的每起犯罪事件构建一个简单的犯罪现场：谁、在哪里、如何受害？
2. 你的主角为什么一定要破案？
3. 受害者的设定。简要描绘受害者的画像，包括：
   - 姓名
   - 年龄
   - 性别
   - 职业
   - 外貌（一些识别度高的特点）
   - 重要的个性特征（聪明或愚笨、慷慨或自私、深受喜爱或惹人嫌弃，诸如此类）
   - 用来确定受害人身份的鲜明细节（所做或所属的事物、口头禅，诸如此类）
   - 陷入危险境地的原因
   - 受害者隐瞒的秘密

→ 完成第一部分结尾的构思蓝图的犯罪行为部分。

第 4 章

反派人物

> 我与那些经受着可怕冲动的人们感同身受。被想要疯狂杀戮的念头驱使着，依我看来，断然是一份十分沉重的负担。我尝试让读者为我的精神患者们感到不安，我想我也成功了，因为我本人就是这样的。
>
> ——鲁斯·伦德尔

众所周知，如今的反派角色已经不再像以往的动画片反派那样，恬不知耻地立于光天化日之下，拨弄着胡须冷笑。现在，往往看起来穷凶极恶的角色，最终都会被证明是清白无辜的。

读者最喜闻乐见的就是真正的坏人即使在众目睽睽之下也能掩藏自我。一个看似最无害的人，狡猾地将真实的自我伪装起来，去引诱那些丝毫没有防备的受害者坠入死神的圈套。但仅仅"凶手就是大管家"是不足以造就一部现代悬疑小说的。绝不可仅仅为了给读者一个惊喜，就把头二十八章中不起眼的小角色在最后提升到大反派的位置，也切忌在最后一章使某一角色突然改变个性。除非通篇布下蛛丝马迹，否则这样的故事最终只会落得被读者嘘声质疑的下场，而非获得作者想象中的惊呼赞叹。

事先规划

一些作者从最初就已经决定了哪个角色才是真正的犯人。他们在脑海中构思了一幅完整的拼图，倒推着雕刻故事的细节碎片，再使它们之间相互契合。有些作者则随性自由地创作着，直到揭开大反派面纱的那一刻才能确定谁是真正的凶手，然后他们进行加工改写，抹除布下陷阱的痕迹，再增添些微妙的线索，使解答可行。

是否在创作开始之前就必须确定反派是谁？我是需要的。我总以为自己是知悉反派身份的，尽管常常被证明我是错的。我的好友兼同事，汉克·菲利皮·瑞安就说，她直到创作的时候才能真正确定反派的身份。在那一刻，她同她的读者一样，大感惊讶。

打造值得追查的反派角色

把所有嫌疑人的姓名抛进一个大碗，随意抓取一个定

第4章 反派人物

为最后的大反派，这是十分不可取的。为了使你的小说顺利运转，反派的设计必须是别具匠心的。你的侦探应该有一个值得尊敬的对手——危险、才智过人、诡计多端，可以考验主角的勇气和侦探实力。笨手笨脚的角色作为喜剧因素可以缓解小说的紧张气氛，但作为反派，他们是蹩脚的。反派越是思维敏捷、不可征服，你笔下的主人公就越是得付出加倍努力，发掘他的致命弱点，而将反派绳之以法时主角也将显得越伟大。

是否反派就一定得是令人憎恶的？并非如此。他可以令人毛骨悚然却又叫人欲罢不能，汉尼拔·莱克特就是一个极佳的例子。她也可以机敏、美艳而又脆弱，就像《马耳他之鹰》中的布里姬·奥肖内西。（当萨姆·斯佩德让警察铐上她的时候，任谁都会有点抵触吧？）如果读者能对一个复杂、真实、自认为实行了正义犯罪的反派产生一些同情，那就更好了。

所以，在构思阶段，集中精力去想反派的犯罪动机究竟是什么。是什么因素促使他杀人？考虑那些最为常见的动机，如贪婪、妒忌或仇恨等。然后进一步进入反派的大脑之中，从他的视角出发看待事物。也许从执法部门来看，案件是一场由贪婪引起的谋杀；而从行凶者的角度来看，这次犯罪也许是达到崇高乃至英雄目的的手段。

反派常用以下理由为自己的犯罪行径开脱：

- 纠正以前的错误
- 复仇（受害者罪有应得）
- 私刑（刑事司法系统不起作用）
- 保护挚爱
- 复原世界秩序
- 天意难违

最后，考虑是什么让反派成为这样的人。是因为性本恶，还是曾经的痛苦经历使他堕落？若他对整个社会怀恨在心，背后的原因又是什么？如果她无法承受被遗弃、忘却、嘲笑和欺骗，又是因为什么？倾听反派的幕后故事，即使这是你和反派之间的专属秘密，读者永远不会知道。

通过了解反派角色为自己开脱的理由和对反派造成重大影响的事情，你便获得了能将反派刻画得更为真实、有着生动灰影的材料，而不是简单地将反派打造成一幅黑白讽刺画。

犯罪现场	谁、于何地、如何受伤	洛琳达·刘易斯，30岁的银行出纳员，被劫车、从车上扔下，并被杀害。
反派草图	基本信息：姓名、年龄、职业、外形描述、家庭情况、背景	德鲁·麦克尼，银行经理，尽管已经50多岁了，仍有着少年般的英气；有两个青少年女儿；与胆小但富有的梅林达结婚已有25年；每周举重、跑步48公里；在一个富裕的家庭里长大，是最小也是唯一的儿子，有三个姐姐，总能得到他想要的东西。

续表

动机	谋杀犯罪的表面动机	为了阻止洛琳达揭露他与众多年轻迷人的银行出纳员的不当关系（包括洛琳达）。
动机	反派个人角度	"洛琳达，那个一心想着报复的婊子，她无法忍受我抛弃了她，现在她要毁掉我辛苦争取的一切。我要阻止她，保护我的家庭。"
触发事件	可能解释犯罪发生原因的过往经历	当德鲁还是高中足球队队长时，他和伙伴们强奸了一个女孩，并被教练和镇上官员包庇，免受起诉。

牛刀小试：在反派的脑海中停留 4.1

思考你的悬疑小说中的反派角色。记录下你的想法。

犯罪现场：

反派草图：

动机（犯罪的表面动机）：

动机（反派个人角度）：

触发事件：

使犯罪情节符合反派的设定

实施犯罪的手段是多种多样的，可以射、刺、扼、下毒或推落悬崖，等等。你可以设定受害者被一辆轿车碾过，又或者被壁炉拨火棍猛击头部。然而，谋杀并非偶然事件，你首先要考虑以下事项：该反派角色是否具备完成这项罪行所需的专业技能、能力以及性格？

举个例子：假设我正创作的小说中有一位外科医生，在第 302 页之前，他都是一位古板保守的绅士，突然在第 303 页，他从医院的洗衣筐里跳出来，挥舞着机枪扫射工作上的对手，即另一位与他竞争医院院长职位的医生。尽管在此之前，这家伙所做的只是出席董事会议，在鸡尾酒会上喝得酩酊大醉、令人生厌，以及完成心脏手术。此刻，他竟摇身一变成为"终结者"。人物行为与角色显然不符。若他刺杀、下毒或将竞争对手推下医院的天台，读者或许尚能理解。如果在先前埋下有关该外科医生曾服役于特种部队的线索，作者也许（几乎很难）能够侥幸自圆其说。

选择一种你笔下的反派角色（以及嫌疑人）能够采用的作案手法，并确保他具备这种手法需要的能力以及专业技能。倘若反派体格健壮并曾有肢体暴力史，那么他采用扼、刺或殴打来实施犯罪行为就更有说服力。若你将犯罪手法设定为安置电子激活的可塑炸药，就要提前铺垫他是

> **牛刀小试：使犯罪情节符合反派的设定** 4.2
>
> 你的反派角色将如何杀害受害者？充分考虑他的动机、力量与专业技能，以及愤怒程度。确保使用手法是合理的。
> - ☐ 吸入大量浓烟而窒息
> - ☐ 殴打致死
> - ☐ 被棍棒殴打致死
> - ☐ 被活埋
> - ☐ 溺死
> - ☐ 绞死
> - ☐ 机枪扫射致死
> - ☐ 氰化物毒杀
> - ☐ 胰岛素使用过量致死
> - ☐ 被推至火车前撞死
> - ☐ 被车撞死
> - ☐ 被重型设备碾过
> - ☐ 被手枪射杀
> - ☐ 割喉
> - ☐ 被闷死
> - ☐ 捅一刀
> - ☐ 捅多刀
> - ☐ 勒死

如何习得如此复杂的炸弹制作方法，并获得所需材料的。假设一位妇人用点45口径的自动步枪射杀了自己的丈夫，那么就必须交代她是如何掌握使用枪支的方法，并承受点45口径自动步枪的后坐力的。

第二个需要考虑的因素是：暴怒因素是否适当？

犯罪行为越极端，罪犯越有可能受仇恨与愤怒驱使。抢劫犯只会给受害者来一枪，但暴怒的丈夫会多次开枪射击强奸他妻子的家伙。反派解决碍事的家伙时，会选择快速起效的致命毒药，但若是对受害者满怀仇恨，他便会选择一种药效慢又折磨人的毒药，目睹受害者在自己面前被折磨到渐渐停止呼吸。

根据反派对受害者的仇恨程度调整暴力指数。

> **独立练习：反派角色**
>
> 1. 重温你最喜爱的悬疑小说，或者品读斯考特·杜罗的《无罪的罪人》或阿加莎·克里斯蒂的《无人生还》等作品。记得特别留意其中的反派角色们。并同时思考，作者是如何创造一位令人些许同情、极富立体感的坏人形象的，以及反派是如何将犯罪合理化的。
> 2. 使用头脑风暴构思你的反派角色并用笔捕捉你的灵感：家庭背景、体貌特征、教育程度、重大影响事件，等等。
> 3. 在综合考虑反派角色的能力、专业技能以及与受害者的联系之后，为他量身定制一个最为恰当的犯罪手法。
>
> →完成第一部分结尾的构思蓝图的反派部分。

第 5 章

无辜的嫌疑人

> 人人都有秘密。
>
> ——萨姆·斯佩德，达希尔·哈米特
> 《马耳他之鹰》

"我把你们叫到一起……"大侦探赫尔克里·波洛说道，他把大理石壁炉上的斯塔福德郡小雕像重新摆放得十分对称。紧接着，他那机警的注意力转向了聚在画室里的嫌疑人们。随后，在超乎寻常的戏剧性中，他描绘出把一号嫌疑人代入后的案情，而这只是为了证明其清白。接着他对二号嫌疑人故伎重演，而后是房间里的三号、四号。然而就在讲到五号嫌疑人时，波洛忽然转身，重新转向先前的一位嫌疑人，揭露他就是凶手。

现代悬疑小说很少有这么技法粗糙的，但还是会用到基本的诱饵调包技法。这常见于有众多嫌疑人的情况下，并且每人都有其杀人的动机，都藏有好几个秘密。人们的注意力从一个嫌疑人转移到另一个嫌疑人身上，直到真正的恶人被揭露。为了让读者对最终结果感到意外——除意外以外，读者还需要可信度——要么最明显的嫌疑人不是凶手，要么案件不是表面看起来那样的。

那么你需要几个嫌疑人呢？至少两个（加上真正的凶手）能让读者有兴趣猜测。超过五个就感觉像猜谜游戏了。

确定嫌疑人的秘密

列一张藏有秘密的无辜嫌疑人的名单。秘密会使人物看起来有嫌疑，秘密也能还他们清白。

这个秘密可以是嫌疑人自身都不知晓的。比如，一位嫌疑人可能不知道她的丈夫曾跟受害人结过婚，或者嫌疑人可能不知道她是被谋害的姑母的主要继承人。

这个秘密也可以是嫌疑人知道的，但他尽力撒谎以掩饰。

这个秘密甚至可以是嫌疑人本就不存在。一个聪明的罪犯可能会故意制造证据，把线索引到某个已经死去的人或编造而来、不存在的人身上。

以下是一些嫌疑人秘密和谎言的例子：

秘密	谎言
一个嫌疑人正在逃离虐待她的前男友。	她隐瞒了真实身份,为的是不让前男友找到她。
谋杀案案发时,嫌疑人正在抢劫镇上的一家银行。	他说案发时他正和女朋友在一起;他说谎是为了隐瞒抢劫,以免遭到逮捕。
嫌疑人以为她哥哥是罪犯。	她说案发时哥哥跟她待在一起,以此来保护哥哥。

让无辜的人物看起来有嫌疑

事实上你能让小说中的任何人物都难逃嫌疑。每个读悬疑小说的人都有这样的经验:在故事一开头越有嫌疑的人,到最后越有可能是清白的。

这里有些技巧,能用来给无辜的人物蒙上嫌疑之纱。

- **明显的作案动机:** 角色继承了遗产、和受害人的丈夫有婚外情、遭到了受害人的恐吓威胁,或曾被受害人抛弃。
- **突然消失:** 案发后调查者要找角色问话,却找不到他的人影。
- **有意搪塞:** 角色记不起来或拒绝告诉警察案发时自己在哪。
- **行为自相矛盾:** 嘴上说着对枪一无所知,却在该角色钱包里发现了国家步枪协会的会员卡。
- **被偷听：**人物被偷听到对受害人说"去死"类的话。
- **人物和受害者间有不和：**在商界针锋相对、被卷入恶劣的官司，或爱上了同一个人。
- **急切提供线索：**主动找调查人员，向他们提供大量指控他人的信息……但这些信息并非都是事实。
- **本身臭名昭著：**该人物是出了名的骗子，谎话连篇。
- **关联嫌疑：**和其他一些名声不好的人鬼混，或是那个与受害人结仇者的配偶。
- **以前就有嫌疑：**该人物曾因类似的杀人案件被调查；当时伏罪的另有其人，但现在警察又怀疑上他了。
- **以前就被判刑：**该人物曾因类似的犯罪案件被判刑，尽管他声称自己无罪。
- **不可外扬的丑事：**该人物嗜赌成癖、疯狂酗酒、吸毒成瘾、有恋童癖或挪用公款，尽管没人知道。
- **精致外表下的恶劣：**人前慷慨、完美无瑕、善解人意，却被人撞见在踢小狗、扇小孩巴掌或用鞋跟碾碎一个精致的小玩意儿。

设计嫌疑人

刻画嫌疑人时，先写个简短的梗概不失为一个好办法。

多运用一些出人意料的对比，免得你笔下的嫌疑人看起来陈腐老套。比如，一个嫉妒心强、有着一头漂白的金发、身着阿玛尼时装的女人或许曾是和平志愿者，现在仍资助着玻利维亚的孤儿。一位严苛固执、控制欲强的银行经理可能喜欢跟五岁的女儿玩幼稚的文字游戏。像这样的对比使人物形象更具人性，更饱满真实。

一个有关嫌疑人的简短梗概应涵盖以下内容：

- **基本信息：** 嫌疑人的姓名，和受害者的关系，年龄，性别，显著的外貌特征，独特的个性特征或特殊经历，用以描绘他的一些细节（他拥有的东西，做的事或惯用的表情，等等），以及可以使他独树一帜的一些离奇对比。
- **动机：** 该人物因为什么有可能犯罪。
- **谎言：** 该人物说的一些谎话。
- **秘密：** 使得该人物看起来有嫌疑的秘密和能证明其清白的秘密。

以下是一个有关嫌疑人简短概述的例子：

犯罪场景：玛莎·科利科特，一个富有的老寡妇，在床上被人勒死。

嫌疑人：特里·布利安

简短梗概:

基本信息

他是玛莎的侄子，20岁，无业游民，长相英俊，金发，聪明但成绩差；大学期间辍学；是玛莎最疼爱的侄子；开着一辆老式克尔维特，穿着价值两百美金的球鞋；无固定住址（说是和朋友住在一起）。他是玛莎葬礼上唯一一个落泪的人。

作案动机

他继承了玛莎的财产。

谎言

他说案发当时，他一个人待在朋友家里看电视。

秘密

让他看起来有嫌疑的秘密：特里嗜赌成癖，债台高筑，受到了放高利贷者的威胁恐吓。他需要姑妈的钱来自保。

给他洗脱嫌疑的秘密：特里案发时在进行毒品交易。

牛刀小试：嫌疑人的秘密　　　　　　　　　　5.1

为小说中一个无辜的嫌疑人回答以下各项：

嫌疑人姓名：

基本信息：

动机：

谎言：

秘密：

独立练习：构思无辜的嫌疑人   5.2

1. 观看一部犯罪剧，如《海军罪案调查处》或《法律与秩序》。列出里边的嫌疑人，记下其中每个人深藏的秘密。注意，秘密有时会让人物有嫌疑，有时反而能证明其清白。

嫌疑人：	秘密：
嫌疑人：	秘密：
嫌疑人：	秘密：

2. 给你的小说中每位无辜的犯罪嫌疑人写一段描述。
3. 选择一个无辜的嫌疑人，进行头脑风暴，列出他可能隐藏的秘密。
4. 就第三步挑出的嫌疑人，用第一人称的口吻写一段独白，谈谈他隐藏的秘密。

→完成第一部分结尾的构思蓝图的无辜嫌疑人部分。

第 6 章

配　角

> 要是没有古德温整日烦着，伍尔夫肯定早就因为他的懒惰而垮掉，最后饿死了……
> ——劳伦·D. 艾斯特尔曼，选自雷克斯·斯托特的《矛头蛇》班特姆平装书1992版引言部分

阿瑟·柯南·道尔给夏洛克·福尔摩斯安排了一整套的辅助配角。其中有华生医生，他是典型的助手角色，负责给福尔摩斯提供一个传声筒；有苏格兰房东哈德逊太太，负责做饭、打扫房间，对福尔摩斯关心备至；有伦敦警察厅的探长莱斯特雷德，负责衬托福尔摩斯的天资聪颖，同时提供给他接触官方调查的机会；有贝克街的非正规军，潜入福尔摩斯没法亲自去的地方刺探情报；还有握有政权的哥哥迈克罗夫特·福尔摩斯给他提供资金和战略支持。

同样，你的辅助配角阵容也应反映出主角的需求。比如说，一个业余的侦探就需要个能打听到内部情报的亲戚

朋友：警官、私家侦探或记者都符合要求。一个骄傲自满、以自我为中心的人物就需要另一个人时刻敲打着，提醒他别把自己太当回事儿，尖酸刻薄的同事或母亲就很恰当。你也可能想借助孩子或怀孕的妻子来展现冷峻严苛的警探柔软的一面。

助　手

辅助配角中最重要的角色莫过于助手，很多推理小说中的主人公都有其得力助手。雷克斯·斯托特笔下肥胖、懒惰但天资过人的尼禄·伍尔夫有助手阿奇·古德温——身形苗条、满嘴俏皮话、讨女人喜欢。罗伯特·B. 帕克笔下满腹经纶、时常引经据典的斯宾塞有他那老于街头世故、言语犀利的黑霍克。哈兰·科本笔下的由球星转职的体育经纪人，米隆·波利塔，有个富有的金发预科生朋友，温莎·霍恩·洛克伍德三世。苔丝·格里森笔下的验尸员莫拉·艾尔丝博士，为人冷淡，寡言少语但逻辑清晰，与侦探里佐利的急性子、易冲动正好互补（他们俩互为彼此的助手）。

华生，一名已婚医生，浪漫而感性，在《波希米亚丑闻》中他是这样描述福尔摩斯的："对他那冷静、精确，极其平稳的大脑来说，一切情感都是叨扰。我觉得，他的大脑是有史以来最理性、最敏锐的。"

华生：已婚、凭直觉、单调乏味、放松、感性、谦虚、普通人、浪漫、温暖

福尔摩斯：冷淡、自负、厌恶女人、奇才、不动感情、神经紧绷、逻辑清晰、天资聪颖、单身

发现模式了吗？这就是古话说的"阴阳相生"。悬疑小说的主人公及其助手就好比阴阳两极，助手是"阴"，而主人公是"阳"。阴阳相对使得主人公的激烈个性得到缓和。

所以，在第二章中对侦探的简介是创作助手形象的起点。构思如何利用助手的特点反映主人公的特点。

牛刀小试：现在请试着写出助手的特点   6.1

    列出你笔下主人公的个性；写出你能赋予助手角色的相反个性。圈出一些你最喜欢的。

主角	助手
1.	1.
2.	2.
3.	3.
4.	4.
5.	5.
6.	6.
7.	7.
8.	8.
9.	9.
10.	10.

竞争对手

每部悬疑小说中的侦探都需要一个竞争对手。对手不是罪犯，而是一个正面人物，往往能让你的主人公恼火，驱使他不断进步，折磨着他，给他设置重重障碍，总是让他头疼不已。她可能是对主人公溺爱有加的家人，或是知晓一切的同事。又或者他是一名警官，对主角有失尊重。竞争对手还可能是事必躬亲或卖弄风情的上司。

夏洛克·福尔摩斯的对手是探长莱斯特雷德，他对福尔摩斯的探案技巧很是不屑。与此类似，凯西·莱克斯笔下的法医人类学家坦普伦斯·布伦南与蒙特利尔警局的卢克·克劳德尔警官一直是死对头。他们两人间的争斗可谓剧情推进的一个重要因素。在《黑色星期一》中，布兰纳得知克劳德尔要跟她一起办案时，是这样评价他的：

> 尽管卢克·克劳德尔是个好警官，他有着烟花一样的耐心，如穿刺者弗拉德般的敏感，同时一直怀疑法医人类学的价值。

她还补充道：

> 不过确实是个时尚达人。

争吵就像调味料，一下子让人物鲜活了起来。竞争对手可以给主人公制造各种好玩的问题，还能给办案抛下障碍，大大丰富了故事情节。

对手可能仅仅是愚钝的，比如一个高级警官因为固执己见，听不进去别人的话，不让主人公参与办案。对手也可以是故意刁难的，好比一个政党领袖可能会利用职权之便平息一场会威胁到他密友的案件调查，或一个资深记者可能会秘而不露某些信息，只因不愿让新手记者报道最新消息。

在刻画一个对手时，要记得他的定位应该是惹恼、妨碍主人公的人物。有了这个对手，主人公将愈发有机会去争论、努力，并展现自己的才情和气概。

牛刀小试：为主人公找个竞争对手 6.2

想一想你给小说设定的人物中，有哪些能扮演对手的角色。列出有可能的人选，进行头脑风暴，看看这些人选可以怎样丰富主角的生活或阻挠办案。

潜在的对手	可能带来的复杂性和障碍

辅助配角阵容

辅助角色可以是主角生活中的任何一个人，如亲戚、朋友、邻居、同事、专业同行、当地图书馆的管理员、服务员、镇长，甚至一条宠物狗。也许这个角色将被卷入阴谋、置身险境，甚至可能转而成为嫌疑人。

辅助配角的出现将带来一系列问题，所以选择时要慎重。你让主人公拥有了年幼的孩子，你就得安排好孩子的抚养照顾事宜；安排了伴侣，主角就不可避免地面临受性感的嫌疑人吸引的问题；就算是宠物狗，也得一天遛两次。即使你不考虑这些问题，读者也会替你发愁。

辅助角色构成了你笔下主人公的生活，但他们中的每一个也要在故事中扮演关键角色。以下是一些他们能够扮演的角色：

- 被征询意见的人
- 有特殊技艺者
- 内部消息提供者
- 保镖或硬汉
- 看管人或爱操心的人
- 做苦工的人
- 良师益友
- 默默工作的人

- 钱袋子
- 官僚习气的有力破除者
- 恋爱对象（情人）

一开始，你的人物设定可能还是老一套：妻子贤惠顾家，岳母唠唠叨叨，助手笨手笨脚，警官有男子气概，或律师谄媚虚伪。在准备写作的阶段，他们是可以类型化的。但当你开始写作时，你会想推陈出新，让你的角色有血有肉，你自然会把他们写得充实饱满，做些令你大跌眼镜的事。你不想让配角抢风头，但也不能让单调平板的人物形象阻碍你的创作。

给辅助配角起名字

给每个辅助配角起的名字要符合其人设，另外，仔细选些便于读者记住的名字。

绰号便于记忆，尤其是当这个绰号能提醒读者角色的个性（Spike，尖刺；Godiva，美好善良；Flash，速度快）和外貌（Red，红皮肤；Curly，卷发；Smokey，皮肤黑褐色）时。来自其种族的名字（Sasha，东欧裔；Kwan，华裔）同样让人印象深刻。不要用那些平庸乏味的名字（鲍勃·米勒），或"达克龙"这类听起来稀奇古怪的外来词。

读者要记住所有人物本就不易，所以别再为难他们了。

第6章 配 角

- 别给人物取复名,像威廉姆·托马斯,斯坦利·雷蒙德,苏珊·弗朗西斯。
- 适当改变不同人物名字中的音节数,相比简和斯蒂芬妮,读者肯定更容易搞混鲍勃和汉克。
- 选那些发音差距较大的名字。例如,假设主人公的妹妹叫莱娜,就别再给他的好朋友取莉莲、唐娜之类的名字了。
- 选那些首字母不同的名字。在起名字时就提醒自己这一点,你就不至于到后来发现名字全是"M"开头的,例如:玛丽、梅琳达、米歇尔。

名字说来就来是不现实的。一个很好的灵感来源是你们当地的电话簿。网上也有许多给宝宝取名字的网站,一些网站还会按种族提供姓名。在一些"按时期划分的流行名字"榜单中,你可以查阅角色的出生年份,看看当时流行什么名字。

我一旦发现中意的名字,都会添加到电脑的列表上。我列表的首个名字是塞西莉亚·斯普恩,这是我在当地报纸上找到的。它可能有点太狄更斯式了,但我知道有一天它会派上用场。

所以创建个名字清单吧,当你发现喜欢的姓名时就添加进去。

独立练习：创建辅助角色阵容

1. 助手的姓名和个人简介
   - 姓名
   - 职业
   - 与主人公的关系（咨询者、恋爱对象等）
   - 个性特征
   - 个人背景
   - 优缺点
2. 对手的姓名和个人简介
   - 姓名
   - 身处什么样的职权地位使其能妨碍主角
   - 主角和这个对手间的关系
3. 列一张你小说中需要的其他辅助角色的清单。每一个角色都要有包含以下因素的简介：
   - 姓名
   - 小说中扮演的角色
   - 简短描述（包括年龄、性别、外貌特征、个性特征，以及任何你认为与这个角色有关的重要信息）

→完成第一部分结尾的构思蓝图的辅助配角部分。

第 7 章

目的冲突的人物关系网

> 当两位行事相异的人物相遇时，一场较量就在所难免。
>
> ——詹姆斯·斯科特·贝尔《这样写出好故事》

人物间的较量与冲突会给你的小说增色不少，让读者不忍停下。若想实现这一点，你可以为小说中的不同人物设立相互竞争的目标。一旦你建构好了小说中的角色阵容，就该考虑他们之间的关系了。正面人物如何助力主人公实现目标？反面人物又怎样成为主人公成功道路上的绊脚石？

为此，建立人际关系网或许能够助你找到感觉。

将主人公的名字和目标置于人物关系网的中心，在其外围写下其余人物的名字。画箭头以表示角色对主角是起辅助还是阻碍作用。

与主人公背道而驰的人物会为故事营造紧张氛围，更有趣的是当某一人物具有双重作用时。在上述人物关系网

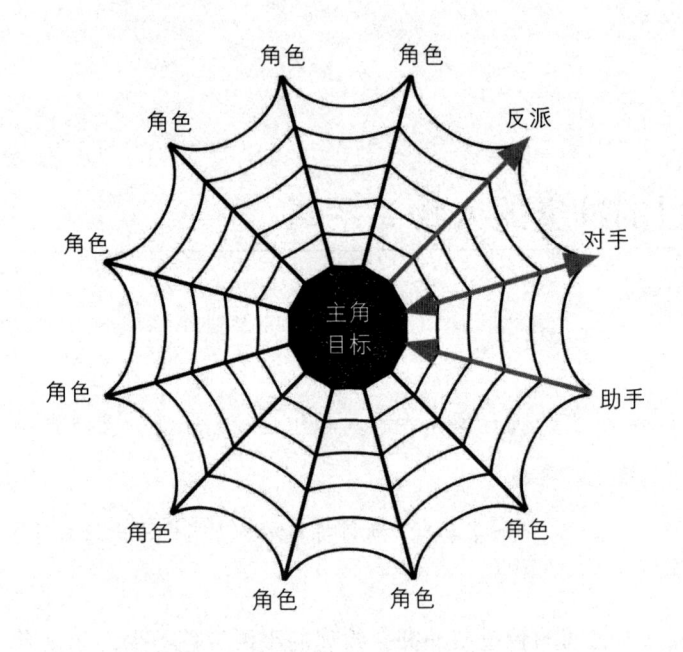

中，助手角色协助主角，反派角色妨碍主角，而对手角色既能协助主角，也会妨碍主角。例如，从常理来说，侦探的上司（对手）可能想让主人公找到杀手，但同时他也需要保护自己可能因此而泄露的秘密。

以下是达希尔·哈米特的《马耳他之鹰》中主要人物的简介，可以看看更加完整的人物关系网是怎样的。

人物包括：

- **萨姆·斯佩德（主人公）：** 一名私家侦探；目标是将杀手绳之以法，为此，他必须找到一件无价之宝——马耳他之鹰。

- **布里姬·奥肖内西（或称温德莉小姐）：** 雇用斯佩德和阿切尔寻找她的妹妹，在寻找的过程中阿切尔被谋害了；事实上，她并没有妹妹，她只是想借此让斯佩德找到马耳他之鹰；她不想让他找到杀死迈尔斯·阿切尔的凶手。
- **乔尔·凯罗：** 想要得到马耳他之鹰的小偷。
- **爱娃·阿切尔：** 迈尔斯·阿切尔的遗孀，与斯佩德有婚外情。
- **埃弗·珀林：** 斯佩德的秘书，为人忠诚。
- **汤姆警官：** 负责调查阿切尔谋杀案的警察，为人正直。

人物关系及矛盾冲突如下图所示。以布里姬·奥肖内西为例，她不希望斯佩德找到杀死迈尔斯·阿切尔的凶手，只想让他帮她找到马耳他之鹰。

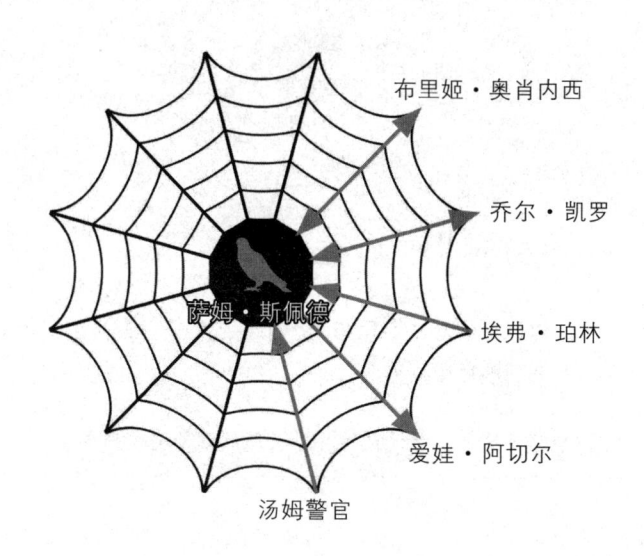

独立练习：建立小说的人物关系网　　　　　　　　　7.1

1. 列出人物及其目标（在角色列完之前不要停下）

主角 / 目标：＿＿＿＿＿＿＿＿＿＿＿＿＿＿＿＿＿

人物 / 目标：＿＿＿＿＿＿＿＿＿＿＿＿＿＿＿＿＿

人物 / 目标：＿＿＿＿＿＿＿＿＿＿＿＿＿＿＿＿＿

人物 / 目标：＿＿＿＿＿＿＿＿＿＿＿＿＿＿＿＿＿

人物 / 目标：＿＿＿＿＿＿＿＿＿＿＿＿＿＿＿＿＿

人物 / 目标：＿＿＿＿＿＿＿＿＿＿＿＿＿＿＿＿＿

人物 / 目标：＿＿＿＿＿＿＿＿＿＿＿＿＿＿＿＿＿

2. 将主人公的名字与其目标置于下图人物关系网的中心。在外围写下其余人物的名字。画箭头以展示主人公与外围人物之间的关系。

3. 对以上人物关系网进行评估。人物之间的冲突与矛盾是否足够？能否添加更多？

→完成第一部分结尾的构思蓝图的人物关系网部分。

第 8 章

背景设定

> 我的书开始于一个地点,这个地点唤起的某种情感让我想将书的背景设置在这里,不管它是空旷的海滩还是人头攒动的社区。
>
> ——摘自 P.D.詹姆斯接受沙龙网站采访内容

有人说,鲜活生动的背景设定就如同小说中的另一主人公。有时的确如此。即便无法做到,你至少也要设置具有说服力的小说背景,与故事情节、人物性格、小说主题和情感基调相符合。

背景设置包括以下三个维度:

- **时间:** 年份与季节;
- **地点:** 地理位置,外部环境和内部环境;
- **环境:** 提供主要背景的活动与机构。

脑海中浮现着米娜·叶特娜的形象,我着手《老妇人》的创作。91岁的她背靠长廊,凝视盐沼,透过一片水域,遥望曼哈顿的天际。因此,我把她家安置于布朗克斯,现实中,那里有一个社区提供租金较低的老房子。她自小就住在这里,看着一座座摩天大楼拔地而起。我了解到在1945年的一个早晨,浓雾笼罩,一架B-25轰炸机撞向帝国大厦的七十九层。以此为背景,我把米娜的第一份工作设定为在帝国大厦里就职的一名职员。她是这次事故引发的大火中为数不多的幸存者之一。这些历史时间与地点的细节与我的故事完美结合了起来。

精心设定小说的背景。因为你选择的背景可以同时限制和丰富故事情节的发展。在动笔之前,列出你可能要写的场景及其可能发生的时间和地点。探讨、分析并挑选出最具戏剧性的时间地点。如果可以,亲自参观涉及的地点,拍照取材,并做笔记。若不能,那也应该找一些照片和书面描述,与曾到过那的人进行交流。这样在写故事的时候,你就可以运用这些真实的细节,适当补充一些合乎情理的想象。

时间:年份

不论你把小说设定在过去、现在、未来,还是幻想世界中一个虚构出来的时间,都会对小说的各方面产生重大的影响。它会影响人物的衣食住行和娱乐生活等多方面

(穿着服饰、忧愁烦恼、居住条件、出行、使用的产品、听的音乐等)。同时,时间也会限制可实施的犯罪调查的类型。劳拉·金笔下的主人公玛丽·罗素,20世纪早期伦敦的一位学徒,福尔摩斯之妻,在当时的年代,她只能使用老派的观察法和演绎法;金西·米尔虹被设定为20世纪80年代出场的主角,那么苏·格拉夫顿在故事情节中自然就不能提到手机或 DNA 证据等现代工具;凯西·莱克斯将"坦普伦斯·布伦南"系列置于当前背景下,那么她就可以自如使用现代的法医鉴定手段。总之,要赋予小说中的调查者与时代相符的工具。

若故事情节是以特殊的历史事件为背景的,那么你就可以把你的故事和并发事件交织在一起。例如繁荣兴旺的20世纪20年代、经济大萧条、第二次世界大战等。事实上,任何历史时期都可以为你提供丰富的历史背景、真实人物和历史事件。

若把小说设定在当前,你就可以涉及当下时事。缺点是时事可能很快就会过时,你的故事也会随之过时。要知道,即使是已经签订新书合同的作家,从开始动笔到书籍出版也需要至少两年的时间。在创作小说时发生的重大新闻事件,一年以后可能变得乏味、无聊。所以只需涉及对故事有重要影响的时事。

在虚构时空背景下,一些重大事件不得不排除在外。

"9·11"恐怖袭击发生时,我正着手创作一部立足当下的小说。如果小说中偏执的罪犯经历了此事件,定会深受影响。考虑到这一点,我就想把这一事件加进书中,但最终决定还是不加为好。因为我确信,读者读犯罪悬疑小说是为了自娱,他们并没有准备好在这样的书中看到恐袭事件;而且,我自己情感上也没有做好写这件事的准备。

是否要在小说中涉及真实并发事件,你要谨慎考虑、权衡利弊,最重要的是要相信自己的直觉。

牛刀小试:加入并发事件 8.1

列出在小说的时代背景中发生的事件、对事件的取舍,阐明自己的理由。

年份		
并发事件	保留事件的理由	舍弃事件的理由

时间：季节

你可以通过几种方式利用故事发生的季节。飓风、季风雨、暴风雪等极端天气可以创造出戏剧性的故事背景。下面选段摘自雷蒙德·钱德勒的短篇小说《红风》，这段对加利福尼亚南部圣安娜风①的描述为第一个场景提供了有力的开头：

> 那天夜里，一阵来自沙漠的风刮来，炎热而又干燥。圣安娜风钻进山洞里，呼啸而来，势不可挡，它的威力足以让你头发卷曲，心跳加速，皮肤发痒。在这样的夜晚，所有的酒会都以暴乱匆忙告终，人们仓皇出逃。温顺的娇妻也会摸着刀刃，研究起丈夫的脖颈。一切都有可能发生。

圣安娜风在秋冬季节尤为多发。

你选择的季节——或多个季节，如果小说的时间背景足够长——可以为故事提供多种可能性。在冬天，佛蒙特州的冰雹会导致道路无法通行，这样就会延误法医到达犯罪现场的时间；在夏天，堪萨斯城的热浪可能会让闭门不出的老人死亡，结果人们发现其中一位死于谋杀；春雨过

---

① Santa Ana winds，一种吹自沙漠的干热焚风。——译者注

后，道路泥泞，山体滑坡，房屋坍塌，将主人公困于路边，在寒风中瑟瑟发抖。

要注意你选定的季节中会出现的一些麻烦事。若故事发生在新英格兰的冬天，那么人物外出时就必须把自己裹得严严实实、除去挡风玻璃上的冰。若故事中的人物要外出漫步，在小溪边沐浴，那你要确保你设定的天气足够温暖，适合散步，并且小溪不会干涸成一条细流。你不可能让人物在七月晚上八点的路灯之间的暗影下潜伏，那时太阳可能还没有落山呢。

无论你选择什么样的时间段和季节来作为故事的背景，都要花一些时间来计划如何使这些选择在你的故事中发挥作用。

牛刀小试：充分利用时间 8.2

写下设定的年份和季节。列出你的选择对故事中的调查手段、并发事件、天气等因素有何影响。

年份 / 季节	影响

地点：地理环境

小说设定的地理位置为故事提供了一系列可能的戏剧性景观，让你的故事显得活灵活现，栩栩如生。小城镇和大城市一样，可以为故事情节的发展提供多种可能。位于肯特郡的静谧村庄圣·玛丽·米德，是阿加莎·克里斯蒂"马普尔小姐"系列小说的完美背景。薄雾笼罩下的威尼斯的运河和宫殿，为多纳·莱恩的"吉多·布鲁内蒂警监"小说提供了丰富的背景。

读者喜欢品读富有地方色彩的小说。许多悬疑系列小说的读者来自小说中涉及的地理位置。另一方面，对于那些渴望探索未知世界的读者而言，奇特的地理环境具有十足的诱惑力。最重要的是你了解背景，将它活灵活现地表现于纸上，并充分利用地理环境带来的机会。

让地理环境塑造角色的行为。纽约客不会与陌生人进行眼神交流，而得克萨斯人会向所有人问好。密尔沃基警察可能钟爱德式香肠，芝加哥的警察也许是"红辣椒"牌辣味糖果的狂热爱好者。

以下是一些可以使人物反映地理环境的方法：

- 言语——措辞的选择、言语模式、方言等
- 服饰
- 食物
- 交通工具

- 待客方式
- 他们支持哪些运动队伍

以下例子选自劳拉·李普曼的《糖屋》。透过细节,李普曼把巴尔的摩展现得活灵活现。

> 在巴尔的摩,吃酸牛肉的日子从黎明开始就是温和晴朗的。
>
> 其他城市在当地教区举行意大利面晚宴和聚餐,有烧烤、烘焙和炸鱼。巴尔的摩也有这些东西,甚至更多。但是在萧瑟凄凉的秋日,有一段时间里人们只有酸牛肉可以吃,并且也只在刺槐角才有的吃。

和大多数悬疑小说家一样,李普曼之所以能够把小说背景展现得如此生动形象,是因为她就住在那里。如果你把小说背景设定为你生活过的地方,那么你就能增添些过来人的"小秘密"。如果你设定的背景是你没有生活过的地方,那么在情节设定阶段,你要花一些时间去参观、研究这些地方,以获得较为全面的了解。

地点:外部环境

挑选了地理环境之后,你就该考虑如何运用外景以设置小说场景了。如果要选用真实的外景，那么你要确保尽可能准确。人物在单行道上逆行，或一家众所周知的饭馆无意间被作者搬迁到新的地点，类似的错误会让读者十分排斥。

也有其他处理方式：你可以根据现实存在的外部环境的特点，创造一个虚拟的外景，以此巧妙地处理细节。丹尼斯·勒翰将《神秘河》的背景放在一个他称之为"东白金汉"的虚构波士顿蓝领社区中，但任何一个熟悉波士顿郊区的人都能从真实的细节中看出，那就是查尔斯顿、布莱顿码头或多尔切斯特（勒翰成长的地方）。

> 他们全都住在东白金汉，这个地方位于城镇西部，街边挤挨着小商店和小小的给孩子玩耍的空地，肉店里还带血的肉块挂在橱窗前。酒吧有着爱尔兰式的名字，路沿停着道奇牌达特轿车。女人都裹着头巾，夹着皮革钱包，里面放着香烟。

数页之后，勒翰又创造了"平顶区"，一个半真半假的地方。

> 就在吉米随父亲在高架铁路下的暗影中朝弯月街的尽头走去时，平顶区豁然出现在他面前，一览无遗。

货运火车隆隆驶过老旧破烂的露天电影院,往前方的州监大沟驶去。他知道——在他心里最深的一个角落——他们再也见不到大卫·波以尔了。

只要细节足够生动真实,就可以创造像东白金汉和平顶区这样的外景。就如同位于波士顿中央的土坯庄园不会被雨水浸湿,洛杉矶的鹅卵石街道也不会。一些作家会为虚构的外景绘制地图,这样目标更为明确,更有利于故事情节的衔接。

地点:内景设置

你的小说可能有多达十来个的内部场景,主人公的家庭住所应该是小说里反复出现的其中一个。

我在小说《老妇人》中描述了两种不同的厨房场景,除了想塑造生动形象的内景外,还要向读者展示这两个妇女居住空间的不同。

埃维妈妈的厨房:

> 埃维转过身来,穿过成堆的报纸、纸袋和塑料袋,终于来到了厨房:洗碗池里餐具摆得满满当当,水龙头的水也在滴滴答答地流着。她一脚跨了过去,关紧

水龙头，拉开了布满灰尘的红白格子窗帘，随后打开窗户，窗台上摆放着一排已然枯萎了的非洲堇。

埃维邻居的厨房：

　　此时，埃维望向邻居家的厨房，惊叹不已：黑白方格图案的地板一尘不染，两个外面贴有瓷砖的铁质洗碗池亭亭直立，一对浅绿色金属落地柜倚墙而立，落地柜上有一个白色搪瓷的操作台，上面摆放着一个翻盖式的面包盒。墙上的挂钩上挂着铲子和勺子，它们的手把都是木制的，涂着和柜子一样的浅绿色。可以看出，这些厨房用具已经有些历史了，上面布满了它们主人的手的痕迹。看到这些，埃维感觉自己回到了20世纪20年代。

设置内景时，考虑一下，通过展示居住空间，你想向读者展示主角的什么方面？如果你的主人公是一个挑剔枝节、井井有条的人，那你可以选择钢铁和玻璃材料制成的家具，墙上的印刷图案可以选择蒙德里安式风格（荷兰画家）；如果你的主人公是那种神经大条、粗心大意的人，那么他的书桌就可能是纸张横飞的，地毯的边角可能是久经磨损的；如果你的主人公是那种精神饱满、积极乐观的人，那么她的居住空间可能是新经粉刷、色彩明亮的；如果你的主人公是一个性格阴郁、闷闷不乐的人，那么他家的窗户就可能终日被布满灰尘的绿天鹅绒窗帘遮蔽。

在脑海中，假设你正在主角的家中：他的家是一座豪华大厦、一间公寓套房、一顶山顶木屋还是无家可归的人的收容所呢？家里用以装饰的是精致珍贵的上乘古董，还是从庭院拍卖会和二手店淘来的破旧不堪的小玩意儿？家具是简约风格的吗？储藏盒是未开封的吗？家里有大屏幕电视机还是旧式收音机？厨房里是放着最新的厨房器具，还是只有一个加热外卖的微波炉？每一个选择都应当反映出主角的性格以及他生命所处的节点。

其他内景设置要与你主人公的职业相关。如果你的主人公是一个律师，那你可能需要描述监狱和法庭的场景；如果你的主人公是药检师，你设计的场景可能要包含尸体解剖室和停尸房。大多数以凶杀案侦探为主角的小说都会出现发生在警车和警察局中的场景。

除此之外，你要准备好一些让主角放松自我的地方。苏·格拉夫顿笔下的金西·米尔虹就经常把一个昏暗的小酒馆当成她的避难所，那里有罗茜做的匈牙利食物。罗茜是一个丰富多彩，经常出现在小说里的人物。

选用真实的地点做你的室内环境来设置场景是一件非常有趣的事，因为当地读者喜欢探寻他们认识的地方。从经验来看，如果小说中没有发生糟糕的事情，那么使用真实的地点也是可以的。如果你要写主角一次轻松愉快的进餐，那你可以选择一个真实的餐厅；如果你的主人公在饭后食物中毒了，那你应该虚构一个地方。毕竟你肯定不想成为餐厅老板的敌人，也不想被老板起诉吧。

> **牛刀小试：尽可能多地列出你的"地点"** 8.3
>
> 选择一个地理位置，列出它在你小说里能用到的所有内部场景和外部场景的设置，列出你在故事中能够利用上这些设置的哪些方面。
>
> | 地理位置 | 你的故事里能够利用的方面 |
> | --- | --- |
> | | |
> | 内景设置 | 你的故事里能够利用的方面 |
> | | |
> | 外景设置 | 你的故事里能够利用的方面 |
> | | |

背景：活动和活动地点

小说设定的另一方面是活动的内容和地点。大多数侦探小说都包含侦探侦查、工作和犯罪发生时的环境场景。比如，侦探小说最常见的环境背景是执法活动——主角是警探；活动是审讯罪犯和侦查取证；活动地点就是构成刑事司法系统的机构，如警察局、监狱和法庭。当然，每一部警察疑案小说都有其进一步的背景，那就是犯罪发生的活动地点。比如，如果警察调查的是艺术品失窃案，那么调查也许会在艺术工作室、艺术博物馆、画廊或拍卖行进行；如果主角是一位业余侦探，那么背景也许就是这位业余侦探日常工作和生活的地点。

小说背景的选择对于小说的市场定位来说十分关键。以法医办公室为背景、以生动的尸检为特色的悬疑故事会引起众多神经敏感的读者的反感；以鸟类保护区为背景、讲述观鸟人在追踪红脚隼时目睹犯罪的悬疑故事也许不能吸引那些喜欢快节奏和硬派风格的读者。

以下是一些曾出现在悬疑小说中的背景的例子：

活动内容	活动地点
艺术品收集	博物馆、拍卖行、画廊
医学研究	医院、大学、私人实验室

续表

活动内容	活动地点
赌博	赛马场、赌场
走私濒危物种	美国鱼类及野生动物管理局、美国海关
贩毒	犯罪团伙、街头匪帮
打高尔夫球	美国职业高尔夫球巡回赛、乡村俱乐部、高尔夫球场

选择一个你熟悉的或足够吸引你、并愿意进行必要的研究以使其更生动的背景。

以下是要提前研究的背景的一些方面：

- **服装设计**：场合决定人物的衣着，服装体现人物的地位；
- **行业术语**：惯用专业术语和特定表达；
- **装备配置**：专用设备和工具，以及它们的使用方式，安全防范措施；
- **等级排序**：高地位职业、低地位职业，以及不同阶级的人物待人处事的方法；
- **日程安排**：在某一典型的白天、晚上、周或月中发生的事件；
- **行为举止**：在典型和极端情况下，对人们的行为造成影响的成文或不成文的准则，以及一些角色们不能跨越的界限。

牛刀小试：充分利用背景 8.4

写出你的小说中充当故事背景的活动地点和内容。为了使你的背景设置令人信服，列出你需要进行研究的方面。

背景：活动地点和内容	需要研究的方面

反映人物性格的私人空间

私人空间（办公室、汽车、厨房、卧室）的细节为你描写人物的性格和怪癖提供了极其丰富的机会。以下片段是珍妮特·伊万诺维奇的第一部小说《一个缉拿逃犯的女人》中主角斯蒂芬妮·普拉姆翻看冰箱的情景，其中的细节描写一针见血，对塑造主角至关重要。

……我拖着沉重的步伐挪进厨房，来到了冰箱前，多希望夜里冰箱仙子来拜访过我的冰箱。我打开冰箱，

第 8 章 背景设定

盯着空空如也的冰箱隔板，注意到食物并没有神奇地从黄油储藏罐的污点和保鲜储藏格底部干瘪的絮状物中自我克隆。半罐蛋黄酱，一瓶啤酒，发霉了的全麦面包，装在塑料袋里已经腐烂成棕泥、被冻成冰块的生菜，还有一盒仓鼠小肉块，拦在我与饥饿之间。现在我就想知道早上九点喝啤酒是不是过分了。

为读者打开一个人物的冰箱时，你可能会发现：

- 半打维生素水
- 装在堆放起来的、大小匹配的塑料容器里的剩菜，每个容器上面都贴着标签，记录着食物名字和日期
- 冰箱里塞满了食物，一旦打开冰箱门牛奶就会掉下来
- 各种药物
- 空无一物，但有股浓烈的臭味
- DVD 光盘
- 成捆的现金

你的主人公的汽车也要充满各种让人意想不到的可能：斯蒂芬妮·普拉姆开着一辆折篷车；迈克尔·康奈利笔下的林肯律师则搭着一辆林肯城市汽车到处奔波，这辆车还兼任着办公室的角色，他的司机是一名无法支付律师费用的客户。

> **牛刀小试：虚构一个私人空间** 8.5
>
> 想象一下人物的卧室，简要记录使其独一无二的细节。
>
> | | |
> |---|---|
> | 医药箱里装有什么东西？ | |
> | 垃圾桶里都扔的什么东西？ | |
> | 洗碗池上放着什么？ | |
> | 水龙头是否滴水？ | |
> | 下水道能否正常排水？ | |
> | 毛巾是挂着还是折叠着的？ | |
> | 房间的味道如何？ | |
> | 洗发用品有哪些种类？ | |
> | 你视线所及之处是否干净？ | |
> | 你视线未能及之处是否干净？ | |

设置一个可信的背景

　　作为一个作家，你的目标不是重塑一个完全精确的地方和时间——那是历史著作和旅游攻略的任务。最糟糕的就是堆砌了几页的描述性细节，让故事停滞不前，无论它们多么能引起读者共鸣。记住，你的目的是：让你的故事背景尽量可信。

第8章 背景设定

故事背景无论是真实的还是虚构的，你都需要在开始创作前就对它的里里外外了如指掌，这样才会给读者一种可信的空间感。比如，当你把一只火烈鸟放在芝加哥郊外的草坪上时，你就暴露了自己其实是一个佛罗里达州人。

把事情合理化是非常重要的能力。通过几笔物质和感官描述——几个有说服力的细节——小说的背景就会变得栩栩如生。

研究要就此入手。你的研究要多深入取决于你对自己选取的故事背景的熟悉程度，以及你能接触到的资源。在创作《老妇人》的时候，我花了好几个小时与纽约历史协会的一位负责人进行讨论，所以我才能为埃维·费兰特创造一个具有可信度的工作背景。在构思《永远不要说谎》中怀有身孕的主人公艾维·罗斯时，我需要做的就仅是仔细回忆我休假后，期待第一个孩子降临时的情景。

苏珊·伊利亚·麦克尼尔创作的"玛姬·霍尔普"系列以第二次世界大战时期的欧洲为背景，对唐宁街10号的研究使她得以在《丘吉尔的秘书》中描写其内部场景。

玛姬·霍尔普走上台阶，经过护卫，叩了叩门。门打开了，一个高大、身着制服的护卫带她穿过一扇乌黑锃亮的门，这门上带有黄铜制成的狮子头的门环，然后他们穿过大厅。一路上她只能盯着怀特哈文的本森制造的落地钟、威灵顿公爵的箱子，以及乔治·唐宁公爵的画像，走上带有格兰特扶手的楼梯。在狭窄的走廊和过道里拐来拐去后，他们终于来到了打字员的办公室，办公室里满是地板蜡水和香烟的味道。

谈起她小说里的背景时，苏珊说："如果可能，我都会尽量去进行实地考察，但是就这段描写而言，我不可能实地考察唐宁街10号，因为它不对外开放。所以我只能从书中去寻找相关信息。"她从亚马逊上找到一些绝版书，如《唐宁街10号：图像史》，还在英国政府主办的网站上游览了虚拟的唐宁街10号。

即使你的故事发生在虚构的时空中，细节描写也一定要连贯、让读者信服。你可以绘制地图，简单记录距离，标注出主要地理特征，这样创作的时候就可以以此为参考，用现实中的小细节去美化、充实这个虚构的地方，并且在你的地图上做好补充。

收集你需要的信息

下面是一些收集信息、研究背景的建议：

- **实地考察：** 实地考察一下你的小说背景设置的地方，

注意要以一个积极的观察者身份，而不是一个游客或居民身份去参观。

- 观察人们：那里都有哪些人，他们看起来怎么样，他们都在做什么呢？
- 四处转转，留心当地的地标性建筑。
- 调动所有感官，留意是否有独特的声音和气味。
- 翻阅当地的报纸。
- 收集一些地图、旅游指南和明信片。
- 随身携带录音机、笔记本、相机，随时记录细节。

- **与曾去过的人们交流**：如果你要写的是一部发生在大城市的警察小说，那就和大城市的警察进行交流；如果你要写的是以英格兰小酒馆为背景的安乐椅推理小说，那就去采访一位英格兰小酒馆的老板。如果你不认识小酒馆的老板，又该怎么办呢？不妨打电话或者发邮件给一些旅馆，告知他们你的想法，寻求帮助，很多店家老板都很乐意与你分享他们知道的或擅长的东西。
- **阅读日记和书信**：对于一个作家来说，第一人称的陈述和自传是有着丰富信息的资源（尤其是当这个背景设置具有一定的历史性时），同时也是获取家庭细节的最佳来源。你可以去图书馆、历史协会的档案馆中查找，也可以在网上搜索相关资料。

- **翻阅报纸：** 你可以在图书馆查阅报纸档案，其中的照片和故事可以向你提供视觉细节。
- **上网搜索：** 网络上有很多关于真实地点的图片和介绍，也能帮你找到那些有特殊兴趣和特殊专长的人。但也要切记：很多内容都是没有经过审核、确认的，所以得经过你自己审查、确认无误后，才可写到小说里。
- **博览书籍：** 由于很多信息都可以从网上获得，所以人们总是忽略图书馆里书本的存在。如要寻找大量的描写和丰富的照片，可以查找旅游指南以及精装版画册，里面会包含特定地点的图文并茂的文章。相关书籍可以去书店购买或者到图书馆借阅，在图书馆，你有可能会认识作者最好的朋友——图书管理员。在网上书店，你也许能查阅书的内文，找到你需要的信息。
- **做事井井有条：** 在收集信息时要注意方法。有人把事实情况复制到索引卡上，有人则使用电子表格程序或文本文件来记录。此外，还要注意在获取信息的同时记录它的来源。

第 8 章　背景设定

独立练习：设置背景

1. 列出你需要研究的问题，从而设置一个令人信服的背景。

2. 尽可能多地参观实地，带上笔记本、相机和录音笔，至少用一个小时来观察、记录或录音。

3. 对那些你无法参观的地方进行研究。可以查阅书籍、报纸、杂志，或上网收集资料，也可以与曾去过的人们进行交流，要注意有条有理，记录事实和信息来源。

4. 写一个五分钟左右、大约半页纸的内容来描述你主人公的家、办公室或汽车等会在小说里出现的地点或场所。

→完成第一部分结尾的构思蓝图背景设定部分。

第 9 章

划定情节块

　　写出提纲至关重要,这能为创作节省很多时间。写悬疑小说时,你一定得清楚接下来要写什么,因为创作全程你都得埋下伏笔。有了提纲,故事接下来怎么发展,我总是了然于胸。

——约翰·格里森姆

　　我写之前会列个小小的提纲,这样我才能知道我该在哪结束,写的过程才能清楚某些特定的节点在哪。但写的过程中我会让自己自由探索,发掘新事物。

——路易斯·贝阿德

　　我只是一头扎进去开始写,希望某个时间点书能写成。当我构思好人物后,情节就像拍立得的照片一般慢慢显现出来。

——塔娜·法兰奇

一部成功的悬疑小说，其情节给读者的感觉就像坐了次激动人心的过山车。车体从起点冲出，然后缓缓爬上一个陡坡，继而骤然下降至深谷。车体加速前稍做停歇，继而加速，越来越快，越来越快，待升至顶点，一个"U"型急转弯后是个更陡的急下坡。还没等你喘上这口气，它就又开始加速，爬上又一个急转弯，然后疾驰而下。在最终的急转弯和扣人心弦的急下坡后，过山车滑进站台，兴冲冲地准备下一轮。

更通俗点说，一本悬疑小说就是由一组组场景组合而成的，这些场景的组合也被称为"幕"，被夹在戏剧性的、奠定整本小说的基调的开头和解释一切的结尾之间。

每一幕的紧张气氛都会不断加剧，直到故事等来戏剧性的高潮和逆转。在最后一幕或临近最后一幕时，读者将迎来一个猛烈的戏剧性结尾，这时主人公往往命悬一线、情形岌岌可危，而真相也在此时被揭开。最后，细碎松散的线索被收束，世界再次转危为安，恢复祥和。

悬疑情节图示

以下的全局图表呈现了悬疑小说的典型三幕式结构。

第 9 章　划定情节块

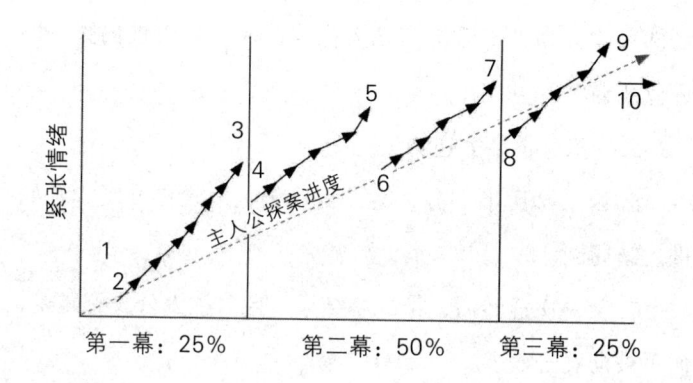

第一幕：25%　　第二幕：50%　　第三幕：25%

随着故事情节以三幕式结构向前推进，紧张气氛也不断发酵。短箭头意味着每一幕都由不同场景构成——实际的小说要比图中所示有更多的场景，紧张程度也随之起伏。虚线代表主人公的探案过程。

接下来简单讲讲情节怎样围绕三幕式结构展开：

第一幕

1. 先是一个戏剧性开篇，接着以意外事件启动故事。
2. 故事继续推进：主角、主要人物，以及背景都围绕故事的主要矛盾、起始目标展开。
3. 以一次情节大反转结束第一幕，这个反转通常是揭开秘密或一次情节逆转使案件受阻、误导办案方向。

第二幕

4. 案件复杂程度升级（会出现"绊脚石"、更多危机、案件风险升高、牵涉更多私人往事；一些秘密被揭露，旧账也被翻出。

5. 中点，情节大逆转一次。

6. 第二幕后半部分，案件更复杂，风险再升级，开始进入结局倒计时。

7. 又一次逆转后，第二幕结束；此时主人公失意碰壁，似乎被彻底击败了。

第三幕

8. 第二幕结束、情节逆转之际，主人公重新振作。

9. 故事达到前所未有的高潮时刻，也是主人公铲除恶势力凯旋之时。

10. 最后几个场景作为故事尾音，整合松散的结尾，结束故事。

使人物和情节连成一体：给主人公设置重重苦难

主人公探案、追踪凶手的过程将一部悬疑小说的各要素有机统一起来。在上一页的图表中，虚线表示探案过程。第一幕设定了主人公的目标，不过这个目标在最后一双靴子落地前随时可能变动。让读者感兴趣的是那些探案过程中要攻克的艰难险阻，以及随着故事发展危险性如何一步步升级。

因而你笔下主人公的悲惨程度直接关系着小说的戏剧效果。以下是一些给主人公设置苦难的途径：

- 制造不适感：主人公办案期间越是饥寒交迫、酷热难耐、口干舌燥、痛不欲生，或越被激得大发雷霆，就越能展现英雄气概。让他擦伤膝盖、扭伤脚踝、手指错位、鼻子流血、胳膊骨折，或者忍受枪伤。之后再写他是如何为了继续办案而忍受这些痛苦的。要确保读者知道主角感受到了痛苦，但要注意别让主人公抱怨、呻吟太多——没人受得了爱发牢骚的英雄。

- 与心魔抗争：假如你打算让主人公经过一片毒蛇出没的丛林，前面的章节就应埋下她怕蛇这一伏笔。要是你的主人公酗酒并正努力戒酒，那么就让她为了办案不得不进入酒吧。

- 制造意外：给主人公设置障碍，从而拖延他办案。比如车出了故障，遭遇暴徒袭击（这些暴徒后来被发现是为了保护凶手），或车辆刚由半挂车拖出高速路后，又翻进沟里。或者主人公在其中一个嫌疑人身上发现了端倪，但没有人相信她。经历一次次挫折后，侦探会变得更强大，意志也更坚定。

- 调节灾祸：以小祸开头，以此为基础，渐渐推至高潮。你需要时不时地对此进行调整改进，比如眼看主人公就要脱险时，下一波灾难就应该已经蓄势待发了。

- 提高风险，让事态直接与个人关联：除去所有设置好的灾祸，要不断提高风险，这样将凶手捉拿归案才显得愈有必要。比如，一个无辜的人物眼看就要被定罪了；主人公或他爱的人正处于险境；凶手扬言要扩大事态、制造危险，而只有主人公可以阻止他。

牛刀小试：你的侦探追踪凶手的过程　　　　　　　　9.1

用一两句话描述侦探追踪凶手的过程。在小说结束前，她想要或需要达成的目标是什么？寻觅将从何地开始、在何地结束？现在列出灾难——可能遇到的挫折、阻碍、你可能带给主角的悲惨境遇。最后决定要如何提高风险。

侦探追踪凶手的过程：

灾难：	如何提高风险：

最终要达到的目标应该让人感觉这是主人公才能做到的,这才不负主人公一路走来经历的苦难。

戏剧性的开端:背景

以不同寻常的事件作为悬疑小说戏剧性的开端,事件可以是一场谋杀案,也可以是带有神秘色彩的非正常事件。

你的小说可能是以谋杀案本身开始的,也可能是以主人公发现有人被谋杀开始的,还可能是以在主要故事情节很久以前就已发生的事件开始的。

故事的开端必须富有趣味,激起读者的兴奋感。解密未解之谜,这无形中形成了一股钩子般的吸引力推动着读者继续读下去。你不必在第一章就让读者看到尸体。如果你用第一章讲述谋杀开始前的故事,并在此前插入讲述谋杀案的序言,这种做法是不能解决故事开端过于平淡、枯燥的问题的。

下面某些获奖畅销书中的例子可供参考。这些书用开篇场景为全书做了铺垫,它们没有提到谋杀案,但同样能吸引读者的注意力。

异乎寻常的事件:有人遗弃了一个婴儿,将其放在教堂的台阶上。(《在冷冽的隆冬》,朱莉娅·斯宾塞-弗莱明)

未解之谜：谁把婴儿放在教堂的台阶上的？婴儿的妈妈发生什么事了？

异乎寻常的事件：一名刑事辩护律师遇见了她的新客户——一个被指控杀害了警察男朋友的女人。这个女人伸出手，说："很高兴见到你，我是你的孪生妹妹。"（《身份错位》，丽莎·斯科特林）

未解之谜：这个女人是辩护律师的孪生妹妹吗？她是杀人犯吗？

异乎寻常的事件：私家侦探比尔·史密斯深夜接到来自纽约警察局的电话，声称逮捕了他15岁的侄子加里（《冬夜》，S.J.罗赞）

未解之谜：为什么加里要向史密斯寻求帮助？史密斯已经多年未见这个侄子了，与加里父母也很疏远。

警告：不要让开篇的场景抢了书的风头。写出预示着重大秘密的开头对于写作者来说确实很有吸引力，但是要记住，这样做可能会削弱揭示秘密的结尾。

所以，要精心挑选开场的计策，并且对其进行批判性的检查。确保你的开头能够支撑小说，吸引读者的阅读兴趣，同时切忌过早透露太多信息，从而使故事失去潜在的惊喜。

> **牛刀小试：找到开篇的场景** 9.2
>
> 　　回顾你的罪案设想以及侦探的探案过程。想一想你希望从什么地方展开故事？选定一个戏剧性的开篇场景。是从罪案本身开始、从启动调查开始，还是用某个其他的戏剧性前奏来开始你的故事？
>
> 　　用一个段落来描述开篇的场景。确保场景要符合下面的标准。
>
> | 开篇场景的标准 | 对开篇场景的描述 |
> | --- | --- |
> | 1. 富有戏剧性
2. 提出一个未解之谜吸引读者的兴趣
3. 为接下来的故事情节做铺垫
4. 不要过早透露太多信息 | |

情节逆转

　　情节逆转是悬疑小说最基本的要素。在序幕结束时抛出未解之谜，这是小说的第一个情节逆转。情节逆转可能会增加风险；放过一个嫌疑人，暗示出另一个嫌疑人，或者完全转变读者对罪案或主要人物的本性的理解。一个重大的情节逆转会改变调查的方向或紧迫性。

　　情节逆转应该既在意料之外，又在情理之中。如果读者能够预测到情节要逆转，那么这就不是一个逆转。

在塑造情节时，要不断地问自己：读者期待接下来发生什么？作为替代，可以发生什么？对可能性进行头脑风暴，朝着出乎意料但合理的方向前进。

下面是一些情节逆转的方法：

- 不可信的目击者；
- 目击者撤回了声明（提供的证据）；
- 目击者消失了；
- 受害者并没有死；
- 发现了新证据，暗示存在新的嫌疑人；
- 发现了新证据，暗示侦探是嫌疑人；
- 之前被曲解的证据被发现了真正的含义；
- 证据不足为信；
- 证据消失了；
- 受害者过去的秘密被揭露出来；
- 嫌疑人过去的秘密被揭露出来；
- 有人收到了威胁性消息；
- 另一名受害者死了；
- 目击者死了；
- 主谋死了；
- 侦探受袭；
- 侦探被逮捕。

在每一幕的结尾处，构造一个戏剧性高潮来结束目前的故事情节，同时进行情节大逆转，将读者带进下一幕中。

最后的高潮和终曲

  大多数悬疑小说中，最后的高潮都充满了致命的危险，主人公会和罪犯一决高下。小说的高潮是书中最重要的场景之一，仅次于开篇场景。

  高潮结束后，经常有一个尾声。尾声部分更值得深入构思，因为你要将所有的疑惑解释清楚。你可以写出一本300页的精彩小说，但如果最后20页没有履行诺言，这本书就是失败的。

  结尾应该是出人意料但又合理的。最重要的是，读者是满意的。在很多悬疑小说中，主人公打败了罪犯，获得了最终的胜利，正义也得到了伸张。如果一个不同寻常的结尾更适合你的故事情节，那么请不要墨守成规。但不论如何，确保涉案人物、犯案原因和犯案手法要足够清晰，不要让读者读完后还困惑地挠着头。

小说页码、场景、章节，以及幕的设置

  一部悬疑小说是由一幕幕的场景组合而成的。所谓场景，就是在特定时间、特定地点发生的扣人心弦、引人注

目的事件，且某一人物作为叙述者贯穿事件始终。当时间、地点或叙述者发生改变时，也就产生了新的场景。悬疑小说里的每一个场景都应当有一个结局——某些事情发生了或转变了，推动故事向前发展的结局。

场景篇幅的长短并不固定。一个章节可以由好几个场景组成，也可以只集中描述一个较长的场景，还可以好几个章节只描述一个场景。

小说中的每一幕都应是充满戏剧性的，每幕的结尾都应是一个关键的转折点。尽管这部分的文本看似和任何一章的结尾没有区别，但它应该让读者感到故事中的一个主要部分完结了：紧张的气氛上升到了顶点，关键的剧情转折也被引入。下一章的开篇也是下一幕的开篇，让人感觉新的发展势头又开始了：紧张的气氛有所缓和，人物需要时间来消化上一个剧情转折带来的影响。

一般情况下，戏剧性开篇和第一幕构成了小说的前¼，第二幕占小说约½的篇幅，余下的¼就是第三幕。下面以一部300页的小说为例，来看一下各个部分如何分配：

	页码	场景	章节
第一幕	75	11	9
第二幕	150	24	16
第三幕	75	13	10
总计	300	48	35

> **牛刀小试：分析情节结构** 9.3
>
> 　　若要掌握创作悬疑小说的方法，不妨选择一个标准的、时长一小时的犯罪短剧，对它的情节进行分析。因为犯罪短剧的结构与悬疑小说的十分类似：它们往往有一个戏剧性的开端，然后广告时间强行将它们分成四部分。每一段广告前通常都会有一个剧情转折。它们往往在最后一个戏剧性场景之后结束，省去了尾声。
>
> 　　欣赏一部短剧，分析其情节结构，并填写下表：
>
> | | 描述 | 到广告处最可疑的嫌疑人 |
> | --- | --- | --- |
> | 开篇场景：第一次广告前的短场景 | | |
> | 第二次广告前的剧情转折 | | |
> | 第三次广告前的剧情转折 | | |
> | 第四次广告前的剧情转折 | | |
> | 故事高潮：最后一次剧情转折和结局 | | |

次要情节

　　悬疑小说除主要情节外，还需要有次要情节与之相互交织，这会使小说变得更复杂有趣，让小说人物更形象立体。此外，还能使读者在持续紧绷的紧张感中，得以喘口气、舒缓心情。

次要情节可以影响巨大,也可以影响甚微,可以是悲剧,也可以是喜剧,但它们应该与小说巧妙交融,而不是仅仅依附在故事上。它们应与主要情节直接相关,呼应主线的主题,并使犯罪调查变得错综复杂,或让主要人物得以克服心魔。

以下列举部分次要情节:

- 风流韵事:主人公陷入爱河,在故事中出现了主角关心的人物,这一人物将可能遭受危险,这就提高了风险。
- 主人公的亲朋好友饱受磨难:丰富多样的亲朋好友类人物有助于调节气氛,增加轻松感,或者以有趣的方式让主人公的追踪变得复杂。
- 健康问题:主人公拼命减肥,或迫切想受孕,或身患残疾,又或与病魔做斗争。
- 主人公日常工作面临的挑战:描写主人公日常工作中发生的戏剧性事件,使故事情节变得复杂。比如,主人公与同事针锋相对,与要求苛刻的上司打交道,反抗官僚主义,或者惨遭解雇。
- 对另一起无关案件的调查:第二起犯罪与主要犯罪相关联时,就意味着主要情节发生了转变。
- 主人公尚未解决的遗留问题:故事叙述在当前发生的事情与过去尚未解决的问题之间来回切换。在结尾，犯罪案件得以侦破，过去的错误得以纠正，这会给读者带去双重的满意。

那么你的故事需要几个次要情节呢？要我说，至少需要一个，个别小说甚至多达五六个。小说结尾处，主要情节应当得到解决，而次要情节可以悬而未决，留下悬念——如果你创作的是系列小说，这样的设置特别管用。比如，你可以创造富有浪漫气息的次要情节，当主人公的情感关系刚刚发展到亲密暧昧时，此时结束故事吧，读者就会对下一本书满心期待。

小说提纲之有与无

详细具体的小说提纲，究竟是有必要呢，还是浪费时间呢？部分作家没有小说提纲就无从创作，而其他作家则声称提纲太过拘束，会使他们的创作灵感几近枯竭，阻碍他们对主人公的把控。

根据详细具体的小说提纲进行写作，或者没有提纲、只根据灵光乍现的想法进行创作，这两种方法，我在创作中都尝试过。从写作过程来看，这是两种截然不同的方法，但是从最终的写作质量或整体写作时间来看，它们却没有什么不同。当我写小说提纲时，它就是一份备用的、干巴巴的文档，纯粹而简单。

以下是我的小说《老妇人》中开篇场景的提纲：

场景	叙述者	故事背景/情景	时间轴
1	米娜	在家阅读讣告。救护车抵达隔壁费兰特夫人家。费兰特夫人请求她"打电话给金杰"，并且"我走了之后再让她进来"。	第一天：星期五
2	埃维	在帝国大厦，从电梯井道找到了 B-52 轰炸机的引擎。收到了妹妹金杰的电话，但是没有接听。	
3	埃维	在历史学会，把引擎带了回去。收到金杰的短信：妈妈现在在医院。	
4	埃维	在埃维办公室。与金杰通电话，两人发生了争吵。"该你了。"同意回家陪妈妈。	
5	埃维	去陪伴妈妈。在便利店暂作停留，与费恩见面。环视房子：这是一个囤积物品的仓库，她妈妈却从来不是一个爱囤积东西的人。	第二天：星期六
6	埃维	在杂乱无章的家里翻箱倒柜：猫食罐（她的妈妈并没有养猫），空酒瓶（妈妈酗酒）；被打破的卧室窗户。	

第9章 划定情节块

根据你的需要或多或少地补充细节，同时考虑以下要素：

- 一系列连续的场景序号（之后你可以把这些场景分到各个章节里）
- 人物视角（如果你有两个或两个以上叙述者）
- 背景设置
- 场景里的人物
- 发生的事情和主要情节
- 情景发生的日期、时间以及具体时刻

在正式写作前就做好类似的场景大纲，能帮助你控制

牛刀小试：列出关键转折点　　　　　　　　　9.4

提前写出整本书的小说提纲似乎难度很大，列出故事的关键转折点是个不错的提纲练习。简单描述关键时刻将会发生什么事情。

关键转折点	将要发生的事情
故事开始	
第一幕的结束	
第二幕的中间	
第二幕的结束	
第三幕的高潮	

故事发生的地点，从宏观上把握大场景，保持时间线清晰合理。在塑造故事时，场景大纲也能起到支撑框架的作用。此外，它也比较容易修改——你可以通过剪切和粘贴的方式调换场景的顺序。

不要总感觉大纲禁锢了你的创作。你应该把它看作故事的开始，就当它是一份工作文件，然后在创作的时候根据实际情况加以修改。

创作前的故事梗概

除小说提纲（或小说提纲的替代品）之外，你还需要写一份创作前的故事梗概。顾名思义，就是在创作前先写出一个故事梗概。它的基本内容包括主要人物、小说背景，并且要把故事从头到尾讲述一遍。以下是我为《老妇人》一书的故事梗概起的头：

《老妇人》（暂定书名）讲述一老一少两位女子（尽管她们之间没有亲戚关系，或许就是因为该原因）成为忘年之交的故事。

87岁的威廉米娜·"米娜"·叶特娜独自一人生活在自小长大的小平房里，这间小屋位于布朗克斯区的塔夫特公园。她终日与猫咪为伴，屋里堆满了家传的

第 9 章 划定情节块

宝物。她的父亲在 1910 年代修建了这间小屋，以取代更小的避暑别墅。从屋内望去，曼哈顿极好的江景和帝国大厦映入眼帘。米娜的第一份工作，就是在帝国大厦担任秘书一职。1945 年当一架 B-52 轰炸机撞击帝国大厦时，她就在大厦里。她是随后发生的火灾中的最后一名幸存者。

36 岁的埃维·费兰特在米娜家隔壁长大。她是米娜邻居的女儿，同时也是纽约历史学会的一名策展人。她住在布鲁克林，目前正在独立策划一场有关历史性的纽约市火灾的展览，其中包括帝国大厦遭受撞击后的火灾。

这本书一开头，米娜的邻居，桑德拉·费兰特（埃维的母亲），因长期酗酒被担架抬出她自己的家。她祈求米娜联系金杰（她的另一名女儿）并告诉她："在我离开之前，不要让她进来。"

故事梗概总共 15 页，总结了一本将近 300 页的小说。这样的故事梗概可用于与编辑或经纪人沟通。事实上，部分出版商会要求作者提交一份故事梗概，作为图书出版合同的首份交付物。

编写此类故事梗概，有利于构思迂回曲折的故事情节，使故事各部分相互衔接。有次我完成了一篇十分严密的故事梗概,在接下来的实际写作中,发现过程竟十分流畅。

创建人物的时间轴

在故事开始之前,每个人物都有自己的人生。有些人物的往事会与我们分享,有些则不会。某些往事对于故事情节来说至关重要,某些往事在一定程度上解释了小说中人物的行为。

一条牵涉多位人物的时间轴,有助于追踪人物最关键的往事,而这些往事对于故事来说又是至关重要的。以下是我在创作《老妇人》时创建的时间轴。

阴影栏显示米娜和埃维之间的共同经历,这些经历对故事情节起关键作用,并逐步引出小说的开头。

	人物:米娜·叶特娜	人物:埃维·费兰特
故事开始时的年龄	87岁	36岁
1926	出生	
1944	18岁,获得第一份工作:在帝国大厦做秘书	
1945	19岁,从帝国大厦火灾中幸存	
1977		出生

续表

	人物：米娜·叶特娜	人物：埃维·费兰特
1982	57 岁，丧偶	
1992	67 岁，在隔壁发生火灾时救出埃维和她的妹妹金杰	15 岁，家里发生火灾
2008		开始在历史学会工作
2012	妹妹去世	计划进行首次独立策展
2013/ 小说首页	87 岁，目睹埃维的母亲被担架抬出，通知金杰，金杰随后联系埃维	36 岁，接到金杰的电话得知妈妈入院，来到妈妈的房子并重新见到米娜

牛刀小试：刻画人物的时间轴 9.5

　　选择你小说中的两位主要人物，按照时间顺序列举他们的往事，将共同经历一行用阴影标出。

	人物：	人物：
故事开始时的年龄		
年份：		
年份：		
年份：		
年份：		
年份：		
年份：		
年份：		
年份 / 小说首页：		

独立练习：定位故事情节

概述你的故事。切记在正式开始写作前不必刻画小说中的每一个场景，场景可以在开始时再进行较为细致的规划。刻画几个场景，创作几个章节，再进行规划，如此循环往复。相比在正式写作前就完成全部情节的大纲，这个方法更为轻松可行。

1. 构建包含以下要素的故事大纲：
   - 开场（不同寻常的事件）
   - 第一幕的剩余场景（记住：每个场景都必须推动故事发展）
   - 第一幕的最后一个场景，其中包含戏剧性的高潮和剧情转折
   - 第二幕内容的简单摘要，以及对其中高潮和剧情转折的描述
   - 第三幕内容的简单摘要，以及对其中高潮和剧情转折的描述
   - 结论：谁是凶手，以及此人成为凶手的原因

2. 在你完成一幕中的场景之后，为将出现在下一幕中的场景撰写大纲。写作过程中，修改故事大纲使它与实际创作内容相符。

3. 重复步骤二，直至完成创作。

在正式写作前，完成故事梗概。从小事出发，逐步丰富。

1. 完成总结小说剧情的一段话梗概。其中至少包含戏剧性开端、罪案、调查过程及解决方案。

2. 把这段梗概扩展到一页长，给每一幕及主要剧情转折增添概要。

3. 再一次丰富故事梗概内容，添加次要情节。

4. 不停增添、丰富故事梗概，直到记录下所有想法。

→完成第一部分结尾的构思蓝图的情节部分。

第10章

拟书名

> 我总是从书名入手,将书名作为创作的跳板,一头扎进黑暗且令人望而生畏的创作海洋之中。心怀书名使我在创作过程中能够自始至终保持专注。
>
> ——艾德·麦克班恩(即伊凡·亨特)

为小说选定书名更像是一门艺术,而非科学。当然,并非有了书名才能开始创作,但就像在初稿完成时在最后写下"完结"一样,在开头加上一个书名也能产生一点积极的作用——即使只是为了向自己表明你已经正式开始创作。

大部分的作者都认为,他们在这时候拟定的书名都只是一个暂定的名称,可能随创作而改变。有时在小说完成时,内容已经与刚开始的设想大不相同,标题就需要进行相应的变动。之后,你的出版商或经纪人还可能因为市场营销需求而提议更改书名。雷蒙德·钱德勒原本为自己的一部小说取名为《第二起命案》,然而他的出版商却将它改成《再见，吾爱》，而这个标题也受到读者的一致好评。

书名中应该包含什么

如同小说的封面设计，最理想的书名应该激起潜在读者的阅读兴趣，暗示封面之后的内容来撩拨读者去阅读。

系列小说作家经常围绕共同元素来起书名。苏·格拉夫顿充分运用了字母表，从使用"A"的《A：不在现场》开始。约翰·麦克唐纳则给他"崔维斯·麦基"系列小说的书名泼上了色彩，第一部就是《深蓝告别》。

以下是 2016 年 5 月，20 部登上巴诺线上书店畅销榜的悬疑推理小说的书名及其作者：

1. 《第十五次风流韵事》，詹姆斯·帕特森
2. 《最后一英里》，戴维·鲍尔达奇
3. 《终极猎杀》，约翰·桑福德
4. 《野猪岛》，内瓦达·巴尔
5. 《火车上的女孩》，宝拉·霍金斯
6. 《救赎之路》，约翰·哈特
7. 《追求》，珍妮特·伊诺维奇、李·高德伯格
8. 《警戒解除》，斯蒂芬·金
9. 《未解之结》，玛吉·塞夫顿
10. 《交叉世界》，迈克尔·康奈利

11.《蝴蝶姐妹》，艾米·盖尔·汉森

12.《夺命触杀》，桑德拉·布朗

13.《羽毛之书》，凯特·卡莱尔

14.《家丑》，斯图亚特·伍兹

15.《高尾》，丽塔·梅·布朗

16.《普通恩典》，威廉·肯特·克鲁格

17.《第十四宗罪》，詹姆斯·帕特森

18.《晨兴山庄谋杀案》，维多利亚·汤普森

19.《找到她》，丽莎·嘉德纳

20.《拦路强盗》，克雷格·约翰逊

注意留意有多少短书名。[①]

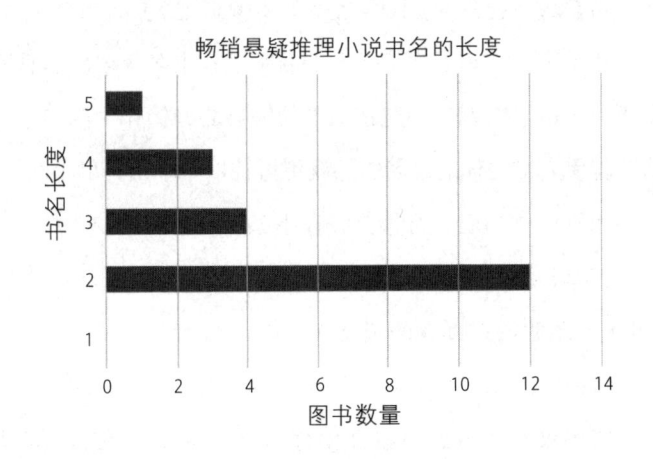

畅销悬疑推理小说书名的长度

（条形图：书名长度为2的有约12本；长度为3的有约4本；长度为4的有约3本；长度为5的有约1本；长度为1的无。横轴为图书数量，范围0—14。）

[①] 此句与下表中的"书名"均指英文原书名，读者可于书后附录查阅。作者所述情况不一定符合国内的悬疑小说出版。——编者注

上表中的许多书都能从书名中识别出它们归属于某一系列小说。詹姆斯·帕特森的《第十五次风流韵事》与《第十四宗罪》就来自他的"女子谋杀俱乐部"系列；约翰·桑福德的《终极猎杀》就是"猎杀"系列中的一本。玛吉·塞夫顿的《未解之结》与她的安乐椅推理"编织悬疑"系列中的其他小说相似，有一个一语双关的书名。

部分书名体现了故事的设定（《野猪岛》和《晨兴山庄谋杀案》），其他的则将主题埋伏在包含双重意味的图像或短语之下（《交叉世界》和《家丑》）。"警戒解除"是警官在报告转移结束时使用的专业术语，因此理所应当的，《警戒解除》是警探三部曲的最终篇。最后，头韵的使用有助于书名被读者记住（《救赎之路》和《高尾》）。

从上表中不难看出，作者的名字远比书名重要。尽管不愿接受，可事实就是如此：图书的销售靠畅销作家的名字带动。若无人知晓你的姓名，那就更得选取一个出色的书名。

无论何种书名，都得具备以下条件：

- 准确定位你的书
- 能激起潜在读者的阅读兴趣
- 便于记忆

书名没有版权，所以即使你给自己的小说取名"消失的爱人"或"达·芬奇密码"，也不会触犯法律。但我个人是不会使用这种一眼就被人看出来的书名的。另一方面，如果你最心仪的书名已经被使用过了，然而那本书鲜有人知，那就放心去使用吧。

牛刀小试：检查你最心仪的书名　　　　　　　**10.1**

　　回想你喜欢的书名，列举 5 个你最喜欢的，不一定都要是悬疑小说。这些书名的记忆点是什么？它们能让人想起书本身的什么内容？

最心仪的书名	记忆点与让人想起的内容
1.	
2.	
3.	
4.	
5.	

独立练习：选定书名

　　1. 针对书名进行头脑风暴。重温小说蓝图，尤其注意小说的前提、背景、设定、主要情节及主人公。自由联想之后，记录脑海中浮现的词语或图片，在其中选择 5 到 10 个你最喜欢的，然后组合它们，拟成书名。

　　2. 在网上书店搜索以上书名，确认它们的使用度。

　　3. 在网络上搜索暂定书名，并在网络俚语词典中核实每个单词，如此，如果你在书名中使用了另有粗俗含义的词语，至少得提前了解它的多重意义。

　　4. 选定书名。

　　→在蓝图最后写下你的书名，然后将它打印在文稿的第一页。你可以开始动笔了。

附录一

悬疑小说的构思蓝图

前提：假使……将会怎么样

主角：侦探

姓名：

参与调查罪案的原因：

体貌特征：

现况以及追求：

背景：

天赋和技能：

个性：

品味及倾向：

罪案			
	罪案 1	罪案 2	罪案 3
犯罪现场：受害者、罪案方式、第一现场			
看似发生了什么			
实际上发生了什么			
为何这起案件对这个侦探来说如此重要			

反派角色

姓名：

人物草图：

表面动机：

如何为罪行辩护：

附录一 悬疑小说的构思蓝图

受害者们

受害者姓名：

人物草图：

受害原因：	秘密：

受害者姓名：

人物草图：

受害原因：	秘密：

无辜的嫌疑人	
嫌疑人姓名:	与受害者的关系:
人物草图:	
表面动机:	秘密与谎言:
嫌疑人姓名:	与受害者的关系:
人物草图:	
表面动机:	秘密与谎言:
嫌疑人姓名:	与受害者的关系:
人物草图:	
表面动机:	秘密与谎言:

附录一 悬疑小说的构思蓝图

配角		
姓名	与侦探的关系（老板、兄弟等）	在故事中的作用（对手、伙伴等）

人物网		
（记录姓名，在适合的板块中打钩。）		
人物姓名	帮助主人公	阻挡主人公

背景设定	
时间：年份、季节、并发事件	
定位：地理位置、外部环境、内部环境	
内容：构成背景的机构和事件	

情节：主要转折点	
戏剧性开场：	描述：
异常事件：	描述：
第一幕结尾的剧情转折：	描述：
第二幕中间的剧情转折：	描述：
第二幕结尾的剧情转折：	描述：
第三幕结尾的高潮：	描述：
次要情节：	描述：

暂定书名

第二部分

创 作

> 对我和我认识的其他大多数作家来说，写作并不令人陶醉。事实上，我能够写出文章的唯一方法就是写出非常、非常糟糕的初稿。
>
> ——安妮·拉莫特
> 《关于写作：一只鸟接着一只鸟》

在花费大量精力，并进行了充足的信息搜集与详细的计划安排之后，现在你已经准备好开始创作初稿了。

最初的时候，你需要一些能够将人物描述、动作、对话及内心独白联系起来的场景，以此来创作以下几个侦探小说的基本组成部分：

- **侦查：** 诸如审讯嫌犯、调查作案现场、持续密切监视及进行各种搜查活动等场景。
- **悬念：** 随着侦查活动的进行，紧张气氛步步加剧，潜在危险随时出现。预感到将有大事发生，读者也随之产生了期待。
- **戏剧性动作场景：** 例如驱车追逐、枪战或袭击。
- **反思：** 反思刚刚发生的事情，回顾线索和分散注意力的事件；随着灵光一现，主人公（和读者）的脑海里突然想到了什么，故事也随之向前发展。

阅读以下三个场景的故事梗概，并思考上述要素是如何起作用的。

侦查	德鲁·费隆律师未能如约出现在法庭，他的搭档杰森·阿米蒂奇倍感担心，于是前往费隆的公寓去寻找他。 杰森发现费隆的保时捷停放在公寓外的停车场中，发动机是冰凉的。
悬念	杰森来到费隆的公寓，发现公寓门是虚掩着的。他小心翼翼地进入房间，到厨房和客厅看了看，似乎一切都正常，但是……
关键场景	他闻到了一股刺鼻的味道，随后来到卧室，发现费隆躺在床上，手持手枪，头上有枪伤。杰森拿起电话准备报警，这时他听到冲马桶的声音，随后浴室门开了，冲出来一个戴着滑雪面罩的男人。 他们展开了搏斗。杰森抓起手枪，但是他还没能开枪射击那个男人，头便被狠狠地砸了一下，晕了过去。
反思	杰森醒来的时候，就已经躺在救护车上了。刚开始他实在是想不起来发生了什么，但逐渐的，他记起自己去了朋友的公寓，却发现朋友死了，并且看起来像是自杀。杰森感到生气和沮丧，他知道费隆尽管比较抑郁，但从未有开枪自杀的念头。他试图描绘出袭击者的样貌，并且他很想知道为什么那个男人只狠砸了他的头却没有杀他。然后，他发现他自己的衣服布满血迹，那把杀人用的枪上满是他的指纹，警察俯身看着他，给他宣读米兰达权利（即警察必须告知被拘捕者其权利，包括有权保持缄默，以及他所说的话可能成为对他不利的证据）。

通常，一部侦探小说是在侦查、悬念、行动和思考中一波一波展开的。

一般情况下，小说的开篇部分会出现比较多的侦查活动，结尾部分则会出现更多的悬念和斗争。一部节奏紧凑的小说会在推动情节发展的同时，花一定时间来塑造人物性格，以打造一种空间感和立体感。

着手创作

初稿的创作过程就像编织一条长长的围巾，你要跟着你的构想、梗概和大纲来进行创作，并且要从故事的开头写起，先是场景一，再是场景二。按照以上安排进行创作，并且在塑造主要故事的同时，带入次要情节的线索，让它们与主要情节交织在一起。在创作过程中，随着灵感的涌现，调整故事模式，即兴创作。这样，总有一天你会完成你的小说创作。

若是可行，记得要记录创作进度以及设定每日的写作目标。我自己就是这样规划的，因为我挑剔枝节、力求完美，同时也喜欢自我评估写作进度，还因为我的小说创作通常有最后期限的限制，有的是我对自己的要求，有的是出版方的要求。一般情况下，我的目标是一天500个词，并且我喜欢记录距离终极目标还差多少。

下面是我记录初稿进度时所画图表的一部分,根据记录图表,过去的23周里,我总共创作了8万字。我总是比较懒惰,进度会落后,但是每日记录创作情况,让我对逐渐完成创作更有实感。

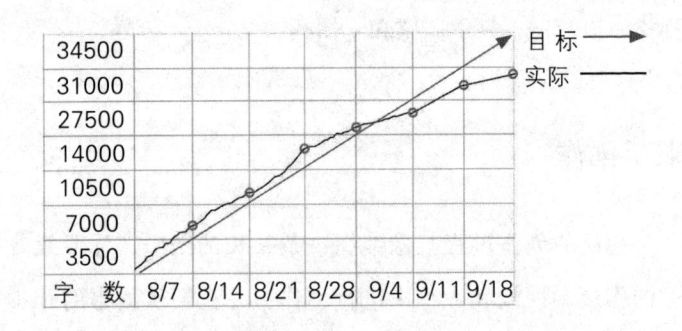

字数	8/7	8/14	8/21	8/28	9/4	9/11	9/18
34500							
31000							
27500							
14000							
10500							
7000							
3500							

目标 →
实际 →

在我看来,写初稿着实是一件极为痛苦的事情。在制订计划的时候,我激情满满,可以连续好几个小时去查找资料,也可以无休无止、反反复复地做修改,可就是写初稿的时候,每一句、每一页都感觉像用绞肉机绞木头。我浏览邮件、玩单人跳棋,甚至洗衣服、结算支票簿,反正就是怎么也不想写小说。对此,侦探小说作家凯特·弗洛拉建议:在办公室门的内侧挂一个写有"克制"的标识。当然我也照做了,但是这对我来说毫无作用。

但是我也发现,允许自己偷懒这种方式很有效果。完成一个质量较为欠缺的初稿,不仅是可接受的,而且也在预期之中。所以，让你内心的批判声音保持沉默，打好初稿的基础。如果初稿里满是浮夸做作的比喻、晦涩难懂的词汇，以及冗长不堪的描述性段落，你可以在后期进行删除精简；如果你的初稿不够充实，比起小说更像影视剧本，你也不必太过担心。在后期修改时，你可以对细节描写、人物性格及描述性文字进行修改，塑造出层次感。

有一部分作家开始写第一个场景时，就铆足干劲，全力以赴，一个场景接一个场景地写下去，直到写完整部小说；但是对另一部分作家而言，写作则是一个进三步退两步的过程。

每天早上坐下来开始工作的时候，我要做的第一件事情就是重新阅读和修改前一天所写的内容（有时大部分内容都会被加以修改），然后才开始新的创作。这种方式是有益的，但也只是从一定意义上来看。不知道你是否听过"卓越是优秀的敌人"这句话，但其实卓越也是完成任务的敌人。只有完成了初稿，你才能在此基础上进行修改，进而使你的小说丰富有趣，引人注目。

文稿篇幅

文稿篇幅没有硬性规定，但一般来说，出版商希望一部悬疑小说的文稿字数在 7 万至 10 万字之间。如果你的文稿超过450页，编辑会更不愿意考虑它。而150页的文稿，即使是一本有趣的安乐椅推理小说，可能也不会被出版商从堆积如山的投稿中发掘出来。

第11章

写个引人注目的开头

> 我发现大多数人只有真正坐下来、提笔创作的时候,才知道他究竟要写什么。
>
> ——弗兰纳里·奥康纳

我并非有意夸大,但开头部分确实是决定你的小说能否卖出去的关键。如果书的开头写得孱弱无力,那么第二章就算写得再精妙绝伦、足以与名著媲美也无济于事。因为无论对编辑、文稿出版代理人、书商、图书管理员,还是读者来说,没到第二章他们就已经读不下去了。

若完成了小说的蓝图规划,我想你大约已经琢磨出该怎么给小说开个精彩的头了。比如,开篇场景中出现什么人物,以及接下来要发生什么来推动小说向前发展,你都了然于胸。

开头可长可短,可以是惊险刺激的,也可以是饱含情绪的,描述时可复杂多变,也可言简意赅。可以营造生动鲜活的场面，也可以着重描写人物。不管开头里有什么，读者读完后都应该能知道接下来会发生点什么，或者至少是对这个主题感觉不错。最重要的是，当他们读完开头后，读者会渴望继续读下去。

何为精彩的开头

那么，一个精彩的开头应包含哪些因素呢？与其说些规则方法，不如拿例子说话。以下开头节选自茱莉亚·斯宾塞-弗莱明的获奖处女作《在冷冽的隆冬》。

思考	《在冷冽的隆冬》的开头
• 开篇的句子是如何设置场景的？ • 发生了什么奇怪事件？这件事是如何诱导读者继续读下去的？ • 叙述时态是什么（过去、现在，还是将来），从哪个人物的视角讲述的？ • 关于背景我们知道些什么？ • 当时天气如何，是什么时间点？	在这样一个可怕的寒夜，有人丢弃了襁褓中的婴儿。刺骨的寒风像刀子一般，吹得拉斯·范·阿尔斯通鼻子生疼，他只好赶忙把手缩进大衣口袋。谢天谢地，离华盛顿县医院急诊室几米远的地方就有个警车位。停车之际，一束红光着实吓了他一跳，原来是辆救护车，还闪着车上的红灯在静静地退回原车位。 "嗨！库尔特！怎么了？" 只见救护车司机冲拉斯招手道："你听说遗弃婴儿的事了吗？" "我就是为这事来的。" 拉斯招招手，推开急诊部那两扇老旧的门进去了。 …………

第11章 写个引人注目的开头

- 关于阿斯·范·阿尔斯通,我们了解到了什么?
- 这件事为什么与这个主人公相关?
- 根据这个开篇,接下来篇章会围绕什么展开?
- 这个开篇是否推动了情节发展,或丰富了人物形象?

"嘿!头儿!"拉斯模模糊糊中见一个身着棕色衣服的人影冲他这边走过来。他推下别在耳朵处的眼镜,这才看清马克·德基,这是三个值班警官中的一个。这个比拉斯年轻点的小伙子向来很注重仪表,从头到脚都收拾得干净利落,这让拉斯强烈地意识到他自己的这身打扮是多么随便:皱巴巴的羊毛裤随意乱堆在满是盐渍的猎靴里,格子围巾显然有点大,跟他身上的这件棕色风雪大衣(这是他的制服)格格不入。

拉斯说:"嗨!马克,跟我说说情况。"

马克挥手示意拉斯沿走道往急诊室走,这是一条被漆成单调绿色的走道,满是消毒剂和人身体散发出的味道,和上一个直接从牲口棚赶过来的农民患者留下的牛粪味儿。

…………

"孩子看起来怎么样?"

"挺好的,至少他们看来是如此。他被包得严严实实,医生说放在寒风中估计不到半小时。"拉斯的胃痛没那么厉害了。这些年来,他经过很多事,但没有什么比遗弃婴儿更让他震惊的了。当初他还在德国当国会议员时,接手过一个遗弃孩子的案子,那孩子被装在垃圾袋里。他可不想再经历第二次类似的案子。

这个选段中人物和情节同等重要。介绍警官拉斯·范·阿尔斯通（该系列的两位主角之一）和讲述弃婴故事的比重一样大。每句话、每个细节都是精心安排好的。看完后，读者便知道小说接下来会围绕两个问题展开：谁丢弃了婴儿？为什么这么做？

    在这样一个可怕的寒夜，有人丢弃了襁褓中的婴儿。

  开头的第一句话立刻就告知了读者这件奇异事件：婴儿被抛弃。这个引人入胜的开头就像是一段内心独白，紧紧地把读者拉到与拉斯一样的位置去思考。视角是第三人称有限视角，这个场景就好像相机透过拉斯·范·阿尔斯通的眼睛在拍摄。我们看到的画面是经拉斯的思想加工之后的。时态是过去时，但给人的感觉就像刚刚发生的一样。

    刺骨的寒风像刀子一般，吹得拉斯·范·阿尔斯通鼻子生疼，他只好赶忙把手缩进大衣口袋。谢天谢地，离华盛顿县医院急诊室几米远的地方就有个警车位。

  你可能听过关于写作的这么一句格言："呈现给读者，但不要陈述。"通过简短的篇章，斯宾塞-弗莱明把范·阿尔斯通的形象呈现了出来。她让我们知道了拉斯是警局局长，但没有明说，而是通过值班警官称呼他为"头儿"，以及他把车停在警车位上这两件事来体现。她用"刺骨的寒风像刀子一般，吹得拉斯·范·阿尔斯通鼻子生疼"及拉斯不得不将手缩进大衣口袋这个动作展现天气有多冷。刺骨的严寒不只是为描写环境，更是让读者看看，那样的天气下把尚在襁褓中的婴儿放在教堂台阶上有多危险。

……满是消毒剂和人身体散发出的味道，和上一个直接从牲口棚赶过来的农民患者留下的牛粪味儿。

寥寥数语，就让我们对这个地方有了深入的了解。我们知道这是一所医院，它位于乡下某个地方。

关于拉斯·范·阿尔斯通装束的细致描写（皱巴巴的羊毛裤随意乱堆在满是盐渍的猎靴里），是在他心里默默和一位年轻警官（向来很注重仪表，从头到脚都收拾得干净利落）做比较时呈现出来的。可见拉斯·范·阿尔斯通个头很高但并不怎么在意外表。

拉斯·范·阿尔斯通问："孩子看起来怎么样？"这说明他关心这个婴儿。这时我们已然在猜想：是谁把这个孩子放在教堂台阶上的，孩子的母亲发生了什么？

他被包得严严实实，医生说放在寒风中估计不到半小时。

聪明的读者就知道这是线索。有人把孩子包得很严实，有可能那个人还在旁边观望孩子有没有被及时发现。

而幕后的很多故事，斯宾塞-弗莱明都没有与读者分享。幕后故事就是关于人物怎样到达这个地方，什么时间到的这类具体的背景信息。那些一开篇就把大量背景信息抛出来的，反而一看就是写小说方面的新手。在这里，我们只了解到拉斯·范·阿尔斯通过去的一丝信息，同时得到了被遗弃婴儿对他相当重要这一暗示。

> 当他还在德国当议员时，他见过一个被装在垃圾袋里扔掉的孩子，不过他可不想再见到第二次。

这个阶段读者需要了解的就这么多。

牛刀小试：对戏剧性开头进行分析

重读你最喜欢的悬疑小说中的开篇场景。注意作者是如何处理以下五个因素的：
1. 首段
2. 尾段
3. 介绍人物的方式
4. 背景，以及建立背景的方式
5. 支撑小说的未解之谜

概述戏剧性开头

在第八章,你已经做了笔头练习,描述小说开始的场景。如果你的脑海中能够清晰展现出场景中发生的事情,你也许认为自己可以直奔主题,写下小说的戏剧性开头。但是,如果空白的纸页让你感到胆怯,那么你最好对场景进行概述,然后再写下来。

下面以《在冷冽的隆冬》为例,说明如何进行开篇的概述。

场景概述	
小镇,安第让达克,冬季;医院的停车场和急诊室。	地点
当下,严寒的冬夜。	时间
拉斯·范·阿尔斯通(警官,叙述者);库尔特(救护车司机);马克·德基(警官)。	场景中的人物
拉斯·范·阿尔斯通在华盛顿镇医院的停车场;天气很冷,一辆救护车即将出发。拉斯·范·阿尔斯通走进急诊室;和德基交谈;得知婴儿被严密地包裹着,现在安然无恙,心里有了些许宽慰;想起在德国担任议员时发现的弃婴。	发生了什么
谁遗弃了婴儿?为什么呢?	吸引读者兴趣的未解之谜

> **牛刀小试：概述戏剧性开头**   11.1
>
>   回顾你描述的戏剧性开头。在脑海中勾勒出场景，并将其概述下来。
>
> 地点：_____
>
> 时间：_____
>
> 场景中的人物：_____
>
> 发生了什么：_____
>
> 吸引读者兴趣的未解之谜：_____

创作戏剧性开篇

创作戏剧性的开篇的一个有效方法，就是直奔主题。以下是一些能够迅速将读者拉进故事中的开场白。

    第一颗子弹射入我的胸膛，我想到了我的女儿。（《别无选择》，哈兰·科本）

    她多次遭受残忍的刺伤和砍伤，次数远比卡梅拉想象的要多。（《寡妇》，艾德·麦克班恩）

戈登·迈克尔斯站在喷泉里,身上的衣服一件也没脱。(《庄家》,迪克·弗朗西斯)

银湖的房屋里一片漆黑,空荡的窗户像逝者的双眼。(《混凝土里的金发女郎》,迈克尔·康奈利)

第一次见神探夏洛克是在我15岁的时候。当时,漫步于苏赛克斯唐斯大街、埋头读书的我几乎要撞上了他。(《养蜂人的门徒》,劳拉·金)

奥吉·奥登克尔克有一辆1997年的日产牌汽车。尽管行驶里程数已经很高了,但仍然运行良好。由于汽油很昂贵,特别是对于一个没有工作的人来说,并且市中心离城镇距离尚远,所以他决定乘最后一趟夜班车。(《梅赛德斯先生》,斯蒂芬·金)

安妮·霍勒伦未见其人,先闻其声。(《让我在他的脚步声中死去》,罗莉·罗伊)

开场白固然重要,但也不要纠缠于此。先写一个开场白,能让读者进入场景就够了,然后继续往下写。你可以之后再进行修改。

创作第一个场景

小说的第一个场景会发生许多奇特的问题。你首先要做的是确保你创作的场景能够让故事继续下去。同时,你需要介绍小说人物、背景和环境。这是一个很高的要求,同时铺陈过多的信息会让读者感到乏味,信息过少可能又会让读者感到迷惑。

对你创作的故事情节进行检查:需要包含激发读者兴趣的事件;仅需涉及必要的人物和背景描述;谨记适量原则;为后续的故事留下叙述的空间。

用概述中的要素创作开篇场景,之后再稍做修改。应用本书其他章节的经验,包括场景的设置、人物的介绍、对话和内心独白的描写及行为的设定。

用前进的势头结束开篇

用未解之谜结束戏剧性开篇,这个谜团可以是暗示性的,也可以是明晰的。你的目标就在于让读者放不下你的小说。

以下是哈兰·科本在《别无选择》中的开篇场景的结尾:

> 所以我想,当两颗子弹穿透我的身体时,当我倒

在厨房地板的油毡上、手里紧紧攥着一根吃了一半的格兰诺拉麦片棒时,当我躺在自己的血泊里一动不动时,是的,即使在我的心脏停止跳动时,我仍然试图做些什么来保护我的女儿。

读者想知道:他死了吗?他的女儿安然无恙吗?他一直在保护女儿免于什么危险呢?

回顾你对开篇的概述。想一想如何结尾才能得到推动故事发展的最大动力。避免那些"早知如此"的结尾或"孩子,接下来的事情让我惊讶和恐惧"类的陈述,这些结尾可以被放在任何小说的开篇。

独立练习:创作戏剧性开篇

1. 创作小说的戏剧性开篇。
2. 回顾场景,对其进行检查:
   - 第一个句子构建起场景了吗?
   - 异乎寻常的事件是什么?
   - 场景中抛出未解之谜了吗?
   - 叙述场景时用的什么时态?谁是叙述者?你对你选择的人物满意吗?
   - 你是否在开篇中倾倒了大量不必要的背景故事?
3. 修改,并进行下一步骤。

第12章

引出主人公

多年前,我和朋友们暂住在博茨瓦纳一个叫莫丘迪的小镇上。正值博茨瓦纳的国庆,镇上一个女人想着送我们一只鸡,大家一起庆祝。我看着这个女人——她有着传统的身材,像《第一女士侦探社》里的玛玛·拉莫茨维一样——满院子地追着鸡跑,最后终于逮到它。她逮鸡时还发出咯咯的声响。鸡看起来很忧伤,她却很欢乐。那一刻,我便萌发了以这位快乐的非洲女人为原型写本书的念头。

——亚历山大·麦考尔·史密斯

人物出场

在悬疑小说中,第一印象就像在日常生活中一样至关重要。根据以下这些因素,为你的侦探主人公设计一个浓墨重彩的出场吧。

描述型引入

1939 年出版的《长眠不醒》中,作者雷蒙德·钱德勒以描述性语句引出主人公菲利普·马洛,为这种引入方式设立了高标准。

十月中旬的一天,上午十一点了,山麓清澈,不见太阳,看来要下大雨。我穿上我的粉蓝西装,内搭深蓝衬衫,系上领带,手帕置于西装口袋中并露出一角。穿上印有深蓝色钟表印花的黑色羊毛袜,和黑色拷花皮鞋。我梳洗干净,刮了胡子,穿戴整齐,毫无醉意,而且不在乎别人能否看出来。这就是一名衣着考究的私人侦探该有的样子。毕竟我正要拜访四百万美金。

除了描写出色以外,这段介绍涵盖了有关马洛的大量信息。以第一人称的口吻,马洛亲自向读者讲述:他是名私人侦探,讲究穿着。粉蓝色西装,时髦的手帕,有着钟表印花的袜子。你几乎能闻到须后水的味道。我们知道他很爱喝酒,否则,为什么要提到他特别清醒呢?紧接着他就放出狂话:"……而且不在乎别人能否看出来。"

他又补充道:"这就是一名衣着考究的私人侦探该有的样子。"说明他是个敏感好斗、不容易相处、过分谦虚又自以为是的家伙。"我正要拜访四百万美金"则给了我们他要干什么的暗示。

对话型引入

还可通过对话介绍主人公。以下是罗伯特·B. 帕克在《经营不利》中以对话引入主人公斯宾塞的片段:

"你办离婚的案子吗?"女人问。

我:"办啊。"

"你行吗?"

我说:"我当然行。"

"我想要的不是可能或猜测,"她说,"我要能在法庭上站得住脚的证据。"

"这可由不得我,"我说,"这得看证据了。"

她静静地坐在客户椅上陷入了思考。

"你的意思就是你不会捏造证据。"她说。

我:"确实是。"

"你也没必要捏造,"她说,"那狗娘养的也不能整天把他的老二藏在裤子里。"

我说:"这样下馆子可有点窘哇。"

她没搭理我。我早都习惯了,我大都自娱自乐。

没有任何描述性话语，也没有背景。派克直接以斯宾塞和一个女人之间不带任何感情色彩的口头较量开篇，这个女人想雇斯宾塞去打探马上要变成前任的她的丈夫。单就对话而言，我们深深感觉到了斯宾塞冷嘲式的幽默，我们知道他是个侦探，也很容易推断出接下来他要么接手，要么无视这件特殊的案子。

动作引入

引入主人公的第三种方式就是展示他的行动。迈克尔·康奈利在其获奖的处女作《黑色回声》中是这样引出警官哈里·博斯的：

> 黑暗中，哈里·博斯听到天空某处的直升机在上空的光里盘旋。它为什么不降落呢？它为什么不施以援手呢？哈里正在一条烟雾缭绕、黑漆漆的地道里爬行，他的手电筒就快要没电了。他每向前爬一点，光就弱一点。他需要帮助，他得爬得再快点。他必须得在手电筒电量耗光、孤身一人处于黑暗前爬出去。他听到直升机又一次从上方经过。它怎么就是不降落呢？他的援兵在哪里？当直升机桨叶的轰鸣声又一次远去时，他更加害怕了，只好爬得更快些。接触地面的膝盖已

第12章 引出主人公

经磨破，流着血，他一只手举着灯光微弱的手电筒，另一只手抓地保持平衡。顾不得看身后，但他知道敌人就在后面黑漆漆的烟雾里。看不见，但离得很近。

厨房电话铃声这时响了，博斯一下惊醒了。

原来这一连串的行动只是噩梦一场。它展示了哈里·博斯曾在军队中经历过的战斗。我们也得到有关他最黑暗的恐惧和过去悲惨经历的暗示。

描述性话语、对话形式或动作场景，这三种类型不管是单独使用还是结合起来，都能成为一个引出主人公的有力开篇。你的目标是创造一种即时感，展现人物的外貌体态和个性，让人物真实得仿佛能从页面中跳出来一样。当读者还沉浸在你的烟花表演中时，你应该设法插入基本信息，以及暗示驱使主人公探案的事件。

给出基本信息

告诉读者多少有关主人公的信息，对作者们来说是个争议很多的话题。劳伦斯·布洛克对其小说系列主人公柏尼·罗登拨没有给过正面描述，而读者从来没有抱怨过这一点。莎拉·考德威尔以牛津的希拉里·塔尔玛教授为主人公写了一系列悬疑小说，但从未向读者说明塔尔玛教授是男是女。

不过大多数的悬疑小说里,作者还是一开头就会交代主角的基本信息:

- 姓名
- 性别
- 大致年龄
- 职业
- 外貌特征

马上给读者一点有关主角形象的暗示是很重要的。如果缺乏对人物的描述,读者将开始自我设定人物形象,这一形象可能会与书中的后续描述相矛盾。

挑战在于如何插入事实部分,同时让介绍主角的内容读起来不枯燥。若人物就是叙述者,直接与读者对话,直接陈述基本信息就不会显得违和。苏·格拉夫顿在其作品《G:侦探》中巧妙避过了这种信息的堆砌:

> 介绍一下,我叫金西·米尔虹。我是个私人侦探,由加利福尼亚州授权探案。我33岁,女,体重53千克,身高一米六五。浓密的黑色直发,我更喜欢留短发,但我现在让它一直长着,就为了看看会变成什么样。我通常每隔六周左右自己拿剪刀修剪一次。我自己剪是因为我觉得像我这种小人物,拿28美元去美发

店剪回头发实在不值当。我的眼睛是棕褐色的，鼻子被人打破两次，但我想它依旧能维持正常运作。如果让我用十分制给自己的长相打分，我可不干。不过，我得说，我很少化妆，起码我早上起来第一眼看上去什么样，那一整天就是这样，不会有差距。

跟电影里突然转身与观众互动的演员一样，金西作为主人公，直接跟读者对话。在这个密实的段落里，我们了解到她所有的基本信息，以及她精力充沛、特立独行的个性。

以下是另一个例子，摘选自威廉·拜尔（也即大卫·亨特）的《魔术师的故事》。尽管这个段落也采用第一人称视角，但里面的人物摄影师凯·费罗更多的是作为讲述故事的一分子，而非直接与读者对话。

太阳眼看要升起来了。我看着镜子里的自己——双目炯炯有神，黑色浓眉，小巧的锥子脸，中长的头发分在一边。我梳下几缕遮住前额，然后穿上黑色T恤、牛仔裤、黑色皮夹克、运动鞋，把康泰时牌相机挂脖子上，就出门了。

我穿黑色是为了与黑暗的环境相配。我希望的是，穿黑色，一半脸用头发遮起来，人们就几乎看不见我，我就可以溜到街上偷偷拍照。

走到卧室窗户跟前,我停了下来。我在想黄昏真是个神奇的节点。天还微微亮,街上路灯亮着,还有家家户户窗户里透出的光,让城市看起来神秘而祥和。北部海滩、电报山、海湾大桥轮廓分明,全都沉浸在一片静谧之中,在窗玻璃外闪着微光。景色竟如此美好,让我一时不忍离去。

亨特让叙述人物看向镜子,以这种手法将其外貌特征展现给我们。很多写作方面的书籍都说镜中成像的手法已被用滥了,但这个方法在成功的作品中却依旧屡试不爽。上文便是个很好的例证。

根据亨特的描述,读者能推断出很多信息。如人物很年轻(穿上黑色T恤、牛仔裤),住在旧金山(北部海滩、电报山),是个摄影师(康泰时牌相机挂脖子上)。这个人物有些中性,但看到中长发,我们知道这是位女士。除此之外,她视觉灵敏、善于观察、充满好奇心、十分神秘。一页之后,她在一个环境恶劣的社区徘徊,有个流浪孩子叫住她:"美女,你是盲人?戴个墨镜是怎么回事?"从她的回答中,我们知道她是色盲。不一会儿,她碰上一位男士,称呼她为"凯",由此我们知道了她的名字。前四页,亨特把对人物的介绍自然地揉进故事情节中,涵盖了主人公的所有基本信息。

琳达·巴恩斯创作的《大挖掘》中则以另一种方式介绍卡洛塔·卡莱尔：

> 他盯着我的脸看，就像从没见过绿眼睛、尖下巴、红头发的人一样。他看得我心中犯嘀咕：我是不是看起来有点憔悴或苍白。我冲他笑笑，没有胭脂腮红的情况下也只能如此，但愿能让我稍微显得有气色点。

此处，巴恩斯设置了另外一个人物让他看着卡洛塔·卡莱尔，而后卡洛塔告诉我们她觉得自己在那个人眼中是什么样的。

你可能想一下子向读者传达大量有关主人公的信息，但请控制住自己，别那么着急全盘托出。引入主人公的部分能给读者留下印象就可以，没必要追求过于震撼人心的效果。认真选取细节，介绍人物的背景信息，以辅助情节的推进。

牛刀小试：有关人物的基本信息

1. 联系你小说的蓝图，列个清单，写出你想呈现给读者的关于主人公的 20 件事，如过去的经历、个性特征、外貌等。
2. 勾出其中 15 件，等到小说后期再呈现。
3. 写出（或重写）主人公出场的第一个场景，传达主人公剩下的五个基本信息，但不要堆砌。

独立练习：引出主人公

1. 浏览五六篇你最喜欢的悬疑小说的开头。分析作者是如何引出主人公的：
   - 作者使用的是描述性话语，还是对话形式，还是动作，还是其中几种结合运用？
   - 作者是何时、怎样给出主人公姓名、性别、职业、年龄和外貌特征的？
   - 开头作者介绍了主人公的什么特点？如何介绍的？
   - 读者一开篇了解到多少有关人物的背景信息？
2. 试着使用不同方法介绍主人公：第一人称叙述、描述、对话、动作等。对比一下，看哪一个效果最好。

第 13 章

介绍主要人物和次要人物

> 别光说老太婆在尖叫。带她上来,让她叫个够。
>
> ——马克·吐温

角色虽有主次之分,但是每位角色都会给你留下第一印象。第一印象的深刻程度,应符合人物在小说中地位的重要程度。

- 主要人物有自己明确的观点,并会采取行动。他们是完整的故事中不可或缺的人物。把任何一个主要人物剔除,故事的情节就会崩溃。悬疑小说的主要人物包括主角、罪犯、犯罪嫌疑人、伙伴／助理,以及辅助配角。
- 次要人物作用虽小,但也必不可少,他们可能仅出现一两次。例如,端来双份苏格兰威士忌的酒吧女招待聆听侦探对此案的抱怨,或者主人公要向受害者的母亲询问受害者朋友的名字。

- 龙套角色通常没有名字，至多只说几句话，就是为了给场景营造些许现实的氛围。除此之外，他们就没有别的作用了。

介绍：勾勒细节

当一个人物首次登场时，至多用几段来为他创造一个形象。下面这类第一印象是你应该避免的：

> 一个迷人、年轻的褐发女子坐在桌旁。她戴着眼镜，穿着黑色上衣。她抬头看见了我。

这个介绍有什么不足之处呢？它苍白而无趣，普通而无个性。"迷人"这个含糊的词没有任何具体的意义。"一身黑"这个词也是如此，她是穿着破旧的T恤，还是带褶皱的衬衫？

对比以下这个改编版：

> 坐在桌边的，是一位瘦骨嶙峋的青少年女孩，眼睛黝黑，皮肤苍白，黑色短发中挑染了几缕红色。她戴着金属架眼镜，穿着黑色牛仔裤和黑色T恤，系着皮革腰带，所有手指都戴着银戒指。

这个版本会更好一点吗？至少它涵盖了更多的细节。但事实上，细节又过多了，且都只是单纯的外在特征——眼睛的颜色、肤色、眼镜、衣服、首饰。我们会觉得这是个叛逆的哥特女孩。但是像"坐""戴着""穿着"这样的动词无力、过于静态化，无法展现主人公的实质。我们知道她可能是个前卫的少女，但是这种描述让人感觉她更像是一个商店橱窗前的人体模型。

接下来这一版本又如何呢？

奥利维亚趴在一张面对着我的桌子上，专心盯着电脑屏幕。她看起来一点也不像我记忆中那个活泼的六岁女孩或胆怯的青春期前的女孩了。宽松的黑T恤更加凸显她那瘦长的脖子和皮包骨头的肘部。她的头发，正如你看到的——穗子式的黑发里有着红色的条纹。

她摘下圆框金边眼镜，从键盘边拿起一瓶眼药水，仰起头，挤了几滴眼药水滴到眼睛里。她在腰间系着皮革腰带，手指上全戴着戒指，甚至连拇指上也有。

有了诸如"宽松的黑T恤更加凸显她那瘦长的脖子和皮包骨头的肘部""红色的条纹"、拇指上的戒指此类细节描写，人物给读者留下的印象会更加深刻。这段话不只是对外貌描述的堆砌，其中还有能表现出奥利维亚是个什么样的人的细节。而她做的事情——往眼里滴眼药水——则传达了更多信息。

在哪里可以找到你需要的细节？你要如何摆脱陈词滥调？我知道一些作家能从人们熟视无睹或微不足道的地方受到启发，塑造出有趣的人物形象，但是我不能。有时，我的脑海里可能都是查尔斯·狄更斯小说和《爱之船》中的夸张性描述。

幸运的是，世界上总是有很多真实的人可以给予你灵感，以塑造出小说中的人物形象。例如，上述人物就是基于地铁里坐在我对面的一个小女孩的形象创造出来的。以下是我的笔记：

> 年轻的女人，18岁？纤瘦、哥特装扮，呈尖状的短发？黑T恤，短裙，腰上系着编结皮腰带，闭着眼睛，弯腰驼背，戴着耳机，每根手指上都戴了银戒指，包括大拇指。穿着绿色的马丁靴。

现实生活中各式各样的人为人物塑造提供了好的起点。例如，你自己。在我的一本小说中（我就不说是哪一本了），主人公就是我自己。她的头发、身材和我的都很像，而且我们都无法忍受愚蠢的人。

我不推荐你塑造一个与你的好朋友言行举止相似的人物形象，但是，你塑造的人物形象可以是你的亲戚、朋友和熟人的结合体。

你周围的陌生人和公众人物一样，都可以为小说的人物提供一个好的起点。利用在医生办公室外边等待、在机场等待登机或乘公交车的时间来观察身边的陌生人。

你可以根据你的老板塑造一个爱管闲事的邻居，或根据你的前任塑造一个恶毒的杀手吗？又或者基于高中折磨你的霸凌者塑造一个满口谎话的骗子？当然是可以的。但是，要确保在你写完之后，现实生活中的这些人是察觉不到的，你肯定不想因此而遭到控告。

介绍主要人物

当主要人物出场时，要抓住机会做出恰当的介绍。以下是雷蒙德·钱德勒在短篇故事《西班牙血盟》中对反派的描述，这个段落令人印象深刻。

> 大约翰·马斯特斯高大、肥胖、油腻。他有着发青的光滑下巴，手指很粗，关节处有着微微凹陷的小窝。棕色头发直直地梳在后面，穿着带口袋的酒红色上衣，戴着酒红色领带，内搭黄褐色丝质衬衫。嘴里

常见问题：基于现实人物塑造小说人物形象的法律风险

问：假设小说中的人物是基于现实中的人塑造出来的，那么这个人会因文字诽谤而起诉你吗？

答：有可能。法律认为诽谤是有损人们声誉的公开发表的言论。所以，如果人们在小说中遭受了诽谤，他就可以起诉你。

问：如果一个人起诉你，他将需要什么证据来打赢这场官司？

答：想要打赢这场官司，必须证明以下条件：(a) 证明书中的描述是可辨认的；(b) 原型人物的名誉也因此而受损。如果这个人物是官员或者公众人物，除以上条件外，他还必须证明描述是错误的且具有主观恶意性。美国最高法院规定主观恶意性是明知观点是错误的或不分对错而加以评论并对受害者造成伤害的一种性质。

问：在塑造人物时，底线是什么呢？

答：保护自己，对人物进行乔装打扮。对名字、性别、种族、年龄、外形特征、地理位置、工作职能和头衔进行修改，也可以对事件的细节进行修改，以此减少人物的辨识度。

问：对人物进行乔装就可以有效保护自己吗？

答：通常是这样的。但是，要注意你为了乔装而新增的特性本身不具有诽谤性质。如果你把你之前的老师转变成为一个引诱学生的令人厌恶的女人，那么这个特性本身就是具有诽谤性质的。

叼着镶有红金边的棕色粗雪茄。

他皱了皱鼻子,瞄了眼自己的底牌,忍住笑意说:"再给我来一张,戴夫——别给我发'市政府'。"

这才是真正的展现,而不是讲述。下面是一些向读者介绍主要人物时需要涉及的基本元素:

全名和性别

大约翰·马斯特斯高大、肥胖、油腻。读者立马就读到了人物的名字,并得知这是一个男人。名字本身就暗示出了人物高壮的形象。如果叙述者不知道人物的名字,那么可以用一些其他方式来代替。例如,可以叫人物"利亚姆的老板",或者如果他穿的是粗花呢衣服,可以叫他"粗花呢",如果他长得像小天使,可以叫他"婴儿脸"。在叙述者得知主要人物的名字后再替换它。

外 貌

他有着发青的光滑下巴,手指很粗,关节处有着微微凹陷的小窝。头发、衣着、最后的雪茄——没有一个描述是可有可无的。概述人物的外形特点或增加几个生动的细节。例如:人物的古龙水、塌鼻子或西服外套手臂处的一块隆起(暗示他带着枪)。也许这些就足够了。无须长篇大论地进行描述。

个　性

他皱了皱鼻子，瞄了眼自己的底牌，忍住笑意说："再给我来一张，戴夫——别给我发'市政府'。"这一描述展现出了人物的态度、影响和行为举止。此例中，钱德勒使用"连续出击"式的方法介绍人物。在一段描述之后，人物做了一些事情——他看着他的牌，忍住笑意，说了一句话。

在描述人物时，动作和言语的结合能够有效地传达出人物的态度和个性。人物的站姿、动作、言语和呼吸、咀嚼食物的方式都可以向读者传递出有关人物的感觉：平淡无奇、郁郁寡欢、凶狠、引人注目、从容专业，或欢快随和。

与叙述者的关系

读者应该立即能够分辨出这个人物究竟是陌生人还是熟人，是叙述者的同事还是朋友。在此例中，叙述者是人物的牌友，虽然钱德勒没有明确说出约翰·马斯特斯是个道德败坏的人，但是读者是能够感受到的。

第 13 章 介绍主要人物和次要人物

牛刀小试：分析下面对主要人物的介绍

以下片段是琳达·巴恩斯在《大挖掘》中介绍侦探埃迪·康克林，该侦探以前曾是一名警察，在片段中，他给卡洛塔·卡莱尔介绍了一份关于侦查的工作。根据提示问题，对此节选片段进行分析。

作者是如何传递以下相关信息的	节选片段
• 体貌特征？ • 职业？ • 性格？ • 他与卡洛塔的关系及过往？ • 对埃迪的看法是否公正客观呢？	以前我还是一个警察的时候，常常和哈皮·埃迪·康克林一起并肩工作。 ...... 埃迪，现在是基金会安全部门波士顿办公室的头头，他以前总喜欢穿灰色西装，因为那样他整个人看起来比实际能瘦近十千克。他坐在一张办公桌边上，那桌子放两个盘子和一个茶壶都觉得勉强。看到我后，他站起身来，握紧我的双手，然后猛拽过我，给了我一个大大的拥抱。 "要我说啊，业务挺好，但是离棒极了就差远了。这个小镇上，最缺乏的就是信任，天呐，真是出人意料。光我自己在勤勉，在给自己做保镖——我都能自己管理一个警局了，你知道吗？还喜欢这个地方吗？你想喝点什么？"他叫住四处走动的服务员，替我点了酸辣汤，紧接着说道："再来一些中式蛋卷，还是春卷，不知道你们怎么叫这个东西。把甜酱拿过来，你知道吧，就蘸鸭子吃的那个。"

> 我往白色小茶杯里倒了些热气腾腾的茶。
>
> 埃迪的流苏式无带便鞋和丝绸领带看起来真是荒谬极了。他灰色的头发剪得很短，下巴的胡子刚刚刮过，接着他四处望了望，看隔壁桌的人有没有偷听他讲话，随后压低声音，问道："你的儿子穆尼怎么样啦？"

哈皮·埃迪令人印象深刻。不知你是否注意到，文中用对比的方法向我们展示了他魁梧高大的身材？这家伙穿着定制的西装，让自己看起来比实际更瘦一点，他坐在一张小小的桌子边上，桌子上放着小巧玲珑的茶壶。

从他"猛拽"卡洛塔进行拥抱，以及问她是否喜欢这个餐厅的行为可以看出他是一个举止粗鲁，有些许愚蠢的人。他们对话用的是方言，带有波士顿口音（如"要我说啊……"以及"……天呐，那可真是出人意料啊"）。从语法上看，埃迪的受教育水平不是很高（"经济怎么会繁荣呢"）。

埃迪可能是一个典型的硬汉型私人侦探，但实际上他却是一个很风趣的人。他讲起话来喋喋不休，求人时内心也忐忑不安，与其说他把自己塞进衬衫里，不如说他是只过度填充的泰迪熊。所以，无论何时你要塑造一个新出现的人物时，想一想这类人的刻板形象是怎样的，然后跳出那种刻板形象，塑造一个与众不同的形象，这样才能惊艳到读者，让人眼前一亮。

对埃迪的描写是否客观公正呢？当然不是了。为什么呢？因为我们看到的是卡洛塔眼中的埃迪。她是故事的讲述者，她描述的这些东西都源自她脑海里的独白，所以据此我们可以强烈地感受到卡洛塔对埃迪的态度，她有可能对这个大笨蛋有种复杂的情感。她出场的时候说道："他看起来荒唐愚蠢……"此外，从埃迪拥抱卡洛塔的方式来看，我们有理由怀疑他们其实是老相识。

　　当你对主要人物进行描述时，一定要站在讲述者的角度来描写他对主要人物的态度。下面是两个节选片段，它们分别对人物进行了相似的描述，但是讲述者的态度却是截然不同的。

罗拉走进房间，朝角落走去。她像往常一样美丽动人，披一头火焰般的红头发，穿着合身的、水银般闪光的裙子，她似乎并没有注意到房间里所有的男士们都向她投来了炽热的目光，那样子像极了猎犬嗅到香味儿的样子。	罗拉偷偷溜进房间，朝角落的桌子走去。她那银色的劣质裙子看起来就像颜色是被涂上去的一样。她把柔软光洁的红头发甩到背后，若无其事地向前走着，就好像她根本没有注意到那些男士们的目光正紧紧追随着她。

　　这两段描写存在着些许不同（比如"罗拉走进房间"对比"罗拉偷偷溜进房间"），前一个描述富有倾慕之感，后一个则尽显轻蔑之情。描写一个人物时，选词要尽量谨慎，力求准确，这样才能既向读者传达出这个人物的仪态样貌，又能显示出讲述者对这个人物的态度。

牛刀小试：介绍一名主要人物　　　　　　　　　　13.1

1. 用"连续出击"的方式描写人物的第一次出场。首先，用一些展示性的细节来描述这个人物；其次，通过对话描写或动作描写，让读者更加深入地了解人物的态度和性格。

介绍一名主要人物	你可能用到的细节
	• 全名 • 性别 • 外貌 • 服装 • 姿势 • 卫生 • 语言或语调 • 习惯 • 声音 • 活动或步态

2. 对人物的第一次出场进行修改，调整词的选择，尽可能多地传递出故事讲述者对这个人物的态度。

重写出场内容，向读者传递讲述者对主要人物的态度：

介绍次要人物

次要人物在出场的时候就给读者留下了印象,那是当然的,但是不能引起过大轰动,喧宾夺主。你肯定也不希望读者对他们太过依赖吧。

下面一段是贾斯泼·福德在《艾尔的风流韵事》中介绍博斯维尔长官,即主人公的老板:

> 我在博斯韦尔长官手下工作,他身材矮小,大腹便便,看起来就像一袋长着胳膊和腿的面粉。他成天就是工作再工作,文字就是他的生命和爱人——没有什么事情能比追踪假冒的柯勒律治或菲尔丁更能让他激动兴奋的了。

这段描写简洁明了,向读者展现了博斯韦尔的外貌、职业和十足的事业狂特质,并且还塑造了生动传神的视觉形象——你是无法战胜一袋长着胳膊和腿的面粉的。

又如 P. D. 詹姆斯在《阴谋与欲望》中的一段描述。在生动形象的描述、动作和对话中,曼尼·卡明斯惊艳登场了:

> 当他听到奔跑的脚步声和激动的叫喊声时,电梯

门正在徐徐关闭,曼尼·卡明斯一跃而入,刚巧避免了被正在关闭的电梯门夹住。如往常一样,他似乎总是深陷在压抑已久的情感漩涡里,无法自拔。那种感情,强烈到电梯的四面墙壁都无法阻挡。他激动地挥舞着一个棕色的信封:"亚当,终于撑上你了,我知道啦,你要逃往诺福克去,对吗?如果警察厅真的抓住惠斯勒的话,代我看他一眼,确认一下他不是我们在巴特西的伙计。"

曼尼是高是矮?是胖是瘦?是秃头还是留着平头?没人知道,也没人关心,因为重要的是他做了什么:他如旋风般纵身一跃,溜进电梯,操着一口爱尔兰土腔,说了几句话,然后把手里的棕色信封给了主人公,这是一封至关重要的信封,因为它推动了故事情节向前发展。

很显然,关于曼尼的这段描述并没有过多的细节描写,但是他却留下了生动的印象,之后就算他就此退场,读者也心满意足了。

次要人物不要太过复杂,让人捉摸不透,也不要让他神秘莫测,否则,读者就会特别期待你对此进行更多的解释和描述。一个名字,三五细节,些许动作,几句对话,这些就足够了,其效果甚至比冗长复杂的长篇描述更有效。

| 牛刀小试：介绍次要人物 | 13.2 |

完成次要人物初次登台的段落。

介绍次要人物	可能涉及的细节
	• 全名 • 性别 • 角色（同事、邻居，等等） • 大致年龄 • 展示性的细节 • 行为或对话

介绍龙套角色

你笔下的小说世界里应包含大量龙套角色，他们可以为故事提供质感和真实感。他们也许能为推动故事情节的发展起些微作用，但大部分都只是为了使小说情景更为信而有据。你的主人公四下溜达，街道上需要有行人穿行。她来到银行取钱，银行里要有银行职员和安保人员。酒店职员、服务员、销售人员等其他人员也同样适用。

对龙套角色的介绍不应超过一两句话。他们不需要名字，少许描述就足够了。你所选择的细节描写，可以是对小说附近环境的简短评论。在运动场上溜滑板的小伙子，也许套着松垮的牛仔服，头戴一顶塔法里教的帽子。又或者一名来自家庭教师协会的母亲，戴着一枚镶有四克拉钻石的戒指。如此，龙套角色不仅是小说人物，也是背景设定的一部分。

龙套角色也可以用于对小说中的人物行为进行评论。以迪克·弗朗西斯所著的《骨裂》为例：

> 院子外，一辆大型白色奔驰停在碎石路上，西装笔挺的私人司机站在引擎盖旁，随时待命。
>
> ....
>
> 我穿过院子，朝着奔驰走去。司机面对我，双臂交叉，嘴里吐出些不友善的话语。在距离他几步远的地方，我停了下来，朝车里望去。

私人司机并没有姓名，但他的姿态却充分流露出了特权感及对叙述者的蔑视。

切忌误导读者。如果你继续花费篇幅描述龙套角色，就会造成该角色在本书中扮演着重要角色的错觉。

偶尔，某些龙套角色也会拒绝就此退场。一旦发生此类情况，就继续写下去，并观察该角色是谁、做了些什么、为你的故事增添了何种趣味。如果他只是一个不必要的分散注意力的人物，你就需要尽早扼杀他，或者将他留作另一个短篇小说的素材。但若他能为小说增彩，就务必将他提升为一个更为重要的人物，化为小说情节的一部分。

> **牛刀小试：介绍龙套角色**   13.3
>
> 用三言两语描写龙套角色的出场。
>
> | 龙套角色的出场 | 可能涉及的细节 |
> | --- | --- |
> | | • 角色（服务员、行人，等等）
• 性别
• 展示性的细节 |

使读者厘清你笔下的人物

有的书在前十页就出现了一打人物，让人分不清谁是谁，读起来直教人头脑爆炸，你是否也有过这样的经历？不妨将人物介绍分散开以帮助读者分清人物。在你的主人公和其他主要人物已经在读者的脑海中留下深刻印象之前，不要把他们聚集起来开一场鸡尾酒会。

另一方面，给同一人物扣上不同的名字，也会使得读者混淆不清。假设你正要介绍詹姆斯·戴宗警官，你写道："詹姆斯来到门旁。"一段过后，又成了"戴宗目瞪口呆"。下一页你又写，"吉姆满面愁容"，一会又是"巡警挠挠他的头"。一些读者就会认为一共出现了五个不同的人物。在同一场景中，用以上写法描写两位人物，原本两人间的亲密谈话就成了众人议论纷纷。

第一次介绍角色时，向读者介绍他的全名。此后使用叙述者对他的称呼即可。例如，如果叙述者是詹姆斯·戴宗的兄弟，则可能称呼其为"吉姆"；若叙述者是詹姆斯的上司，则可能称呼其为"戴宗"；若叙述者是在法庭上为角色辩护的律师，则可能称呼其为"戴宗警官"。切记，是叙述者与人物之间的关系决定了行文中你用什么名称指代这一人物。

> **独立练习：介绍主角与配角**
>
> 　　1. 外出时，随身携带一本小笔记本或者一打索引卡，尤其是当你知道将会因某事等待时。观察身边的人，捕捉你创作人物时可能会使用的细节，并简要记录对话的片段。
> 　　2. 创建纸质或电子的档案，以存放观察结果。
> 　　3. 浏览一本你最喜爱的悬疑小说，并留意其中的人物介绍，注意作者的写作思路：
> - 是龙套角色、配角还是主要人物的介绍？如何分辨？
> - 作者选择了什么细节来展示这个人物？
> - 作者如何表现该人物给其他人物留下的印象？
> - 作者如何展现人物间的关系？
>
> 　　4. 在每个人物首次登场之前，稍做暂停。明确这一人物的视觉形象，思考你想向读者传达什么信息，你可以如何展示这些信息。对于任何主要人物，试着用"连续出击"的方式写一段介绍，即在描述性介绍后加上动作或对白。
>
> 　　5. 给你书中的每个人物起一个全名，并决定在整个叙述过程中如何始终如一地提及该人物。决定书中其他人将如何称呼该人物。

第14章

戏剧性场景与章节写作

> 读者看完小说的一个章节后，往往就会合上书就寝。所以我特意写了一本书，希望读者读完一个章节后，忍不住接着往下读。当我听到人们说，"因为读你的小说，我彻夜未眠"，这时，我才真正觉得我是一名成功的小说家。
>
> ——西德尼·谢尔顿

我曾上过小说写作课。上课的第一天，老师说道："对那些尝试写小说的同学，我只有一条建议，也是最重要的建议，那就是描写场景。"几个月后，我才悟出其中的真正内涵，于是我把这个建议写在便利贴上，贴在电脑上以时刻督促自己。

描写场景，换句话说，不要单纯地讲述故事，而要把这个场景展示出来，让它像电影一样展开，赋予它生命。当你发现读者是如何依依不舍地看完电影或电视剧的时候，你便会发现，这个建议真是令人受益匪浅。

场景：定义

场景是小说原子式的组成部分。篇幅可以很短（不到一页），也可以很长（30 页，甚至更长）。

一个场景就是故事的一小部分：
- 发生在一个特定的连续环境中
- 发生在一段或长或短的连续时间段中
- 从某个人物的角度进行叙述

如果地点有所改变、时间有所切换或叙述者有所变化，那就说明该转入一个新的场景了。多数作家会将场景组合成长度大致相等的章节，在章节内用空两行之类的视觉断点来区分场景。

让场景变得更具戏剧性

大纲里的几句场景描述，往往能扩展为好几页的故事情节。

以下例子是一个戏剧性场景的开端，它是基于之前呈现过的一段场景描述而展开的。在你阅读的时候，思考它的戏剧性表现在哪里。

第14章 戏剧性场景与章节写作

场景描述	第一天，20分钟后 詹森·阿米蒂奇来到费隆的公寓，发现他的公寓门是虚掩着的。他小心翼翼地进入房间，到厨房和客厅看了看，一切似乎都很正常。 此时，他闻到了一股刺鼻的味道，随后来到卧室，发现费隆躺在床上，手持手枪，头上带有枪伤。
戏剧性场景的开端	詹森走出电梯。交通很顺畅，他花了不到20分钟就到了德鲁的公寓。 他不记得大厅里那金色的植绒墙纸，也不记得黄铜壁灯，毕竟他上一次来德鲁的公寓也已经是一年前的事了，那时他的朋友和一位叫邦尼·西普的女性结婚了。 德鲁家奶白色的门也是最近新漆的，虽然门的底部久经磨损，显得坑坑洼洼的。杰森伸出手正要去敲门，就发现门是虚掩着的。 他极力克制着胃里那种难受到恶心想吐的感觉，内心里告诉自己不要担心，他的朋友可能只是睡过了头，走的时候太过匆忙，就忘记锁门了。他把门推开了一条缝，或许就是他想的那样。可是，德鲁的狗呢？平常他的杜宾犬都是在电梯门打开的时候就开始"汪汪"地吼叫和狂吠了，今天这家伙怎么不在了呢？ 詹森在楼道里不安地打量一番，希望听到电梯下降的声音，而不是狗的狂吠声。 这时公寓里的电话响了，詹森突然脊柱一凉，他深吸了一口气，耳朵贴紧墙努力地听着。叮铃铃铃铃。没有爪子挠地板的声音；叮铃铃铃铃。没有脚步声；叮铃铃铃铃。一声咔嗒，然后是德鲁的声音："抱歉，现在我无法接听电话……"

我们应该注意到，从大厅到公寓，背景是紧密相连的，

时间也是持续的,并且整段描述都是从同一个叙述者的角度来写的:詹森。

如何把场景描述扩展成充满戏剧性的故事情节?以下是几个方法:

场景开端宜迟不宜早

詹森走出电梯。不知你是否注意到,这个故事场景的开端并不是从詹森驱车前往德鲁的公寓,停好车或走进公寓大门开始的。场景的开始尽可能晚一些,最好安排在戏剧性情节开始的时候。此外,尽量避免那些无法服务小说的拖沓内容(注意:如果这个场景是整本书的最开始,那我可能就会从詹森离开办公室,驱车前往德鲁公寓开始写起,以此来向读者介绍主角)。

为读者提供坐标

……他花了不到20分钟就到了德鲁的公寓。在场景快开始的时候,要记得告诉读者,我们现在在哪,目前这个场景距前一个场景结束时,时间过去了多久。这个介绍要简洁明了,因为它并不是主要的戏剧性情节,但能让读者免于困惑,否则读者就会从你的故事里脱离出来。

让读者进入叙事者的脑海中

他极力克制着胃里那种难受到恶心想吐的感觉,内心

第14章 戏剧性场景与章节写作

里告诉自己不要担心。这个场景运用了一些内心独白（人物的想法），让读者感到他们在人物的脑子里一样。侦探小说中，这个人物一般就是侦探了。在这个小说里，读者跟着詹森走在大厅里，看詹森之所看，想詹森之所想，感詹森之所感，像他一样，感到不安不断地增长。

细节描写不能少

选一些普通的细节，如金色的植绒墙纸；当然也要选一些特别的细节，如门的底部久经磨损、坑坑洼洼。侦探小说中，类似的细节有时可能就是破案线索。

充分利用感觉器官

叮铃铃铃铃……向读者展示叙述者的经历，如听到的声音、闻到的气味或其他能感觉到的东西。

保持内容相关性

在这个场景之前的初稿中，我对一些内容进行了完整的描述，比如公寓大楼的周围环境、停车、与门厅侍卫的对话等，还有一大段关于德鲁前妻的介绍，以及英格兰秋天的些许描写。但是后来我删掉了这些内容，因为小说不需要这些无关紧要的内容。所以，避免毫无意义的对话，毫无目标的自省，毫无必要的旅行、天气、环境、食物，甚至是无法为小说服务的性关系。

牛刀小试：场景续写 14.1

续写下列场景。下列内容统统由你决定：打电话的人是挂断电话了还是留有语音；公寓也由你来布置：屋内是咖啡桌和书桌上散落着杂乱无章的辩护状和法律书籍，还是异常整洁，纯白的地毯上放置着铬合金和玻璃材质的家具……用一些笔墨向读者传递你想要传递的细节信息，一些关于住在这里的律师的信息。进入詹森的脑子里，当他从一个房间到另一个房间时，我们要跟着他的步调：他闻到刺鼻的味道时会想些什么？进入卧室时看到了什么？杜宾犬又去哪了呢？通过詹森的反应，来向读者传递出他有什么样的感觉，而不是直接告诉读者。

场景续写

这时公寓里的电话响了，詹森突然脊柱一凉，他深吸了一口气，耳朵贴紧墙努力地听着。叮铃铃铃铃。没有爪子挠地板的声音；叮铃铃铃铃。没有脚步声；叮铃铃铃铃。一声咔哒，然后是德鲁的声音："抱歉，现在我无法接听电话……"

允许自己在预设场景外适当发挥

那部正在响铃的电话和狗是从哪来的？它俩都不在我的计划之列。我能告诉你的是，我写这个场景时，我把自已融入了詹森的脑子里，这只狗就自己蹦出来了，电话也响了。写作中，往往会有些意料之外的状况发生，这些出其不意的细节往往会让人眼前一亮，如狗的意外出现。这些"不速之客"取决于你的安排。或许那只杜宾犬是以和律师一样死在房间的方式出现……又或许是其他方式。毕竟，相比狗的死亡，侦探小说的读者对律师的死亡更感兴趣。

以悬念及时结束场景

最好不要让场景在结尾处拖沓，尽早结束，留下一个悬念，激发读者想要继续读下去的兴趣。

高　潮

推理小说中，每一处场景都应有高潮——能够推动主要情节或某一次要情节向前发展的事件或变化。在上述场景中，高潮就是詹森发现朋友去世了。

高潮可以是即刻的。也许侦探得知某些事实（线索）以进一步接近真相，又或者调查陷入了死胡同（例如遭遇转移注意力的事件）。也许发生了戏剧性的事件，加剧小说的紧张气氛——例如，侦探收到一条警告她"别多管闲事"的短信，诸如此类。又或者某事使风险增加，例如某人遭受绑架。又或者侦探遭遇障碍——他可能被负责调查的主管从街上拉回来，要求从事案头工作。

高潮也可以是延迟的。例如，在小说之后的情节之中，詹森会遇到德鲁的另一名朋友，他穿着钢头工作靴，而这靴子上刚好沾着白漆。他犹记得德鲁家门的底部被凿击刮伤，所以他怀疑这名所谓的朋友曾用脚砸德鲁家的门。

倘若一个场景没有任何收获，只介绍了形势、角色或设定，就应删除，不做保留。

微妙的定向设定

为读者留下视觉信号，这样他们才能知道一个场景结束了，新场景即将展开。许多作者插入两个空行或在单独的一行中输入星号标记，以表明场景间的休息。

下一幕可能在五分钟之后，也可能在五天之后，可能发生在德鲁的公寓内，也可能在 30 公里以外的一个偏远山头上。新场景里的人物可能是相同的，也可能是不同的，可能由同一个叙述者叙述，也可能换了一个叙述者。

部分作者认为，使读者摸索新场景中的事件、地点及叙述者，就是在制造小说的悬念。然而事实并非如此，这样的做法只会让人感到困惑，而对场景中的事件、地点及叙述者感到困惑的读者，往往会草草浏览以寻找答案。

每当你展开一个全新的场景时,必须立即做出说明:
- 发生时间,以及与上一场景的结尾时隔多久
- 发生地点
- 涉及人物

以下以劳拉·李普曼的《糖屋》中某一场景的开篇为例:

> 一天之后,官方公布了一名来自银泉市的牙齿矫正医师提供的牙科病历。无名氏女尸的真实姓名是格温·席勒。马丁·塔尔对她影响深刻,一得知她的受害消息就立马联系警方,并慷慨地提供证据。
>
> "我真的不敢相信,你用这么少的证据,却办了如此大的一件案子!"他不停地和苔丝感叹。苔丝和马丁·塔尔坐在警察总部附近的一家小店里。

李普曼使读者得知他们目前身处何处(小店)、何时(一天之后),以及涉及何人(苔丝和马丁·塔尔),而不觉生硬。

将场景组合成章节

即使一个场景十分简短,部分作者也会让它自成一章。例如,詹姆斯·帕特森的"女子谋杀俱乐部"系列小说中,就有单个场景自成一个章节,且仅占一页篇幅。其他的作

者将多个简短的场景组合成一个章节，使得章节篇幅大致相等。他们可以依据想要达到的戏剧效果，决定是在一个场景的末尾还是中间结束一个章节：

- 当一系列事件即将收尾，在场景末尾结束章节，会使读者获得一种圆满感。一个尘埃落定的结尾，给读者以喘息的机会，在继续阅读之前稍做休息。
- 在场景中途，尤其是在一个令人极其紧张的时刻结束章节，则会带来相反的效果。读者感到喘不过气来，因为前进的步伐悬在了半空。扣人心弦的章节结尾使得读者难以停下阅读。

凯西·莱克斯是悬念式章节结尾的大师。以下章节结尾及章节开篇的例子都摘自她的小说《黑色星期一》：

章节结尾：电话线中断了。

下一章节开篇：我晃动着按钮，尝试引起接线总机操作员的注意。

章节结尾：向门缝之间望去，只见一片漆黑。

下一章节开篇：透过门缝，我能依稀分辨出，那混杂凌乱的阴影，以及如同倒映在水面上的月光一般的微光。

章节结尾： 我的心如一块石头，一下子沉到谷底。

下一章节开篇： 拉芒什的声音逐渐消失在夜色之中，难以寻觅。那间屋子也渐行渐远，直至消失在我的视线里。

在场景末尾和中途结束的章节结尾，都是你小说中必不可少的一部分。在每一幕的早期就提前计划好在场景末尾结束的章节结尾，并在小说向情节高潮进发时候，使用更多的悬念式章节结尾。

关于节奏的建议

在创作的过程中，要时刻留意节奏——小说发展的速度及强度。将所有的悬念及情节顺序一口气串联起来，读者可能会变得麻木；面对大量堆积的情节说明、描述场景的段落，读者就容易哗哗向后翻页，寻找将发生的事件。

一般情况下，故事的强度应该逐渐增强，在开头以悠闲的步调开始讲述故事，快到结尾时则应加入更紧张的悬疑和猛烈的行动。

独立练习：场景创作

1. 选择一位你敬佩并想要效仿其作品的作家，挑选一部你最喜欢的悬疑小说。
   - 分析故事是如何划分不同场景的，以及场景是否被组成为章节。
   - 通读全文，只读场景的结尾和下一场景的开头部分。注意作者如何在场景开篇引导读者，并留意哪些章节包含在场景末尾结束的结尾，以及哪些包含悬念式章节结尾。
   - 随意挑选一个场景，仔细阅读，留意作者是如何使情节变得真实可感、如何调节节奏的，以及她通过场景开篇、结尾所取得的效果。寻找该场景的结尾。
2. 继续创作场景，用以下备忘录引导你的创作：
   ☐ 在开端向读者介绍要素：何人、何事、何时
   ☐ 开篇和结尾越接近事件核心越好
   ☐ 一个场景，只需要一个叙述者
   ☐ 创造性表达视角主人公的所闻、所见、所嗅、所触、所想、所感
   ☐ 有所收获：读者阅读小说的理由
   ☐ 戛然而止

第 15 章

叙述口吻与叙述视角

> 叙述视角对很多刚接触写作的人来说,是件十分可怖之事,因为关于叙述视角,人们已经渲染了太多可怕的东西。其实叙述视角完全只是写作时是否感到舒适的问题,只是一个通过谁之口来讲故事的问题罢了。
>
> ——帕特里夏·海史密斯,《悬疑小说的构思与写作》

写作的过程,就是做选择的过程,你坐下来俯身写作要做的第一个选择,就是谁来担当叙述者,以及即将由哪个人物的角度出发讲述所发生之事。你还要计划好是全程只设置一个叙述者,还是好几个。

当你读福尔摩斯的故事时,你获知的故事是华生讲述的版本。珍妮特·伊诺维奇写的斯蒂芬妮·普拉姆系列中,是斯蒂芬妮·普拉姆以辛辣的口吻讲述着故事。使得吉莉安·弗琳的《消失的爱人》一度风靡的原因就是读者不知道两个叙述者（艾米和尼克）到底谁说的是真的，最后他们发现两人都在撒谎。

挑选叙述者

一般的悬疑小说中，侦探只会讲述一部分故事，有时候则全盘托出。侦探的作用，就像一架摄像机，而他讲述的情节，就像是经其相机镜头过滤以后的张张图片。读者能够体悟到他的感觉、情绪和想法。

也有部分悬疑小说通篇只有一位讲述者，有的则是两位，还有的是多位。决定由哪个人物叙述，不应只是出于方便与否的考虑，而应该是因为人物在小说中或过去的一些切身体验使得由他讲述能增加故事的复杂性和力量感。

苔丝·格里森侦探小说集以侦探简·里佐利和验尸官莫拉·艾尔丝为主人公，两人都是叙述者。有的情节两个人物都参与其中，格里森必须选一人来叙述，我问她这种情况下是怎么决定的，她的回答令我惊诧。她说，她选择那个感觉最失衡的人。

当你选定了一个人物来叙述，也就是让读者同他一起经历、一起思考。所以，一本悬疑小说中，假如叙述者知晓了一个你想对读者保密的秘密，这就很棘手了。

变换叙述者即改变故事

决定让谁来讲故事至关重要。读者只能见到叙述者所见的,只了解叙述者对于事件的阐释,而这些阐释均带有叙述者自己的偏向性,受其性格和过去经历的影响。

这里有同一事件的两个不同版本,它们分别是从两个不同的叙述者角度出发叙述的。阅读以下两个版本,思考叙述视角的不同对故事呈现有什么影响。注意,唯独对白(加粗)是一致的。

莎伦的叙述视角	鲍勃的叙述视角
"莎伦?" 院子里有人喊我。 我回头看,不过立马就后悔为什么没继续向前走。 **"鲍勃,有什么事吗?"** 我的声音很尖。他要是停下,不再步步紧追就好了。我只想离开,自己待会儿。 **"你等一下。"** 我站在那里,几乎控制不住自己冲向我的车。我看见他鞋后跟踩在石灰路面上,碾过玻璃碴。 他手里拿着的玫瑰,像在商店里搁了很久,花骨朵已经开始朝一边耷拉。瞧着真寒酸,我忍住没有抱怨出声。	我到那时,莎伦正穿过院子。眼看着要往她车的方向走。再迟一分钟我就见不到她了。 我把花藏在身后,想要给她个惊喜。 **"莎伦?"** 我喊她,我的声音在院子里回荡。 她停下,转过身来。**"鲍勃,有什么事吗?"** 我感觉我肩膀往下耷拉。我为什么要费这心思呢?你真可怜,就是不能接受被拒绝。前妻的威吓声还在耳边回响。但现在退回去已经来不及了。 **"你等一下。"** 我朝她走近,她神情冷漠,眉头紧锁,额头上都挤出一条条皱纹。我拿出花时,她的神情变成同情。 我早该知道了。我费这劲干吗?

两个版本，发生的事件一样：鲍勃找到莎伦并叫她；莎伦停下来；鲍勃把花给了莎伦。两人间的对话当然也是一致的。不同之处在于人物的内心独白，而我们能看到这带来的不同。

牛刀小试：换个叙述者　　　　　　　　　　　15.1

修改莎伦与鲍勃之间的场景。只使用以下对话。
鲍勃："莎伦？"
莎伦："鲍勃，有什么事吗？"
鲍勃："你等一下。"

用内心独白传达以下角度

从鲍勃的视角：鲍勃是个私人侦探，他故意装成傻瓜一样，为的是接近莎伦而不暴露身份。

从莎伦的视角：她疯狂地爱着鲍勃，但害怕暴露她的真实情感，因为她觉得鲍勃只把她当朋友。

让每个叙述者深入人心

如果你在写自传，那么叙述口吻应该是你自己的。你将从你自己的角度讲述你生活中发生的事，分享你的想法和感受。你使用的语言、词汇、笑话、文化现象、比喻修辞都反映着你是个什么样的人。

而写小说的难处，在于用他人的声音讲故事。你要创造出这个声音背后的人物，包括他的个性，还要通过他讲的故事向读者展示他是什么样的人。

感染力强的叙述口吻是什么样的？我们一起看看克里斯托弗·约翰·弗朗西斯·博恩，马克·海登的作品《深夜小狗神秘事件》中这个15岁的男孩是怎么做的：

> 零点零七分了。狗躺在希尔夫人家门前的草坪中央，双眼紧闭。看起来它蓄势待发，随时准备从一侧蹿起，像它梦中撵着猫跑那样。但这只狗没有跑，它也不是睡着了，而是死了。有园艺叉穿透了狗的身体。齿尖肯定是完全穿过去，而后又插进了土里，因为叉子竖着没倒。我断定狗是被叉子给杀死的，因为狗身上看不到其他伤口，并且我觉得你不会在狗因某种其他原因（癌症或车祸）死后再把叉子插进它的尸体。但我不太确定。

这简短的一段涵盖了哪些信息呢？讲述的并不多，对吧？克里斯托弗以第一人称叙述，他努力想弄清邻居家的狗到底是怎么死的。但通过他观察到的细节，以及他讲述的方式，我们了解到很多关于他的信息。我们知道，他严谨而有逻辑（把时间精确到零点零七分）。发现一具狗的尸体对大多数小孩而言难免惊悚不快，但他没有表露出多少情绪，而是认真观察，留心具体事实，而非沉湎于恐惧中。通过简短、精准、完整的句子，这些感觉被增强了。他没有省略任何词句，听起来就像个机器人一样僵硬。

我们看下一个例子，这是《难过的一天》中，斯特拉·哈德西面对一个朋友的虐待狂丈夫时的片段：

> 斯特拉把枪放到身边，让乌鸦随意地挂在那。她可以在十分之一秒内完成从晃荡到瞄准再准备开枪这一系列动作。这是去年冬天店里生意不好时她练习的一个技巧，那时候她大部分时间就坐在收银台后的高脚凳上，练习拔枪动作。门口铃铛一响，有客人来时，她就赶紧把枪藏回抽屉。
>
> 她也学《正午》里的加里·库珀，把枪拿在手上转着玩儿，但这纯粹是为了个人娱乐。她不介意有一点炫耀，不过她可不是个傻瓜：毕竟，枪可不是闹着玩的。

又是这样，没有什么大事发生。斯特拉只是站在那儿，枪在她的身旁。她在以第三人称讲述。她坚定而直接，话里掺杂着些有趣的词和地方口音。

对克里斯托弗·博恩和斯特拉·哈德西之间差别的分析能为我们提供一些关于如何创造有感染力的叙述者的建议。

- 直接：克里斯托弗以第一人称叙述，直接与读者对话。斯特拉用第三人称，但给人的感觉同样直接。
- 选词、句子结构：克里斯托弗说话简短，采用主谓宾结构，加入一些具体的细节，语言简单。斯特拉语言更富于变化，句子结构多变，加入了幽默成分。
- 情感：克里斯托弗语言苍白，不表露情感。斯特拉的话充满冷笑话和暗讽。我们感觉，斯特拉了解她自身的情感、动作，而克里斯托弗没有。
- 基调：克里斯托弗的片段虽没有情感的表露，但让读者看到他有多脆弱，因为他不理解情况的微妙之处。而斯特拉看起来过得衣食无忧，生命中所需的一切保障她都有。

为了打造一个有力的叙述口吻，需要考虑这些因素：直接性、句子结构、选词及基调。人物个性需要不断打磨，叙事口吻也需要不断修改，直到你满意为止。人物无论何时叙述，你脑子都应该装着那个叙述口吻，然后才能将它呈现在纸上，并且从头到尾都保持这一状态。

决定叙述视角

你应该一开始就定下叙述视角及将要安排多少个叙事人物。这听起来容易，并且有时候作者本人很清楚什么样的叙述视角、叙述方法对行文的效果最好。当然也有时候，作者在开篇使用第一人称，但中途发现第一人称叙述太有限；又或者以第三人称叙述视角、多个叙述人物开始，而后又感觉故事偏离了重心，还是第一人称有利于情感的集中表达。

当然，你可以先以第一人称视角开始写，比较之后，你可能会觉得第三人称更好。但是这时你就得从头开始写了。我做过这样的尝试，所以深知这一点。为了避免写到中途又掉头重新改写，你可以先试着用不同的视角写，之后再决定哪一种视角更加适合你的故事情节。

以下是一些可供选择的视角：

- 第一人称视角：所叙述的是某一人物的亲身经历或亲眼看到、亲耳听到的事情。叙述者是"我"；
- 第三人称有限视角：所叙述的是某一人物的亲身经历或亲眼看到、亲耳听到的事情。叙述者是"她"或"他"；
- 第三人称多重视角：所叙述的是几个人物亲身的经历或亲眼看到、亲耳听到的事情。叙述者是多个"她"或"他"。

- 全知视角：叙述者全知全能，可以是"她""他"或"他们"。

下面我们将对每个视角的利弊进行分析。

第一人称视角

有很多小说都是以侦探的第一人称视角写的。系列小说经常选择第一人称视角，因为它能够帮助建立读者与主人公之间的纽带关系。这种关系是一部成功的系列小说必备的因素。

罗伯特·B. 帕克用第一人称叙述视角，写了一部斯宾瑟系列小说——《凌乱不堪》。阅读以下例子，看作家是如何运用第一人称视角的：

> 我坐在办公室的桌子旁，下面垫着一个黄色衬垫，把脚放在窗台上，心里想着棒球比赛。我如果不想性，就会想棒球。苏珊说，对我来说最大的幸福可能就是做爱时看棒球比赛。既然她这么了解我，那为什么我们在芬威公园时她还如此拘谨？

帕克以侦探作为第一人称叙述者，让读者了解了人物强烈的内心感受。第一人称叙述视角还加强了一种错觉，即读者正与侦探一起解决疑难，寻找线索，误入歧途，从危险中幸存，并最终发现真相。

以下是一些用第一人称作为叙述视角的系列小说大家：苏·格拉夫顿，乔纳森·凯勒曼，劳伦斯·布洛克，凯西·莱克斯，琳达·费尔斯坦，詹姆斯·帕特森。

对于新手作家来说，单人第一人称是最简单也是最易于驾驭的一种方式，你只需从一个叙述者的角度进行描写。

但是这种方式也有一些弊端：当第一人称叙述者一段时间内都陷于阴暗潮湿的地下室时，你的故事情节会因此而受到限制。如果叙述者不在戏剧性事件（比如谋杀）发生的现场，那么你很难将故事情节戏剧化。这样故事中的人物就必须通过参观犯罪现场，听他人描述，读尸检报告或报纸，采访幸存的目击者等方式来间接获知事件。那些基于事实或间接手段得出的结论远不如人物亲身经历并将其戏剧性地展开更具冲击力。

第三人称有限视角

用第三人称有限视角同样可以传达出主人公的强烈情感。故事仍然是由一个人物叙述的，但是用第三人称有限视角可以拉开读者与人物之间的距离，同时仍然通过叙述者的滤镜讲述视角人物的经历。

以下片段选自 P. D. 詹姆斯的《阴谋与欲望》：

凌晨4点，爱丽丝·梅尔发出一阵绝望的喊叫，从噩梦中惊醒。起风了,她伸出手打开床边的灯,低头看了眼手表,再继续躺下,惊慌失措的情绪也得以渐渐平息。她盯着天花板,随着噩梦带来的即时性恐惧开始消退,她意识到这么多年后又做了噩梦,一个古老的幽灵在这么多年后又回来了,它被今晚的事件和"谋杀"这个词的重复所唤醒,自从惠斯勒开始工作以来,这个词似乎就在空气中发出淙淙声。

你注意到了詹姆斯是如何拉开读者与视角人物之间的距离的吗?这个写作方式好像是我们在空中俯视着爱丽丝,阐释她的动作,阅读她的想法。

如果你想要在人物和故事叙述之间拉开距离,那就用第三人称有限视角写。你可以时不时地拉远镜头,给予读者更广阔的视野,看到视角人物看不到的地方。

要记住:用第三人称有限视角叙述要比第一人称叙述视角更难以控制。且稍有不慎就会转变成另一人物的叙述视角或全知视角。第三人称有限视角只有一个人物在讲述故事,所以你能展现给读者的信息依然是受限的。

第三人称多重视角

悬疑小说作家通常会选择多重视角。他们用第三人称叙述,一次叙述一个人物的所见所闻,那么不同的人物就可以叙述不同的场景。

用多重视角叙述，你可以更加灵活地讲述故事。变换叙事视角可以让故事更具戏剧性和悬念感。例如，假设有两个主人公，他们是一对侦探搭档。当一个侦探陷入山洞时，你可以聚焦另一个侦探努力探寻的过程；切换回陷入山洞的侦探时，则展现随着水位升起，她感觉越来越冷、越来越湿了。随即再次聚焦于疯狂寻找山洞入口的另一侦探。

使用多重视角会更自由。你可以戏剧性地描述任何事情，只需转换视角便可以实现这一目的。甚至可以从罪犯的视角来写。

那些善于使用多重视角的畅销书作家包括丽莎·斯科特林、薇儿·麦克德米德、东尼·席勒曼、丹尼斯·勒翰等。这些作家也是富有写作经验的天才。

不要低估了创造一个叙述口吻时要使用的技巧，更别提多个了。在大多数情况下，那些缺乏经验的作家由于不懂这些技巧，使用多重视角叙述时往往会导致小说故事情节不连贯，没有一个统一的情感核心。

第三人称全知视角

用全知视角叙述时，叙述者无形地存在于小说的每一处。他无所不知，无所不晓。全知叙述者可以在人物的行动上驻足停留，持续给予超越个人视角所能得出的评论和情感见解,甚至能够揭露故事中的人物都不知晓的未知信息。

全知视角经常被使用于《傲慢与偏见》等 19 世纪小说中,而现代作家更多将其运用于科幻和幻想小说中。比如"哈利·波特"系列、菲利普·普尔曼的《黄金罗盘》、弗兰克·赫伯特的《沙丘》。

第三人称全知视角可以赋予叙述者走天涯、观全貌的优势。如果侦探陷于山洞内,那么叙述者可以描述几步之遥的山洞外鸟语花香、阳光明媚的景象。

但是,全知叙述会让读者有距离感、被操纵感,让悬疑故事比起谜题更像一个嘲弄。此外,使用全知视角会弱化侦探和读者之间的纽带关系。

许多作家会因全知视角生硬、过时而避免使用全知视角。但是全知视角仍然占据一定的地位。很多作者偶尔会用它来把镜头拉回来,向读者展示一个鸟瞰的视角,展示事件发生的过程。

以下选段选自现代小说大师 P. D. 詹姆斯的《达西的疑问》中运用全知视角的段落:

> 梅里顿的女性居民普遍认为,浪搏恩的班纳特夫妇真是幸运,五个女儿中有四个风光地嫁了出去。梅里顿是赫特福德郡的一个小集镇,它不是一个旅游胜地,既没有美丽的环境,也没有辉煌的历史,唯一有

的就是尼日斐花园这个豪宅。尼日斐花园虽然令人印象深刻，却并未被收录在有关该县著名建筑的书中。该镇有一个集会室，那里经常举行舞会。这里没有剧院，娱乐活动主要是在私宅里举行，来来去去总是那一批人在一起吃饭、打牌，靠八卦缓解生活的乏味。

以一种权威的口吻，詹姆斯向读者介绍了梅里顿，介绍了这部《傲慢与偏见》的现代谋杀谜案续集的背景。

在推理小说中，一点全知全能的作用是非常大的，所以要谨慎地使用它。

切忌在一个场景内转换视角

不论你是用第一人称视角还是第三人称视角，单人视角还是多人视角，你都应该确保一个场景只有一个叙述视角和叙述口吻。

如果鲍勃是叙述者，那么你可以用以下方式来展示他的所闻所感：

> 鲍勃担心自己要吐了。

如果琳达是叙述者，那么相同内容要用以下方式来呈现：

> 鲍勃看起来像是要吐了。

第 15 章 叙述口吻与叙述视角

不要轻易转换视角。比如,假设你在写这样一个场景:警察到达犯罪现场并对枪击案进行调查。你可以从负责此案的警官的视角开始写。你可以写警官查看血迹、弹药残留物,以及尸体的位置。你也可以写警官对受害者男朋友的质询过程,解读他的反应。但是要展现其男朋友的感受就需要转换视角了。

如果在描述一个场景时不停地转换视角,那么读者读起来就像是在乘坐一辆方向盘松动的汽车一样,左摇右晃的。以下是一个例子,你可以先试着遮住右边的讨论结果,找出视角转换的点,然后再看讨论结果。

发生视角转换的段落	讨论结果
塞西莉亚踮着脚尖走到门口,探出头来听着屋内的动静。一片寂静。最后,她终于可以分享她得知的东西。	这段话没什么问题,无疑是以塞西莉亚的视角来写的,她是叙述者。
她关上门,面色凝重,话音给人一种不祥的预感。	塞西莉亚看不到自己的脸,这里转换到了全知视角。
威廉尽量不表现出他的鄙视,她是如此的自以为是。	这里展现了威廉的想法,威廉变为叙述者,叙述视角又发生了转移。

为了避免视角转移,你要时刻问自己:是谁在叙述故事?在你写时,要把自己锚定在这个人物的脑子里,写人

物经历的场景，展现他的感想、他对其他人物的观察，以及他对其他人物感想的解读。

在下一个场景中你可以换叙述者，但尽量不要在一个场景中转换视角。

牛刀小试：转换视角　　　　　　　　　　　15.2

　　阅读以下段落，找出转换的视角。

文段	视角转换
当科里根抬起头来时，他看到玛丽像一只迷路的小狗一样盯着他。他望向别处，站起来，朝门口走去。她看着他离开，神情变得凝重起来。 "所以你觉得你不欠我什么，是吗？"她声音嘶哑而沉闷。 他转过身来，眼里仿佛在燃烧："我不欠你任何东西！" 他没有资格那样对待她。她怒火中烧，紧握着拳头，跌跌撞撞地站起来。	

以科里根为叙述者对文段进行修改：

科里根为叙述者：

独立练习：叙述口吻和叙述视角

1. 翻阅那些你最喜欢的悬疑小说，看作者是如何选择叙述视角的：
   - 第一人称还是第三人称？
   - 单人视角还是多人视角？

2. 在其中挑选一本，看书的开头、中间和结尾的场景。从以下几个方面分析作者是如何创造出有魅力的独特视角的：
   - 直接性
   - 句子结构
   - 词的选取
   - 基调

3. 从以下几个方面检查你曾经构造的场景：
   - 你对你选择的叙述视角（第一人称或第三人称）满意吗？
   - 你对你选取的叙述者满意吗？
   - 你是否在叙述的过程中转换了视角？

4. 继续写下去。时刻记住：一个场景中只需使用一个叙述视角。

第 16 章

对话写作

> 对话，应当尽量独立、纯粹、简单，除非你有其他要求。
>
> ——劳伦斯·布洛克，《布洛克的小说学堂》

多数作家都有其致命的弱点，某方面的写作能力有待提高。我的致命弱点就是对话。我在这方面要做的改进就是尽量让人物的对话更真实可信、具备角色区分度及自然流露的感觉。

而这些或许与我在现实生活中无法想起他人所讲原话有关。比如，一场聚会过后，你如果问我聚会主人家的墙上有什么东西，人们的衣着打扮是怎样的，聚会都提供了什么食物，这些东西我能详详细细、滔滔不绝地讲给你听，但要是问我哪个人说了什么，我就只能对他的原话进行改述表达。

改述并非对话，如果你改述了你的人物所说的话，那小说里每一处会话都将听起来像是你在说话,甚至更糟糕的情况是,那些话就不像人说的。换句话说,你创作对话的能力很差。

如何写出令人信服的对话

埃尔默·伦纳德以对话的形式写了一本众所周知、备受欢迎的书,下面两小段节选自这本小说《拉布拉瓦》,仔细阅读你会发现,你需要知道的全部信息都在这两段中得到了体现。

坎多·雷伊对诺布尔斯说道:"我有些问题要问你,成吗?你见过蛇吃蝙蝠吗?蛇吃蝙蝠的时候,就算蝙蝠的翅膀还在蛇的嘴巴外边,任由它扑闪扑闪翅膀试图逃脱,但是蛇不在乎。你知道为什么吗?因为蝙蝠的另外一半已经被蛇吃在嘴里,咬成肉汁了,兄弟,所以,蛇没有必要动来动去,只需要静静地躺在那继续往下吞就行啦,它甚至都不需要嚼呢。"坎多·雷伊看着一边吃着巨无霸汉堡,一边把沾着番茄酱的炸薯条往嘴里塞的诺布尔斯说道:"嗯——,蝙蝠可真是太好吃了。"

　　…………

［诺布尔斯］满嘴塞满了汉堡，回应道："我吃过蛇，并且还吃了好几种呢。往蛇身上拌点面粉，再在菜籽油里炸一下，肉噼里啪啦裂开，那可是相当好吃。但我没有吃过蝙蝠。那你剥蝙蝠皮的时候会吃什么呢？"

就这样——如果这个古巴人试图让他感到反胃恶心的话，那可真是在浪费时间。

伦纳德在呈现这段对话时，从内容和语调、语法和用词选择、方言、归属词（即表明说话者的词）等方面入手，巧妙地使之完美谐调。下面为你介绍的这些技巧，将会使你的人物对话真实可信，与众不同：

- **内容和语调。**你见过蛇吃蝙蝠吗？你的主人公要讨论什么，如何引出话题——这是你在写对话时首先要考虑的事情。坎多·雷伊关于蛇吃蝙蝠的这段话，充满了恶意、怪诞和挑衅。他丝毫不掩饰他的威胁，把自己的快乐建立在他人的痛苦之上，我们也因此看到他的无情和冷漠。
- **语法和用词选择。**但是蛇不在乎。（原文为"The snake, he don't care"，其语法正确的情况下应该为"The snake, he doesn't care"。）通过语法的使用情况来展示人物的性格和背景。坎多·雷伊语言上的语法错误表明他是一个粗鲁、未受过良好教育的人,也可能表明他的母语并非英语。你也许会选择一些其他的词汇以暗示人们:这个人物随意又时髦,如:他不怎么在意那条蛇。(That snake, he could care less.)或力求准确,细心正式,如:从那条蛇的角度来看,它对他没有多大影响。(From the snake's perspective, it matters not.)

- **方言暗示。**往蛇身上拌点面粉,再在菜籽油里炸一下⋯⋯(原文:You flour'em, deep fry'em...)这里呈现了人物的错误发音及口音问题。那到底需不需要从语音角度来刻画人物,使之听起来真实可信?当然是可以的,但是过多的方言或语音错误会令人分心,不易理解。不仅如此,方言还会把小说人物变成夸张漫画的人物。所以,偶尔几句语音错误,可以让读者对这个人物有一些新的认识,但是要谨慎使用,要确保读者能真正专心沉迷于其余对话内容。

- 表明话语归属(即表明说话者)时使用简单动词或者不用动词,如"坎多·雷伊说道"。新手作家认为,他们需要使用不同的动词来表明人物是怎么说话的,于是他们会选用像钟鸣般说道、如鸟叫般小声说道、回答道、生气地低声说道、反驳道、咆哮怒吼道、提出质疑等。同样糟糕的事情莫过于一个作者这样写道:"'谢谢。'他咧嘴笑道。"他用了咧嘴这个动词,就好像咧嘴笑跟说话有什么关系似的。(但是如果这样写则是可以的:"'谢谢,'他说道,咧嘴笑了。")如果你的人物的确是在"低声耳语"或"高声大喊",那你偶尔可以这样用。但是"某某说道""某某问道"这样的表达方式,98%的情况下是完全适用的,并且读者或多或少都不会注意到这些内容。当然,如果读者根据内容完全知道是谁在说话,那像"某某说道"这样的表达更是完全可以省略掉。

- **慎用副词**。伦纳德的作品里很少使用副词来修饰"说",所以你的作品里也应当如此,因为通过在对话里使用副词来告诉读者某种信息是笨拙的,这些信息可以通过对话内容和人物的相应行为来更好地展现。

- **语言描写和动作表现相结合**。坎多·雷伊看着一边吃着巨无霸汉堡,一边把沾着番茄酱的炸薯条往嘴里塞的诺布尔斯说道:"嗯——,蝙蝠可真是太好吃了。"如果是你,你该如何向读者传递出这句话想要表达的内容?要把感情融入说话者的话语,以及说话时的肢体行为和身体语言中。语言描写和合适的动作描写相结合,其效果远胜于各个部分的简单堆砌。就像举例中那样,作者把吃薯条和说话结合起来,"嗯——,蝙蝠可真是太好吃了"。

- **把人物关系写活。**我吃过蛇……对话中的回避和话题转换向大家说明了两个人物间的关系。当诺布尔斯回答的时候,读者会发现,这两个家伙都在相互挑衅,虚张声势。

- **使用内心独白稍加点缀。**就这样——如果这个古巴人试图让他感到反胃恶心的话,那可真是在浪费时间。通过外在语言与内心独白的转换,内心独白会告诉读者这个人物的脑子里在想什么,以此达到互动效果。但是要注意,内心独白不一定要听起来或看起来像对话。上述示例中,诺布尔斯的想法从语法上来看,没有什么错误,也没有充满趾高气扬的那种傲气,也不像他实际说话那样断断续续,结结巴巴。此外还要注意一点,内心独白不需要引号,也不需要斜体形式,甚至像"他这样想道"这样的提示词也不必出现。在示例中,伦纳德在写内心想法时,只保留了时态(过去时)和视角(第一人称)。

提高对话的可信度

好的对话与现实中的对话不同。人们在表达自己观点的时候，会出现偏离主题、断断续续、用词错误、自我重复、表述不清、喋喋不休或令人厌烦等情况。所以，如何写出那种并非完全与现实一致但又听起来真实可信的对话呢？

一个方法就是模仿现实生活中人们是怎么样讲话的。通过观察你会发现，人们说话用的是句子片段而非完整句，会省掉名词和动词，还经常使用一些行业术语、方言表达，有时候还会飙些脏话。如果你删掉闲聊的、重复的、跑题的和不相关的内容，那你得出的内容与优秀的小说对话便相差无几了。要记住：对话本身不应该引起注意。如果它太亮眼了，就把这部分去掉。

下面这个例子选自 S. J. 罗赞的作品《逝去的朋友们》，在这个例子里，我们要关注的是：赞诺亚说话时是如何省去一些词，如何使用句子片段，如何使用脏话，如何运用警察的专业术语，以及如何使他自己听起来像一位疲惫、退休的凶案侦探的。

"当时在 124 的时候，我是一个侦探，"他说道，"之后被调去了布朗克斯。克里斯特就是个蠢货。那些天，就是在纳普委员会之后的那些天——你听过?——他们没有像现在这样的社区治安分管。他们只是想让你住在辖区外,到处瞎跑。净瞎扯。警察在该死的城里到处跑,浪费时间。我八年前就退休了。"

赞诺亚喝了一大口茶。一阵清新的微风从纽约湾海峡吹来,被困在阳台里,无处可逃。它翻动着劳瑞的笔记本,空气里弥漫着海的味道。

"警察回应了一起枪案,里面有马洛伊。"赞诺亚说。

想要知道你的对话是否真的有用,那就大声读出来,自己听一听,因为一些死板的对话,听起来比读起来更明显。

在对话中加入冲突

充满矛盾的对话势必比那些仅传达信息的对话更有意思。对比下列几组简单对话:

"你回来了,你去哪儿了?"维娜问道。
"图书馆,然后去了趟市场,"迈克尔回答道,"我回来的时候堵车了。"

牛刀小试：对话分析

珍妮特·伊诺维奇能写出诙谐、高明的对话，她笔下的每个人物都有着独特的叙事口吻。请对这段节选自伊诺维奇的《四人得分》的三个人物之间的对话进行分析。

分析内容	节选片段
每个人物对白的独特和可信是如何得以体现的？从以下方面进行思考： • 内容 • 语法 • 选词 • 方言 • 句式结构 • 脏话和行话 • 与对话有关的内心独白和行为举止	"我还是不喜欢这个，"肯兹说道，"玛克辛疯了，谁知道她要干什么，我感觉我在这像只等死的鸭子。" 我身后的卢拉正站在肯兹家的门口。"也许只是另一条粘在长椅底部的蠢纸条，你别哭哭啼啼了，"她对肯兹说道，"因为你哭起来就像个维也纳香肠，有个肯兹这样的名字，你得注意自己看起来是什么样子。" 埃迪转而看向卢拉。"这谁啊？" "我是她的伙伴。"卢拉说。"就像斯塔斯基和哈钦、卡尼和莱西、独行侠和那个谁那样。" 事实上，我们更像劳雷尔和哈迪，但是这一点我不想跟肯兹分享。 "我们会提前到的。"我说道。"如果没看到我们的话，别担心，我们会去的，你要做的就是去那，坐在长凳上等着。"

"你回来了,你去哪儿了?"维娜问道。

"图书馆,然后去了趟市场,"迈克尔回答道,"我回来的时候堵车了。"

"是吗?我刚刚也去市场了,去跟回的时候可都没堵车。"

"你回来了,你去哪儿了?"维娜问道。

"不关你的事,"迈克尔说道,"也别再问了。"

"你回来了,你去哪儿了?"维娜问道。

"那你又去哪了?"迈克尔说。

"你回来了,你去哪儿了?"维娜问道。

"那个人又来电话了。"迈克尔说。

除第一组对话以外,其余几组对话都包含着引起局面紧张和读者兴趣的冲突。矛盾可以是公然的(如"不关你的事"),有时候,即便人物错开了话题,冲突也依然存在(如"那个人又来电话了")。写对话时,通过冲突的层层堆叠,寻找机会将人物之间的交流推至临界点,但是和其他所有事情一样,要小心不利的一面:一个总是令人讨厌和争吵的角色很快就会让人厌倦。

情感流露

亚瑟·埃德尔斯坦,一个优秀的写作老师。在敦促学生创造出栩栩如生的人物时会用到术语"呈现"。比如,当一个主人公在听人说话时,她是身体前倾、搂着说话者的胳膊,还是在揉一团纸巾?是在照着镜子检查仪容、整理头发,还是双眼盯着不远处?这些肢体细节的描写暗示出了人物不曾宣之于口的感情和想法。这样的话,你不必明确说明她是感兴趣、忧愁沮丧,还是倍感无聊,或是自我陶醉。

这就是为什么作者要为主人公提供道具。比如,一个人物说话的时候对饮料的不同做法能改变读者对于对话的理解。

比如下面这两个不同的对话:

"你认识他很长时间了吗?"我问道。

她搅动着饮料,盯着它看:"太长了,但还不够长。"

"你认识他很长时间了吗?"我问道。

她端起酒杯,一饮而尽,然后砰地把空杯子放到桌上。"太长了,但还不够长。"

一个场景里的任何道具——酒、香烟、口香糖、领带、腰带、衬衫纽扣,等等——都可以与对话结合使用,展示不同的精神状态。你甚至不需要道具,一个人物也可以攥紧双手,指关节咔咔作响,挤挤粉刺,或者呼吸急促。选择一些能够将人物对话的细微差别淋漓尽致地展现出来的行为,那样就不用再进行啰里啰唆的解释了。

> **牛刀小试:情感流露**
>
> 对下面内容进行匹配,使用不同的道具进行修改,以此展现不同情感。
>
> | 对话内容 | 行为/道具 | 情感 |
> | --- | --- | --- |
> | "你认识他很长时间了吗?"<br>"太长了,但还不够长。" | 嚼口香糖
盘头发
摆弄戒指
往咖啡里加糖
跷着二郎腿,调整姿势
在一小片纸上乱涂乱画 | 愤怒
屈从
憎恶
伤心
自相矛盾
悲痛
无聊 |

> **牛刀小试：对话写作**
>
> 1. 写一段10～12行的两个人物之间的简单对话，不要加入任何动作行为，仅有对话就行。
> 2. 列出这段对话中，你想要每个人物表达什么样的感情（无聊、愤怒、忧虑、性吸引、固执，等等）。
> 3. 加入肢体语言、身体姿势和合适的道具，展现人物内心状态。
> 4. 为了更好地阐释展现人物，从视角人物角度增加适当的内心独白。

必要时进行对话总结

特定情形下，人物所说的一切东西并非都要在对话中一一展现，有时候，总结并快速推进那些必要但平淡无奇的部分，比让你的故事停滞不前要好得多。

比如说，"他做了个自我介绍，然后我们握了握手"是一个很不错的用来替换一段冗长的问候对话的方式，除非你想通过主人公之间的打招呼方式告诉人们他们之间的关系。如果人物要向他的同伴讲述他拜访尼娜的事，而此次拜访已经在前面的章节中出现过了，那么你就可以只用一句"我告诉了他我拜访尼娜的事"带过。但是，如果主人公撒了谎，或者故意混淆，或者有意省略了拜访期间发生的一些事情，那你当然要具体阐述相关对话，而不是简单总结。

只有在对话能推动故事向前发展,或表明人物之间关系的时候才可使用。此外,一定不要只为告诉读者信息就让人物做大段论述,这样做会让故事枯燥无味,缺乏真诚,许多读者便会跳过这部分内容。

> **独立练习:对话写作**
>
> 1. 挑选一些你最喜欢的小说,摘选部分对话片段大声朗读,体会作者是如何使用对话制造出戏剧性,推动故事发展,或阐明发展人物之间的关系的。
> 2. 列出你书中那些有大量对话的人物,赋予他们每个人以不同的说话方式,同时记录下你想要每个人说的话听起来是什么样子。例如,直截了当还是闪烁其词,自信坚定还是迟疑不定,铿锵有力还是虚弱无力,阅历丰富还是涉世不深,知识渊博还是孤陋寡闻,年长还是年幼,等等,以及是否表现了说话者的种族、信仰及社会经济地位。
> 3. 根据你的记录,对写好的对话进行修改,使之独具一格,引人入胜。
> 4. 注意小说里能总结带过的对话,同样,也找一些能进行展开描述的总结性对话,并做相应修改。
> 5. 大声朗读你所写的对话,确保听起来自然、有效。

第 17 章

制造空间感

> 很多时候读者弃读都是因为他们感觉故事开始变得无趣。这种乏味、厌倦其实是源于作者对自己手握描述的权力入迷了,从而忽视了推动故事情节向前发展这一中心任务。
>
> ——斯蒂芬·金

悬疑小说的读者看重的是精彩的情节、有趣的人物。要是你描述了太多有关地点、事件的细节,读者很可能就会跳过这些,直接寻找情节。

尽管如此,空间感能大大提升小说的档次,使其从一般到不凡。一些很畅销的悬疑小说,包括卡尔·希尔森的《迈阿密》、克雷格·约翰逊的《怀俄明州》、多纳·莱恩的《威尼斯》,读者在重读其中的情景或人物时,都觉得甚是享受。

设置场景

对场景的生动一瞥可以用来开启一个情景或为人物提供背景。设想一下：嗅着灌木丛火灾后洛杉矶的气味，感受着路易斯安那州沼泽里亚硫酸味的湿气，看着墨西哥开放市场的各色人种。运用你所有感官让这些场景鲜活起来，挑选那些可以凸显场所和时间特色的细节。

下面是托马斯·惠勒所作《奥秘》的开头，读的时候注意他用来营造生动场景时所用的技巧。

伦敦，1919。

九月的一场暴雨击醒了沉睡中的伦敦。狂风中一条又一条床单拍打着屋顶和松垮的墙板。雨滴就像枚枚硬币，落下来击打着空荡荡的路面，鸽群只好都缩成一团挤在煤油灯上。

后来雨停了。

肯辛顿花园的树歪斜着，整个城市屏着呼吸。它等了一段时间，等着水滴滴滴答答地停下，总算能松口气。

一辆福特 T 型车突然间一个急转弯，过了海德公园的大理石拱门，在演讲角附近轰鸣，随之而来的是阵阵笑声。

第 17 章 制造空间感

车内丹尼尔·比斯比一只手握着方向盘,另一只手放在莉齐丰满的大腿上。

就像电影镜头,由远推近,一个全知全能的叙述者在描述场景。我们感受到了大雨之猛烈,倾盆大雨过后伦敦街道变得宁静。然后镜头推进,给了福特 T 型车一个特写,紧接着福特车辆使用者的笑声打破了原本的平静。

接下来总结一下为何这个开篇能如此有效,其中包含了哪些要素。

- **地点和时间:** 伦敦,1919。

开篇简单提及地点和年份,锚定了人物活动的背景。

- **对比:** 一场暴雨击醒了沉睡中的伦敦。

暴雨猛下和伦敦沉睡并列,能营造一种场景情绪。

- **感官印象:** 狂风中一条又一条床单拍打着屋顶和松垮的墙板。

本句调动了人的视觉及听觉感受。

- **比较:** 雨滴就像枚枚硬币……

恰到好处(而非滥用)地使用比喻,描绘了一幅生动的画面。

- **细节,而非概述:** ……鸽群只好都缩成一团挤在煤油灯上。

单单这一个意象就比"这是一个月黑风高、风雨交加的夜晚"这类描述性话语表达的效果要好很多。

- **戏剧性：** 肯辛顿花园的树歪斜着，整个城市屏着呼吸。它等了一段时间，等着水滴滴答答地停下，总算能松口气。

此处雨几乎就是个剧中人，而雨停几乎成了戏剧性时刻。

注意段落中没有或出现得极少的情况：形容词和副词。而在我们上学期间，形容词和副词总是被冠以最具描述性的称号。但果真如此吗？

再次审视一下这段。列出段落中出现的形容词和副词。我只找到这几个："九月的""狂风中的""松垮的""空荡荡的""滴滴答答的"及"丰满的"。对于这样极具描述性的一段来说，它们只占很小一部分。

那么这种极强的描述性从何而来呢？再读段落，看一下你能否一探究竟。

我觉得根源在动词上，"击醒""拍打""击打""挤""急转弯"，以及"轰鸣"。

所以你在设置场景时，也应学着调动感官印象，给出细节，运用比较和对比的手法。想让你的场景描写富有戏剧性，就多使用动词以追求效果最大化。

牛刀小试:分析一篇戏剧性的场景描述

以下是东尼·席勒曼的《倾听的女人》片段。

思考以下问题	《倾听的女人》片段
• "镜头"是怎么移动的? • 何处使用了对比? • 赫勒曼创造了什么感官印象,调动了哪些感官? • 赫勒曼选取了什么样的细节来让场景鲜活起来? • 没有任何人物间的动作或对话,赫勒曼是如何营造戏剧性的? • 先找出形容词和副词,然后找动词。分析一下其中哪些最具描述性?	西南风吹得圣弗朗西斯科群峰一片混乱,它沿空旷无际的莫恩科皮高原咆哮着,给松戈波维老霍皮村和第二梅萨居民的窗户弄出阵阵奇怪的声响。在北部和东部两百英里空旷的地方,它吹走纳瓦霍纪念碑谷的石雕上的沙子,一路向东,呼啸着穿过犹他州和亚利桑那州交界地带错综迷离的瀑布。那干旱而幅员辽阔的诺凯托长凳地区,空白蓝的天空下充斥着风吹过的噪声。下午3点17分,风又从曹·霍斯顿的泥盖木屋刮起,打着转,卷起的沙尘形成一个漩涡,穿越马车道,似要与玛格丽特·西加雷特的旧道奇皮卡一决高下,比比谁快。经过曹·霍斯顿的灌木丛时,只见树下的三个人挤在一起抵挡飞扬的沙尘。

为悬疑小说设置场景

悬疑小说的作家们从来都不会为写场景而写场景。他们写下的东西必定是要为故事或人物服务的。

为使场景描写更好地服务于故事情节和人物,有以下方法。

- **引导读者并给人物设定活动地点**。场景设置最基本的功能在于回答"我们目前在哪"的问题。这在场景一开头就能很快搞定,正如查克·霍根在《侠盗王子》中开篇章节所做的一样:

> 马尔登中心的味道闻起来就像是坐落于热咖啡汇成的大海海岸线边的一座小村落。这里离咖啡豆仓库很近,近到你觉得坐在唐恩甜甜圈店里都是一种多余,好像坐在烟草地里嚼尼古丁口香糖般。但这就是他们正在做的,只见弗兰克·G身穿一件质地柔软的黑色运动衫,正调制着一杯低咖度咖啡。道格·M穿一件蓝色长袖的灰色衬衫,看起来皱巴巴的,正晃动着手里的一瓶激浪(百事旗下饮品)。

霍根告诉我们故事发生在马尔登中心的海岸边,空气中伴有浓郁的咖啡味。然后在场景中抛出了两个人物（一个在调制低咖度咖啡，另一个晃动着一瓶激浪）。这两个人物一旦定下，故事就可以开始了。

- **呈现出时间的流动。**作者能通过场景设置呈现出时间的流动，比如人物开车去上班的情景或坐在公园长凳上等待轻佻的告密者现身的情景。下面的例子选自雷蒙德·钱德勒的《高窗》：

我拿起电话，照着纸条上的号码拨了出去。他们告诉我，我的包裹马上就到，我说，我会等着。

天马上要黑了。马路上的喧嚣声稍微消减了一些。窗户大敞着，有风透进来，但还感受不到夜的凉意。空气里有着一天结束时令人厌倦的灰尘的味道，汽车尾气的味道，从炎热的墙壁和人行道上升起的阳光的味道，千家餐馆里食物的遥远的味道，也许还有从好莱坞山上面的住宅飘下来的味道——如果你有一个像猎狗一样的鼻子——还有一点桉树在温暖的天气里散发出来的那种奇怪的公猫味道。

我就这样坐着抽烟，过了10分钟，听到有人敲门……

整整一段下来，钱德勒全通过描写环境，来消磨马洛打电话到包裹送到的这10分钟。谈到充分利用感官，由于在加利福尼亚州南部长大，我确切知道他描述的桉树味是什么样子。

- **制造一场悬念**。在一场悬念中，场景设置可以用来制造紧张感。以下选自威廉·G. 塔普利的《比奇溪》，主人公斯托尼·卡尔霍恩暗中监视着反派：

> 又过去了一小时，太阳并没像往常一样升起，但黑色天空已经变成了青灰调的紫色。卡尔霍恩身体前倾以便能透过灌木丛看清楚些。朦朦胧胧中，在远处的停车场，他看到一个影子在动，后来看出是个黑影在沿着空地的边缘小心翼翼地移动，就在树林里。

读者还沉浸在紫色的天空之中，突然一个移动的黑影就引起了紧张感。是只鹿吗？还是某些可怕的东西，比如潜伏的持枪者？

- **稍微给读者个喘气的机会**。一次高潮以后可以来一两段场景描写，给人物，也给读者一个喘气的机会。

加入场景的细节描写

正如以上例子，你可以对场景进行浓墨重彩的描绘。

第 17 章 制造空间感

但此外，适在小说中微些添加几笔也能增强时间和空间感。

例子如下。

- 行人是如何穿过马路的：他们是在等绿灯，还是红灯时趁没车就窜过马路？
- 衣着如何：在美国，20世纪50年代的女人们穿衬衫式连衣裙，70年代穿的是超短裙。
- 住所环境：家具、家用电器及家里的配饰都能反映时间和空间，以及家庭的贫富状况。比如一把蛋形椅为20世纪60年代的郊区家庭所有，还比如"印第安纳"橱柜就是20世纪40年代中西部地区人们厨房里的典型配件。
- 植物：你小说里的人物爬下来的那个山坡是布满九重葛呢，还是长满仙人掌？
- 方言：称呼两个或两个以上的人时，你的人物用的是"你们""大家"，还是"伙计们"？

读以下选自李·查德《杀戮之地》的简短片段，并思考细节是怎样传达场景的：

> 我是在伊诺餐馆被捕的，在中午12点。我在吃鸡蛋，喝咖啡。这不是午餐，算是个迟到的早餐。在大雨里走了那么久，从公路一直走到城边，我现在浑身

湿透，饥饿困顿。

餐馆虽小，但窗明几净，是新盖好的，故意搞得像一节改装过的火车车厢。餐馆很窄，长长的餐台摆在一侧，厨房在餐台后面，形似车厢凸出了一块。沿对面的墙铺排的是一溜的雅座，中间由门道隔开。

我找靠窗的一个雅座坐下，读前面顾客留在这座上的报纸。报纸是关于总统竞选的，我上次就没有投票，这次也不准备投。外面雨已经停了，但窗玻璃上还挂着晶莹剔透的水珠。我看见警察的巡逻车停进了一个砾石车位。由于停得急，他们弄得车嘎吱作响。警车上灯条开着，吱哇吱哇地叫着。透过窗玻璃上的雨滴能看见那红蓝光交相闪烁。他们猛地敲开餐馆门，随即跳出两个警察。他们两个都是从那辆警车上下来的，备好了武器，总共两把左轮手枪，两把猎枪。它们可都是大家伙，他俩每样人手各一把，一把手枪和一把猎枪跑向后方，另两把武器冲到门口把守。

注意观察这些餐馆里的细枝末节（这样的餐馆我们都去过），以及人物那淡定吃早餐的举动与猛然冲进来的警察间形成的鲜明对照。文段的人物很担忧吗？从他心平气和观察窗户上雨滴折射出的光来看，读者觉得他并不着急。接下来的段落中，他吃了鸡蛋，留下小费，折好报纸，喝完咖啡,才"迎接"警察的到来。

> **牛刀小试:描写餐馆就餐场景** 17.1
>
> 写一至两段你笔下的人物坐在餐馆看菜单的场景,地点可以是乡下或城市,可以是你家乡或你希望作为背景的城镇。选择一些细节来让这个场景呈现出它独特的风格。
>
> 写一个你的就餐场景。

独立练习：创作场景

1. 去一个与你书中所设场景很相像的地方。带上个笔记本，随手记下所见所闻。当然也要调动其他感官，记下能显示这地方独特性的细节，然后写下场景。记住：目的是要唤起大家对于这个地方的感受，而非细致入微地描写它。

2. 修改你写下的段落。试着这样做：用能引起人直观感受的具体词句、细节来代替那些干巴巴的笼统概括性词句（如"美好的一天""宜人的微风""一个英俊的男子"）。

• 使用一系列感官意象。
• 运用对比。

3. 返回去给你的情节添加一些场景设置。

第 18 章

描写调查过程
线索，干扰信息和误导

> 我又发现了一个线索，这次真的是一个很重要的信息！
>
> ——富兰克林·狄克逊的《哈迪男孩：神秘的宝塔》中，杰对弗兰克说

调查是悬疑小说中最基本的部分。侦探与人交谈，做研究，观察并巡视四周。事实开始显露出来。目击者描述他当时看到的事情；妻子脸上有原因不明的淤青；在询问受害者的哥哥一些问题时他会躲避眼神交流；一份遗嘱中，百万富翁将财产捐赠给默默无闻的慈善机构；在洗衣房的垃圾桶找到了沾有血迹的小刀；一封情书被发现塞在了上周的报纸中……

一些证据会提供线索，最终帮助侦探找出罪犯。也有

一些证据只是干扰信息——一些误导读者的证据，让他们得出错误的结论。除此以外，侦探收集、汇总的一些信息可能只是日常生活中无关的细枝末节，他们的出现只是为了给场景增添一丝现实感，并掩饰一些线索。

调查：观察和审问

侦探的调查主要围绕两个活动进行：观察和提出问题。如果你的侦探是一个专业的侦探或者警官，那么调查可能包括检查犯罪现场、询问目击者、监视嫌疑人、查阅犯罪记录、检查车管局记录、派人做卧底。如果是一个法医，那么就应涉及尸体解剖、X射线检测、对DNA和胃里的东西进行分析。如果是一个业余侦探，或许他会在现场周围偷偷观察，问很多问题，并和警察套近乎。

侦探调查的方式应该反映出其专业技能和个性。以下是彼得·罗宾逊写的《恶魔的朋友》中的片段，侦缉总督察班克斯正在观察犯罪现场：

"如果没有其他未知原因的话，这很可能是扼死。"伯恩斯说。他弯下腰，小心翼翼地撩起一缕金发，朝她下巴和耳朵下的黑色瘀伤打了个手势。

在班克斯看来，她还年轻，不比他的亲生女儿特蕾西大。她穿着一件绿色上衣和一件白色超短裙,系着一条粉色的塑料宽腰带,上面镶着银边。这条裙子被提得很高,露出了她的大腿上部。这具尸体看上去是被摆好了姿势的。

班克斯是专业的。他理性地分析观察到的细节,即使受害者和她女儿一样大。凭着多年的经验,他清楚一具死尸该是什么样的,所以当尸体被人摆弄过时,他能看出来。

无论侦探是和受害人的邻居喝茶闲谈,还是打电话给目击者,对嫌疑人进行正式审讯,还是和同事们聚在一起讨论血迹,侦探都应该问问题并得到解答。对话,只有对话,除了对话还是对话。如果你所做的只是通过对话来传递信息,它可能会变得很无聊。因此,问答时,在人物的对话中增添一些动作以保持读者的兴趣。当人物之间擦出火花,或者有一些情感流露时,审讯才会变得相当有趣。正如《恶魔的朋友》中班克斯之后质询嫌疑者时所展示的:

"别管那些胡扯,奥斯丁先生,"班克斯说,"你告诉杰克曼,说你和海莉·丹尼尔没有婚外情,但是我们掌握的信息证明你在说谎,你有什么要说的?"

"什么信息?我很反感你的暗示。"

"你到底和海莉·丹尼尔有没有婚外情?"

奥斯丁看着温山，随后又转向班克斯。他咬紧牙关，怒气憋红了脸，最终叹了一口气，说："好吧，我和海莉已经相处两个月了，是在我妻子离开一个月后才开始的。也就是说，严格意义上来看，我和海莉并不是婚外情。"

"语义学上，老师和学生上床了，你会用什么词来形容？"班克斯问。

"事情并不是你想的那样，你把我们说得很卑鄙，我们是相爱的。"

"不好意思，我去拿个桶。"

"督察长！我爱的女人死了，你起码应该对我表示尊重。"

"你多大了？马尔科姆？"

"51了。"

"而海莉是19岁。"

从词的选取和言语态度，班克斯向我们展示了他工人阶级的背景和他对马尔科姆·奥斯丁的蔑视。他对这个人的背景一点也不意外，他也不会被愚弄。他对这个引诱妙龄女子的男人表现出来的厌恶不仅体现了他的专业水准，而且还带有个人情绪——受害者让他想起了自己的女儿。

注意看罗宾逊是如何使用肢体语言来作为潜台词的。

他用无声的语言向读者传达了人物的情感,让读者自己去感悟、领会。

> 奥斯丁看着温山,随后又转向班克斯。他咬紧牙关,憋红了脸,最终叹了一口气……

这些动作描写穿插在对话当中,凸显出临界点——从奥斯丁否认与受害者有婚外情到他承认有的转变。罗宾逊并没有匆匆略过这一关键点,而是将其展开,慢慢地展示给读者,通过在对话中穿插一些动作描写来吸引读者注意这个转变。

寻找小说中那些情感平衡发生转变或出现启示的临界点。慢慢地描述,将这些临界点展开,但是你的描述要恰到好处,不要让读者丈二和尚摸不着头脑,也不要直接做出填鸭式的结局。要让读者自己去领会。

合并线索和干扰信息

任何东西都可以成为线索:
- 侦探发现的一个物体(沾有血迹的手套)
- 人物的行为方式(手一直插在口袋里)
- 给人启发的动作(一个女人抻直了老板的衣领)

牛刀小试：细化问与答

　　下面两个例子中的肢体语言都传达了人物内心的情感，显示了人物之间的关系。两个片段中的粗体字部分都是一样的。读一读并分析：哪一边的卡珊德拉更倾向于展示事实？肢体语言是如何暗示出来的？

问答 1	问答 2
我伸手触摸卡珊德拉的胳膊，说：**"你要告诉我发生了什么吗？"** 她看向别处：**"好啊——"** **"你看到了什么？"** 她环顾四周，一时间像发狂了一样，走投无路，一会又逐渐平复下来，坐回了椅子上。 **"我看到了一辆车，"**她说，**"红色的，开得很快，我赶紧给它让开了道。"**	我拉了一把椅子过来，推着卡珊德拉让她坐下：**"你要告诉我发生了什么吗？"** **"好啊——"**她耸了耸肩，将绑着的头发松下来。 **"你看到了什么？"** 她面带一丝微笑，斜了我一眼，说：**"我看到了一辆车。"** 她垂下头盯着她的指甲，抠着剥落的苹果红指甲油。 **"红色的，开得很快，我赶紧给它让开了道。"**

　　在问答 1 中，我这样写是为了让读者相信卡珊德拉在说实话。通过展现她回答之前所表现的疯狂、屈服、忍耐，我传达了她的恐惧和不情愿，暗示她可能在说实话。而在问答 2 中，卡珊德拉耸着肩，意味着她不在意，然后笑了一下，抠起她那苹果红指甲油，也许这时候她想到了她可以说车是红色的。我设计了这些细节描写，暗示她在说谎。

牛刀小试：添加肢体语言　　　　　　　　　　18.1

　　将手势、内心独白、肢体语言与下面的对话结合起来，构造一个情节。可以对词进行灵活的修改，增加一些对话来达到你所要表达的效果。

基本的对话	情节
"你要告诉我发生了什么吗？" "这——" "你看到了什么？" "我看到了一辆车，红色的，开得很快，我赶紧给它让开了道。"	• 专业人士向一个七岁的小男孩问一些问题，小男孩害怕如果他说了他看到的东西，他会受到惩罚（他本该在上学）。 • 记者问受害者的妈妈一些问题。 • 警察质询当地的恶棍，直到现在，他仍然坚称他没看到任何东西。

写下问答过程，并在情节中穿插一些肢体语言：

- 人物言语（"茱莉亚·达尔琳马普尔该死"）
- 人物穿着（从受害者那里偷来的纪念品和项链）
- 与人物的描述相悖的一个东西（在一个房间里找到了嫌疑人的指纹，但是他此前声称他从来都没有去过）

以下是一些既能保证对读者公平，又能让读者继续猜下去的一些技巧：

- **强调不重要的事情，让线索显得不重要。** 应该呈现给读者线索，但是不要说明线索传达出来的意义。例如，侦探调查丢失画作的价值和来源，没有过多注意画中女士的身份。

- **在读者还没读懂其隐含意义时就已经描写了线索。** 在读者还未明白关键信息是为映照哪个背景时就已经将其呈现出来。例如，侦探在跑步时，看到一个人在给玫瑰灌木丛浇水，之后便发现一个邻居被常见的除草剂毒害致死。

- **让侦探曲解线索隐含的意义。** 侦探若曲解了证据，那么调查便进入了死胡同。例如，受害者的尸体是在一个窗户开着的房间找到的，侦探认为杀手是从窗户逃走的，接着便寻找看到有人爬出窗户的目击者，但事实上，开着的窗户只是一个烟幕弹。

- **让那些本应发生但却并没有发生的事情成为线索。** 侦探一直在努力地阐述发生的事情，但是并没有注意到本该发生的事情却没有发生。典型的例子是夏洛克·福尔摩斯的《银色马》，福尔摩斯只因为狗没有吠叫而推断出并没有人进来。

- **将线索置于不同的地方，并弄乱逻辑顺序。** 一次揭示线索的一部分,这样可以挑战读者,增加他们的阅读兴趣。例如,侦探在地下室发现了一只金丝雀笼子,并且地下室的门已破烂不堪。除此之外,还有一些琐碎的细节。之后,在看到被绞断脖子的金丝雀尸体后,侦探突然灵光一闪,有了发现。

- **将线索隐藏在平实的场景中**。将线索隐藏在其他可能的线索中,让它不突出。例如,凶器(一只尼龙袜子)也许被洗得干干净净,折起来摆放在受害者的内衣抽屉里。或者侦探注意的是矿泉水瓶子、未开的信件、松针和受害者汽车地板上的加油站收据,却没有注意到地图旁边写着的电话号码的意义。

- **将读者的注意力拉到别处**。可以使用多种手段来转移读者的注意力。例如,侦探得知病人是被毒死的。他注意的是为病人注射的医生,而没有注意配发氧气的护工。

- **制造时间问题**。操纵时间来为你的小说服务。例如,假设主犯在谋杀发生的时候有不在场证明,后来侦探发现不在场证明的时间或受害者的死亡时间是错的。

- **在描写干扰线索之前先把正确的线索写出来**。人们倾向于记住之后呈现的事情。例如,侦探发现炉灶的火有问题,随即在垃圾桶里发现一个空的处方药瓶，上面标着"有毒"。读者（以及你的侦探）更可能记住的是隐藏的药瓶，而将运转异常的炉灶抛之脑后。

- **用行动来掩饰线索。** 在描写一个线索时，穿插一些无关的动作来分散读者的注意力。例如，侦探在看栏杆上的传单时遭到抢劫。抢劫是不相关的动作，但传单上隐含了一个重要的线索。

牛刀小试：将线索和干扰信息结合起来   18.2

练习写几个段落，在这些段落中，侦探需做以下工作：
- 侦查谋杀现场
- 搜查受害者的卧室
- 检查嫌疑人的车

让侦探发现至少一个能够暗示谋杀者身份的正确线索，注意用一些干扰线索或日常生活中的无关细节来掩饰它。

写下调查现场的过程，将干扰信息和线索交织在一起：

对待读者要公平

在写悬疑小说时,故意隐藏叙述者知道的信息是不好的。当作者隐瞒,甚至暂时隐瞒视角人物知道的一些重要信息时,读者会感到愤怒。

这里举个例子:

> 莎伦的手机响了。
> "对不起,"她对鲍勃说,"这可能很重要。"
> 她解锁手机,贴到耳朵旁。"你好?"
> 莎伦听出了打电话的人的声音,在这一切发生之后,莎伦最不愿意给她打电话。"怎么了?"她说,尽量听起来不那么惊讶。
> "你需要知道这件事——"打电话的人说。
> 莎伦接电话的时候紧挨着车门,试图离鲍勃再远一点。鲍勃目不转睛地看着她,他那漠不关心的神色,突然看起来只是在故作姿态。

一个章节结束了,读者读了接下去的二十页也不知道打电话的人是谁,也不知道那个人在电话里传达了什么让人不安的信息。在近百页的文字中,我们一直以莎伦为视角人物,她一直在大谈特谈她的所见、所闻、所感,而现在，她突然对这一关键性的小道消息装作不知道。

　　读者和侦探应该几乎同时意识到犯罪者的身份。作家们总是屈从于隐藏叙述者知道的信息来制造悬念，殊不知这样便偏离了故事的本原，失去了读者的信任。我深知悬疑小说家总是会用这样的把戏侥幸逃脱，但这是个低劣的把戏，我建议不要这样做。

　　这就是为什么让有罪的人物担任叙述者在悬疑小说写作中容易出问题，他们知道得太多了。但是也有一些悬疑小说家能够推出一位反派叙述者，将人物身份隐藏起来，且并没有失去读者的信任。例如，彼得·克莱门特在《审讯者》中从一个格外吓人的罪犯视角来写，他把临终病人带到死亡边缘，以此来获得乐趣。

　　　　"你能听到我说话吗？"我低声说，按住注射器的柱塞。

　　　　"是的。"她眼睛紧闭着。

　　　　我俯下身子，把我的嘴靠近她的耳朵说："还疼吗？"

　　　　"不疼了。"

　　　　"你能看见吗？"

　　　　"一片漆黑。"她低声说，声音沙哑。

　　　　"看仔细！现在告诉我看到什么了。"我吞咽了一下，以防自己透不过气来。她的呼吸很臭。

"你不是我的医生。"

"不，今晚我替他值班。"

我们可以注意到，用第一人称叙述视角，克莱门特不仅隐藏了罪犯的身份，而且也隐藏了罪犯的性别。这种诡计使作者可以自由地引导读者认为人物是男性还是女性。

但是，以一个人物为视角人物讲述了一章又一章的故事，而在最后的高潮场景中才揭示她一直在隐瞒一个小细节：正是她做了这件事。对读者而言，这就是一种欺骗行为。如果这个角色是一个不可靠叙述者，她不记得（有失忆症）、没有意识到（她产生了错觉、天真、头脑简单，或者被蒙蔽），甚至不能对自己承认她有罪，那么你或许可以这样做而不受读者指责。

迷惑：让读者失去兴趣的典型杀手

你是要误导读者而不是让读者感到困惑。要条理清晰、合乎逻辑地展现故事的内容，让读者时刻感到有据可循，哪怕故事正将他们引上一条错误的道路。如果将许多可能发生的场景一下全部讲出来，或让读者感到线索、干扰信息和背景与故事不相协调，那么困惑的读者可能会感到失望,再也不会重新读了。

在写小说时,要记录不同的场景和暗示,或者一些排除嫌疑人的线索。确保记录下谁知道什么,以及他们是什么时候知道的,特别是当你从多重视角来写的时候。如果你自己都不清楚,那读者的困惑就可想而知了。

巧合:信誉杀手

我们有时很难忍住在故事中穿插一个巧合事件。你会自言自语道:在晚会上从镜子里偶遇自己从不知情的双胞胎姐妹不是很酷吗?这的确够戏剧性,但不够可信。

我们且不说阿加莎·克里斯蒂在小说中呈现了一个与上述相似的巧合:一位男士偶遇刚从药店出来的他从不知晓的双胞胎哥哥,双胞胎中邪恶的那个犯了罪,并让他的兄弟涉嫌其中;也不说你或许曾在报纸上读过这样的一篇文章:失散多年的双胞胎姐妹在超市偶遇。生活中满是离奇的巧合,但是现在你不能就这样将类似巧合写进悬疑小说中,还指望人们严肃对待它。

有时为了情节的需要,也有可能发生一些巧合。可能人物需要找出案件发生的时间和地点,于是你让他在一封信件中偶然得知,这封信可能是有人无意间掉在人行道上的。如果人物需要找出被埋藏起来的线索,你就让人物出于不明的急迫缘由去种郁金香或者挖土。如果人物需要知道其他人在密谋的事，那么他也许正巧接起电话分机，偷听到他们的计划。

如果你能想出合乎逻辑的方法来操纵你的角色，让他去恰好的位置找到情节所需的线索和干扰信息，就更令人满意了。跟着我重复：你不应该求助于巧合、直觉、千里眼或神灵的干预。在悬疑故事的创作上，逻辑规则和可信度有着至高无上的地位。

如果你一定要写巧合，那么一定要从人物的视角来评论巧合事件的荒诞性。即使这并非最佳的解决方式，但至少不会让读者对你失去信任。

独立练习：描写调查过程

1. 看一本关于魔法的方法书。悬疑小说家向魔术师学习是有好处的，毕竟他们是误导艺术的大师。在这方面我最喜欢的书是海宁·内尔姆斯的《魔术和表演》。请记住他对转移注意力（好的表演技巧）和分散注意力（差的表演技巧）的区分。

2. 写一个侦探质询人物的场景，要在对话中穿插一些动作。

3. 记录线索，注意你在调查中揭示的关键信息点：
   - 线索
   - 它揭示了什么
   - 谁知道这条线索，什么时候知道的
   - 它认为谁跟案件有牵连

第 19 章

制造悬疑

> 一个角色在不知情的情况下把炸弹带在身边,以为它是一个普通的包裹,这必然会给观众带来巨大的悬念。
>
> ——阿尔弗雷德·希区柯克

当场景中涉及预感,悬疑也就呼之欲出。正是这种"即将有事发生"的可能性,使得读者欲罢不能。

在阿尔弗雷德·希区柯克所拍摄的惊悚片《深闺疑云》中,有这样一幕经典的悬疑场面:琼·芳登所扮演的女主角坚信自己迷人的丈夫(加里·格兰特饰演)不仅盗用公款,还是一名凶手,而自己很有可能就是下一位受害者。电影中先是一个格兰特上楼的长镜头,再是一个他端着为妻子准备的睡前热牛奶的特写。这时,所有观众都不禁怀疑,牛奶是否被下了毒?为了进一步营造恐吓感及不祥之兆,希区柯克特意在杯中放了一枚灯泡,使牛奶散发出诡异的光。

而你要做的事,就是同希区柯克一样,在小说中放置一枚灯泡:通过使普通事件看起来凶险万分,来建立戏剧性的张力。这种效果可通过放大感官性细节和延缓时间流逝这两种方法获得。

放大感官性细节

通过聚焦在恰当的感官性描写上,你可以加剧每个物体的潜在威胁感。

阅读以下摘自本人创作的小说《永远不要说谎》中的段落。其中,艾薇·罗斯,挺着怀着她的第一个孩子的大肚子,发觉有人闯入了她的家中。

艾薇刚在杂物间里帮刚洗完澡的小狗擦干身体,便合上房门,随手把备用钥匙挂在吊钩上。她从黑暗的厨房中穿过时,忽然停了下来,猛地转过身来。

有点不对劲。

她打开头顶的灯,光线瞬时洒满了整个房间。她的钱包不在厨房的柜台上,但她很肯定她放那儿了,她的钥匙也不翼而飞了。

相反,柜台上现在放着一个祖母的红色玻璃甜品碟，碟子上面还放着一份登载着艾薇和大卫订婚声明的新闻剪报。

艾薇的脑中鸣起了警笛，有人曾经来过她的房子！她必须马上离开这里，但她的视线久久都不能从剪报上挪开。泛黄、微卷，看起来就像是她去母亲家里时，在梅琳达房间中发现的小册子一样。

但是这又怎么可能？乔迪不是已经把从艾薇病床搜集来的东西全都付之一炬了吗？

艾薇又走近了一步，端详着这张剪报：她的脸被挖掉，被另一张面孔取代。她翻过剪报，摘下粘在背面的照片。

她花了一阵子去处理她看到的——这张脸曾出现在她在梅琳达的旧卧室里找到的一个相框里的照片上。

一声低沉的咆哮让艾薇的后背泛起了阵阵寒意。菲比站在杂物间的门口，龇牙咧嘴地咆哮着，目光越过艾薇，盯着餐厅。

这段短文中，局势逐渐从正常状态转变为充满张力的状态。将段落拆解开，以下就是发生的事件和用来制造悬念的细节。

发生的事件	用来制造悬念的细节
艾薇意识到有人在她家里。	• 她的钱包不在她出门时所放置的地方,钥匙也不翼而飞。 • 她本以为已经被销毁的新闻简报,现在却出现在了她厨房的柜台上。 • 简报中艾薇的脸被挖掉,取而代之的是梅琳达的脸。 • 狗咆哮着在警告她。

艾薇的反应是分阶段的:

1. 她意识到某事不对劲。

2. 脑中鸣起警笛。

3. 在内心独白中,她问自己,这怎么可能呢?

4. 脊梁骨中传来一阵寒意。

通过使你笔下的人物极度敏感,并分阶段地提升戏剧性的张力,你就能创造出危险步步逼近的氛围。只要可怕的事件还没有发生,令人不安的细节却层出不穷,故事就能一直保持悬疑感。

当你创作悬疑环节时,切记你唯一的目的就是提高读者的预期。以下几条建议可供参考:

- **天气干扰:** 尽管有点老套,但制造些暴风云、闪电或者远处的雷鸣,以暗示不好的事情即将发生。

- **笼罩在物体上的阴影,或打在隐匿物品上的亮光:** 微掩的窗帘、盖着某物的防水布、放置在房间一角的屏风、一扇紧闭（或微开着）的门、一道阴影等，用诸如此类的细节来暗示暗藏着的威胁。又或者突然打一束光，使之前被人遗忘的物品进入人们的视线。

- **内在感知**：表现出你的人物也有同样的预感。她可能会拉起她外套的衣领，拍拍口袋确认自己带了棍子，或者她感到头皮发麻。
- **异常的事物**：没放好的座机听筒，破碎的窗户，一只丢弃在前方道路上的高跟鞋，厨房水槽里的流水旋涡方向异常——这些不太正常的细节也可以引起悬念。

放慢速度

放慢速度会增加悬念。在小说中，艾薇本可以更早地意识到新闻简报里她的脸被挖掉并为梅琳达的所取代，我却有意拖延。

以下方法可供参考。

- **复杂句型**：为了营造即将有事发生的疑惧感，使用更为复杂的长句型，而非浅显的主谓宾句型结构。
- **内心独白**：让读者了解你笔下角色的内心所想。
- **特写**：让读者尽可能接近笔下的角色，体验他内心最真实的感受。

- **寂静与黑暗：**静谧、暗影、漆黑，都暗示着潜在的威胁。
- **突出临界点：**将事情从好到坏的转变时刻单列出来，展开描写。在以上例子中，"有点不对劲"自成一段，便能够充分体现这一点。

调节悬念

营造悬念需要时间。无论你的描述中包含多少威胁，感官性细节的机械堆砌都会使读者觉得索然无味。不妨稍做停顿，留给读者喘息的机会，打破紧张感。

在悬念中插入停顿的方法有很多。电话铃声响起；其中一位角色开了个玩笑（在实际生活中，我们也常用幽默来缓解紧张气氛）；或者看似是威胁的某事，结果仅仅是虚惊一场：一个令人毛骨悚然的影子，结果只是月光下的树影；窗外传来窸窸窣窣的声响，结果只是一只松鼠；危急时刻，一只手突然搭在主人公的肩上，结果只是他的好伙伴。

又或者随着坏事的发生，悬疑也持续发酵。以下是《永远不要说谎》的后续情节：

> 艾薇转过身来，一个身影渐渐显现出来。那个参加过她们庭院甩卖活动的女人站在那里，紧紧盯着她。

她是梅琳达还是露丝?

强烈的恐惧直冲上艾薇的喉咙,她大叫:"滚出我的房子!"

女人走进明亮的厨房。她不是一名孕妇。

"别靠近我!"

那个女人却又靠近了一步。

"你想要做什么?"

女人的视线落在艾薇的肚子上。"因为那是我的孩子。"

艾薇猛地向后退去,砰的一声撞在厨房的柜台上。她急忙抓起抽屉里的一把小刀指向她,刀尖微微颤抖,刀锋在灯光下发出瘆人的光。

"走开!"艾薇咆哮着。

伏笔与泄露

预先安排一桩无害的悬疑事件是预示小说后面将要发生的更险恶的事情的好方法。例如,在第三章,你的主人公走进一间阴暗潮湿的地下室,还打趣屋内的蜘蛛和在夜里可能撞鬼。在第二十三章,她来到同样的地下室,这次却落入等候她已久的坏人手中。切记你是在埋下伏笔而不是直接泄露后文。急于揭露事件的发展进度,反而会毁了悬疑氛围。

伏笔与泄露之间的差别是微妙的。你笔下的女侦探遇上了一名连环强奸犯或杀人犯,而这人专盯独自在酒吧吧台喝酒的年轻事业女性。怎么写是伏笔,怎么写是泄露?阅读以下可能的写法,看看这两者之间的区别在哪。

1. 这名男子十分有魅力,指甲修剪整齐,身上还散发出一种昂贵的须后水的香味。她发现自己在他身边感到有些不安,但她无法说清楚原因。

2. 当某人为他们两人搭线介绍时,他的视线直直地落在她的胸上。

3. 他表面上一只手与她握手,另一只手却早已搭在了她的背上。

4. 她起身正准备离开,这时他提议陪她走到她停车的地方,借口说附近是行凶抢劫的多发地带。

5. 她望向他的双眼,那眼神就像是要把她看穿,令人紧张不安。

6. 这时,她留意到他的脸上有一道抓痕,他也意识到她的目光在他的脸上打转,说是家里的猫咪抓了自己。

7. 她打心底里排斥他,因为他让她想起了大学里曾想要猥亵她的足球队员。

8. 他打开他的公文包,她瞥到里面夹着一本色情杂志。

9. 他打开他的公文包,她瞥到里面有强力胶带和手铐。

10. 那个男人的名字是弗拉德·拉普特(Vlad Raptor)。

我个人认为，从第七点就开始逐渐由伏笔变为泄露。

当你暗示接下来将会发生什么的时候，要谨慎地看待它，考虑读者是否阅读时会不经意地忽略它，但之后回忆起来又顿悟。这就是所谓的伏笔！如果相反，它像是闪烁的霓虹灯，时刻提醒读者即将有事情发生，那么这就是泄露。

悬疑事件的结尾要有个交代

在小说的开篇部分，悬疑事件以一只大花猫潜入月色作为结局并无大碍。但是在接近小说的幕末高潮时，悬疑事件应该有个交代。换句话说，应该有不好的事情发生。

可能结局是令人心绪不宁的犯罪证据被发现了：一具死尸、被鲜血浸透的衣服、秘藏的武器，或者一条隐蔽的地下室地道。

或者某一秘密被揭示。一封情书或者私人日记，也许揭露了两个人物之间不为人知的关系；在车里发现的吸毒工具，也能够牵起在郊区居住的普通家庭主妇的秘密往事。

又或者小说情节发生了巨大转折。坏人坦白犯罪事实；侦探遭遇袭击，被锁在一个地下室中，或者在山洞中迷失方向；又出现了一名受害者；警察逮捕了侦探。

以下选段摘自迈克尔·康奈利的《九龙》中的一处悬疑情节。该情节被设定在一处伸手不见五指、令人毛骨悚然、空无一物的船体中。哈里·博斯正在尽可能地搜寻他失踪女儿的痕迹，而他的女儿很有可能曾被困在这船体之中：

> 这里空无一物，就连垃圾都没有。仅有一盏电池灯用一根铁丝勾着，垂在船舱顶上。这有一个翻转过来的运输箱，上面还堆着一堆尚未开启的麦片盒、几包面条和一个水壶。博斯努力搜寻着他女儿曾被困于此的踪迹，然而一无所获。
>
> 博斯听到他脚下的船舱口的铰链处传来尖锐刺耳的声音，他急忙转过身来，就在这一瞬间，船舱口砰的一声被关上。他看到右上方的封条被封了起来，随即内手柄也在移动。他被锁在里面了。他拔出备用枪，两支枪同时瞄准船舱口，等待着另一个门锁转动。
>
> 这次是右下方。门栓一转动，博斯就朝着门连开了好几枪，然而其中的子弹因为年岁已久或者灰尘过多，效果大减。他听到走廊外面有人在叫喊，似乎受到惊吓或受伤了，随后他听到门廊外传来躯体砸在地板上的声音。
>
> 博斯挪到船舱口处，试着徒手拧开右上角的螺栓。然而这螺栓太小了，他的手指无法契合。绝望中，他向后退了几步，然后猛地撞向门，试图撞断这螺栓锁。但这并没有成功，而且从他肩膀撞上去的感觉来看，

第 19 章 制造悬疑

他很清楚这门并不会轻易被撞开。

他被锁在了里面。

这一处悬疑的交代,就是他的搜寻活动因船舱口砰的一声被关上而被迫中止。他立马反击,朝门射击,又尝试撞开门。康纳利用短短的一行句子让他的行动戛然而止:"他被锁在了里面。"

> **牛刀小试:分析悬疑** 19.1
>
> 分析以下摘自汉克·菲利皮·瑞安《错误的女孩》中的选段:
>
>> 简不能动弹,也不能冒这个险。从她靠墙的位置——灯光开关透过外套扎着她的背——她的视线只有一线。她无法穿过大厅看到办公室的门,只得时刻警惕着门锁声和脚步声。
>>
>> 但无论谁靠近了,她都能瞥到他们。虽然只是短暂的一眼,但也足够让她辨认出是谁了。若是杰克,一切都安然无恙,她绝不会现身,他也绝不会知道她在这里,谁也不会知道。
>>
>> 若是这样,她会离开,过段时间再来,约定一个新时间。一切都按部就班。
>>
>> 长时间警惕着前方,她的眼睛变得十分胀痛,脖子也变得酸痛,但她仍不敢有任何动静。
>>
>> 脚步声逐渐靠近,门也被关上。
>>
>> 他们来了。

发生的事件	营造悬疑氛围的感官性细节

牛刀小试：营造悬疑 19.2

利用以下简短的事件描述，列出你将用于营造悬疑的感官性细节，并尝试调动所有感官的细节。决定这个悬疑的结局，然后完成场景的写作。

发生的事件	营造悬疑氛围的感官性细节	事件的交代
詹妮女士锁上了办公室的门，穿过停车场，来到她的车前。这时，她突然发觉车窗微启（不知是否是她自己忘记了关严实），并瞥到车后座上有一个黑影。		

描写场景。

独立练习：创作悬疑故事

1. 挑选一部你曾经阅读过的，并且其中包含大量悬疑情节的小说。若实在没有合适的选择，不妨挑选一本杰弗里·迪弗或者玛丽·希金斯·克拉克的作品。略读最后三分之一，直到你发现一幕悬疑持续发酵的场景。揣摩作者是如何制造戏剧性紧张气氛及预感的。作者是否为读者留下了喘息的机会，是如何做到的？这个场景的结局是什么？

2. 创作或改写你大纲中的一件悬疑事件，集中于感官性细节，放慢故事发展的速度，以此营造悬疑氛围。

3. 继续创作。使用以下"悬疑清单"以指导你的创作：
   - ☐ 使用感官性细节，让日常事物看起来也很可怕。
   - ☐ 考虑运用气候因素、不起眼的物体或者人物的内心感受。
   - ☐ 不要赶节奏。运用描述、内心独白以及复杂句型来放慢节奏。
   - ☐ 特写。
   - ☐ 戛然而止，且有所收获。
   - ☐ 埋下伏笔，而非直接泄露。

第 20 章

行为描写

> 曾经，我以创作侦探小说谋生，但对谋杀行为的描写却总是不尽如人意！在第三章的结尾，我仍停留在人物和环境描写，所以我认为，这根本不会成功！因为没有尸体。
>
> ——玛丽·麦卡锡

悬疑小说都含有动作片段，可以是一次逃跑，一次追逐，抑或是一次匆忙地赶飞机；也可以是一次冲突：一次攻击，一次格斗，一次枪战，抑或是一次谋杀。人物可能遭遇绑架，被扔进后备厢，或者在夜深人静时，一边被恶犬追击，一边蹒跚地穿过森林。描写的动作必须具有信服力，才能起到一定的效果。

对于真正的大师来说，动作描写就是小菜一碟。以下片段取自李·查德的《双面敌人》，描写了侠探杰克快速撤退的过程：

我站起来，跑了最后3米，把马歇尔拖到车子右侧，打开车门，把他塞到前面。然后我越过他，坐在了司机的座位上；按下红色按钮，发动汽车；推动手刹，用力踩油门加速，将车门猛地关上；打开全部车灯，猛踩踏板。夏天也一定会为我骄傲的。我沿着一排排坦克长驱直入。还剩200米远。就剩下最后100米的距离。我打开卫星定位和跟踪，准确定位，在两辆以每小时130公里前进的主战坦克之间迅速穿过。

通读此段落，读者有一种屏住呼吸的感觉。花点时间重读一遍，分析查理德的选词和句子结构。

以下是一些起作用的结构。

- **一连串快动作：** 这些动作连成了不间断句，创造出紧迫感和如鼓点敲击般的节奏。我站起来，跑了最后3米，把马歇尔拖到车子右侧，打开车门，把他塞到前面。

- **句子片段：** 句子片段以动词开头（按下红色按钮……推动手刹），以表明动作之快。

- **强势动词：** 句子中并不含有复杂的短语、描写、形容词或副词；动词（站、跑、拖、塞、越、倒、按、推）就足够展现当时的紧急。

- **动作和反应：** 就如同现实生活中，当残暴之事发生时，下意识地做出反应。……用力踩油门加速，将车门猛地关上。
- **一时的自我反省：**适当穿插一些内心独白（夏天也一定会为我骄傲的），会让读者在阅读的过程中缓口气。
- **倒数读秒阶段：**还剩 200 米远。就剩下最后 100 米的距离。我打开卫星定位和跟踪，准确定位……此类内心独白让读者置身场景之中，仿佛跟着人物一同前进。

我请求李·查德指点动作描写的方法。以下是他所给出的意见：

  首先，有很多可视化的东西。我曾是一名电视导演。所有的这些动作，就如同看幻影屏一般，在我脑子里进行编排。

  其次，我也尝试对那些放在场景中会减慢速度的事物进行提前铺垫。例如，在此段落之前，我就曾提到悍马吉普虽低，内部却很宽，所以描写杰克越过马歇尔，坐到司机的位置上也是很合理的。又如，在此前的场景中，我已经提到过红色按钮而非常规钥匙。此类设计我曾在别处读到过，经得起考究，所以我认为它是准确的。即使不准确，听起来也很合理，这基本就是我的研究过程。

李·查德要修改几次文稿，才能达到如此高质量的动作片段描写？对于他的回答，我大吃一惊，他说："像这样的高潮片段，我一向使用首稿，不进行任何修改。我写作时通常能进入一种状态，首稿一次通过，并且力求完美。"

对于他谈到的状态，我是难以达到的。对于我和大多数作家来说，要想完成如此高质量的动作描写，需要多次的修改。

提前将动作可视化

在描写动作片段时，第一步就是将你预想要发生的事情可视化。一些人会将整个场景从头到尾可视化。通常，我一开始就能预想到可能会发生什么，以怎样的结局告终，过程却一片模糊。我必须快速将动作勾勒出来。

动作片段的描写包括动作和反应，或者可以说是动作和回应。一个有效的方法就是在你动笔之前，将动作大致勾勒出来，在你的头脑中进行编排，然后列出一些重要的点：

- 发生的地点

第20章 行为描写

牛刀小试：动作分析　　　　　　　　　　　　　　　20.1

阅读凯特·弗洛拉在《自由或死亡》中描写的动作片段。列出弗洛拉使用语言和句子结构描写动作的方法。此外，要注意在动作持续进行的情况下，作者又是如何描写女主人公——瑟·科扎克的筋疲力尽的。

摘自《自由或死亡》的片段	使用语言和句子结构描写动作的方法
我向前快走了几步，以我所学的方式拿起枪，双手紧握，迅速开枪。我一直把枪指向贝尔彻，直到清空弹匣。射向他的背、他的侧身，就算他转过身面对我，他拿着枪向前走，我也还在开枪，直到他倒在地上我才停下。如果我还有子弹，我一定会一直开枪。 然后我一下子瘫倒在地，就像是刚刚学会走路，骨头还不够坚硬的婴儿。手里仍然握着枪，我把膝盖蜷缩到胸脯，将头躺在上面。	1. 2. 3. 4. 5.

- 发生的事件
- 场景的人物关系，逐步展开

例如，佛洛拉的动作片段描写可以勾勒为：

- 人物：瑟·科扎克和罗伊·贝尔彻

- 地点：房子后的空地上
- 事件：瑟射杀贝尔彻

瑟的行为   **贝尔彻的行为**

1. 她拿起枪，两腿开立，准备射击。

2. 他转向她。

3. 她再次射击。

4. 他拿起枪

5. 她一直射击。

6. 他倒下。

8. 她用完了子弹。

7. 他一动不动。

9. 她倒下了。

在描写动作时，先在脑海中进行勾勒，再将其戏剧化，这有助于你将人物在场景中要做的事情可视化。

> **牛刀小试：勾勒动作** 20.2
>
> 1. 从影视作品中找一个含有两个人物的动作片段。
> 2. 保持静音，将此场景播放一分钟。重复播放多次，直到你能勾勒出下面的片段。
>
> 人物：
>
> 地点：
>
> 事件：
>
> | 人物甲的动作： | 人物乙的动作： |
> | --- | --- |
> | | |

加快动作或放慢动作

有些时候，你想要加快动作来让节奏变得紧凑，而有些时候，你又想要慢下来，给读者一种超现实的感觉。这两种技巧都可以起到引人入胜的效果。

李·查德在《双面敌人》中描写的坦克场景中，他便加快了动作：将摄影机拉近，快速呈现出动作过程。这既可以让人物跳出道奇，又会让读者上气不接下气。

凯特·弗洛拉则将射击场景中的动作放慢了,她笔下的人物筋疲力尽,几近崩溃。在这种情况下,将摄影机拉回来,将片段放慢,可以赋予片段一种朦胧感。

以下是为动作片段调速时所遵循的原则:

加快动作	放慢动作
聚焦,将摄影机拉近。 限制无关的细节。 句子尽可能简短直接,尽量不使用代词。 减少内心独白。	将摄影机拉回来。 详细描述动作。 使用更长、更复杂的句子。 传达人物内心的自省。

增加动作的可信度

成功的动作片段一定是具有可信度的。逻辑上的疏忽会分散读者对动作片段的注意力。

如果你描写的动作片段中含有枪,便要明确,人物使用的是手枪、来复枪还是猎枪?如果他们使用的是手枪,那么是哪种类型的手枪,是左轮手枪还是半自动手枪?我不了解毛瑟发明的手枪,但一旦涉及,就应具备一定的知识。你需要知道如何装弹、瞄准、射击。后坐力怎么样?废壳(如果有)怎么处理?枪是否会发热?更重要的是,人物会不会使用这些特殊的武器。

凯特·弗洛拉告诉我她是如何学习用枪的:

第 20 章　行为描写

一天，我坐在警察局，和一个警官好朋友聊天。当我提到我从来没有拿枪射击过时，他看了看手表，摇着头说："我们必须解决这个问题。"

他带我去公寓地下室的射击场，体验射击的全过程。他教我如何持枪，如何射击时保持正确的站姿，如何缓冲。然后我按着扳手（并没有推），此刻，我在电视上看过的或者刊物上读过的有关枪的一切都烟消云散了。

我拿的是一把大枪，枪口上扬，开火时火花一闪而过，飘出一阵薄烟并伴有雷鸣般的枪声。空气中满是火药爆炸时发出的味道，弹射壳又朝我弹回来，这让我大吃一惊，四肢发软。持枪射击可不是一件小事。

如果枪在书中的作用很大，你也不认识一个能够带你去射击场的警察朋友，还可以去参加火器课程。

描写暴力攻击也需要对其中的技术有一些了解。如果你像我一样，在长时间的斗争中是靠逃而不是搏斗才存活下来的，那么你需要做一些研究。这方面有大量有关的书籍和指南，例如，美国军队有一个官方的肉搏战训练手册，其中涵盖锁喉、扔、踢、阻击等不同的动作。观看肉搏战视频，或者最好亲自参加自卫课程——美国许多社区的警察部会承办这些课程。

在动作片段中，要确保医疗细节是准确无误的。向任何一个医生咨询，你就会发现，单单对脑部一击并没有那么致命，刺伤或者枪伤也不会马上就要了人的命。死者头部周围的一大摊血也不会再扩大——人死了是不会流血的。

对于这类信息，你可以在 D. P. 莱尔医学博士的书《法医学：作家指南》一书中找到优质的资源。

所以做好你的工作，确保细节正确，但切忌显摆。让一场枪战变得乏味的方法之一就是将你所学到的关于半自动枪的一切知识运用到战斗中。

精确的描写会毁掉动作

你也可以通过折磨人的细节描写而毁掉动作场景。以下是一个反例：

> 他朝前走了三步，在不远处停下，面朝着我。他的呼吸闻起来就像在嚼破轮胎似的。我转了25°转向右侧，用我的左食指戳向他的胸膛中间。他向后退了6步，头斜了20°，朝我的头击过去。

这虽夸张，但是你可以领会其中的道理。其中我唯一喜欢的细节描写，就是对呼吸的描述以及动词"戳"，如果你开始写到四分之一、一半、左右方向、英寸和角度，这时你应该有所警觉。的确，这些细节描述的是动作，但这些测量和具体性都让这个片段无法卒读。

以下是我的小说《永远不要说谎》中的一个例子。此外，要注意到，虽然描写得很精简，但是片段仍然很容易可视化。

艾薇扔掉接收机，从火炉上拿起茶壶，用力地击向女人的头部。然后她立即跑进杂物间，备用钥匙就在那儿，在门的钩子上挂着。

她感觉到背后的动作。快！

她将钥匙插进锁里，转了一下。门开了，此时女人的前臂快要勒住她的脖子。艾薇却来不及反抗，她用力推门，砰的一声立即将其关上。她的头颅中似乎充斥着爆炸声。

她意识到，有东西刺在了身体侧面——是刀尖，戳破毛衣刺进皮肤里。她努力将其拔出来。她气喘吁吁，呼吸困难。这个女人把艾薇的脖子勒得更紧了，扭动刀尖深入刺向艾薇的肋骨。

艾薇的头抽搐着。黄色和黑色的万花筒图案在她紧闭的眼睛前晃动。

"锁上门，给我钥匙。"妇人低声说道。

艾薇弓着背，努力为腹中的胎儿争取一个安全的位置。当刀尖刺入她体内时她不停地尖叫。她尝试转动身体，减轻刀尖的压力，以此保护胎儿免受伤害。

在一个动作片段中，少即是多。提供恰到好处的细节描写，使用简单句和有力的动词把发生的事情呈现给读者。预先铺垫关键细节。要相信读者，他们可以想象出你明智地删掉的动作。

在动作描写中避免迂回：预先铺垫

若你在描写动作的过程中停了下来，向读者解释一些事情，那么你应意识到你正在放慢前进的速度。例如，假设人物在悬崖边惨遭追杀，而你却在向读者强调悬崖有多高，一百英尺下的浪花在锯齿状岩石上拍打得多么激烈。你的理由是如果不写这些，读者怎么会知道有多危险？他们不会。但是问问自己：这是不是插入此类描写的最佳位置？

不要将解释插入动作片段中，除非你想要调节前进的速度。相反，如有必要，预先铺垫背景。可以描写人物遛狗的同时在思考线索，寻找证据。从这点出发，描写激动人心的画面，或者描写狗从悬崖边缘爬回来的画面。之后，当你在小说中写到悬崖边的动作片段时,情节就不会有任何割裂了。

牛刀小试:删除动作片段中过于精确的细节　　20.3

改写以下动作片段,注意删除过于精确的细节。

动作过程——充满无关紧要的细节	你的精简的修正版本
他朝前走了三步,不远处停下来面对着我,他的呼吸闻起来就像在嚼破轮胎一般。我转了25°转向右侧,用我的左食指戳向他的胸膛中间。她向后退了6步,头斜了20°,朝我的头击过去。	

牛刀小试:描写动作片段

将你之前在本章中勾勒出的动作片段情节化。注意遵循以下步骤:

1. 画出所有的动词。他们是否足以表达你的意思?替换需要强化的动词。
2. 检查句子结构。他们能够表达出你想要表达的意思吗?如果你想要将动作场景快进,那么选择简单、直接的句子结构,反之,选择复杂结构来放慢速度。
3. 你在写作过程中为摄影机选择的位置恰到好处吗?要记住:将摄影机拉近会起到强化情感,快进动作场景的效果;反之会赋予场景一种朦胧感,并将动作放慢。
4. 动作片段思路清晰吗?用词简洁吗?
5. 此场景中有需要预先铺垫的细节吗?在你认为需要的位置进行标注。

独立练习：描写动作

1. 选择一本你读过的有大量动作片段的小说。如果你一本也想不起来了，你可以选择李·查德或丽莎·斯科特林的小说。首先略读最后三分之一部分的动作片段，接着细读并进行分析。场景整体起到了什么效果？作者是如何实现这一效果的？

2. 如需对书中涉及的有关动作片段的一些话题进行相关研究，请列出计划。例如，如果知道情节含有枪战或肉搏战，你的计划就应该包括参加火器或自卫课程。

3. 描写动作片段。如果你喜欢，可以提前将动作过程勾勒出来。使用下面的评判标准来指导你的写作。

☐ 使用有力的动词。
☐ 使用主动语态。
☐ 使用简单的句子。
☐ 将人物的内心思索减到最少，除非你有意放慢动作。
☐ 将细节描述减到最少，除非你有意放慢动作。
☐ 确保动作有相应的反应。
☐ 预先铺垫影响场景向前发展的因素。

第21章

解答问题
描写思考过程

> 在侦探小说中,侦探往往在听到某些声音,看到某些东西,尝到某些味道,闻到某些气味,摸到某些物体,或经历其他事情后茅塞顿开,又或想到先前发生的一些事实而恍然大悟。原来一直以来,人们都被误导了。
>
> ——托马斯·B.索耶(《女作家与谋杀案》编剧／制片人)

侦探小说一般是解决谜团的,而解决谜团则需要思考,所以通过你的小说,尤其是通过一系列悬念和行为的设置,让时间静止,音量关小,以让你的主人公(和读者)去思考:直至目前到底发生了什么事情,并把这些线索联系起来。

当侦探突然意识到某个时候发生的,在当时看来不起眼的事情的意义时,那他也就顿悟了。比如,顿悟的时刻可能发生在一个秘密被发现时,而这个秘密揭示了谋杀者的犯案动机;也可能侦探因此发现了一些证据,解释了谋杀是如何实施的。当侦探灵光乍现的时候,事实和事件迅速成为焦点,推动故事向前发展。

写反思时,可以从下列两个角度来考虑。

- **人物对话:** 主人公讨论发生了什么,因此想到了什么。侦探的助手以及人物配角就是侦探的传声筒。
- **内心独白:** 读者可以了解到人物的想法。

对话中的思索

夏洛克·福尔摩斯需要华生的一个主要原因,是能与其讨论案子,并用他的聪明才智震撼华生和读者。以下这段摘自《斑点带子》的对话可以揭示这是如何运作的:

> "那么从时间上来说,有一个奇怪的巧合。通风机做好了,绳子也挂着,而睡在床上的老妇人去世了。你对这种情况不感到震惊吗?"
>
> "目前来看,我没有看出这之间有什么联系。"
>
> "那你有注意到那张床有什么特别之处吗?"

"没有。"

"它深陷在地面里。你以前见过像这样紧紧地被固定住的床吗?"

"我只能说我没有见过。"

"那个老妇人是不会挪动床的,床始终处在与通风机和绳子相对应的位置——或许我们可以认为那就是一根绳子,因为很明显,它绝不是一根拉铃带。"

"福尔摩斯,"我大喊道,"我似乎隐约明白了你在暗示什么。我们只是正好来得及阻止某个深奥但可怕的犯罪。"

尽管这段文字根据今天的标准读起来有些呆板,但是每一部好的侦探小说都需要一系列的对话,通过对话展示人物的思考,推动故事情节的发展。下面是人物对话达到的效果。

- **回顾过去发生的事情:** 假设读者在先前漏掉了某些信息,那么主人公再次强调了这些线索(有的信息可能被发现是干扰信息),比如时间上的巧合,钉死的床以及并非拉铃带的绳子。
- **展现顿悟时刻:** 侦探意识到某个线索的重要之处。福尔摩斯推定卧室的这种奇怪的安排为凶手提供了便利。

- **显示人物的反应：** 主人公意识到对话含义的重要性，甚至华生都能领会得到。（我们只是正好来得及阻止某个深奥但可怕的犯罪。）
- **增加疑问：** 有待回答的问题推动故事情节向前发展。在上面的例子中，读者想要知道那根挂在天花板上充满凶兆的绳子是如何用来作案的？在那之前是否还涉及其他罪行？

为你的侦探创造类似机会来讨论案子，然后在故事发生转折之后得出结论。

牛刀小试：对话分析

下面这段文字出自乔纳森·凯勒曼的《扭曲》，试分析侦探佩特拉·康纳以及实习生艾萨克·戈麦斯是如何弄清楚连环凶杀背后的模式的。

思考下列问题	《扭曲》节选段落
• 线索解释了什么？ • 灵感乍现的时候得出什么结论？ • 针对一系列想法，艾萨克是如何做出反应的？	"玛塔与其他人之间还有一个矛盾。他们被打倒在地后就躺在那儿了。她在街上被谋杀，可是尸体却被放在了她的车里。你能看出至少这个人对她有一些尊重。还有什么会比一个对她知根知底的杀人凶手更适合的呢？"

- 什么样有待解决的问题能推动故事发展?

他扮了一个鬼脸说道:"我应当想到那些的。"

……

"那就是为什么头脑风暴还是很不错的。"佩特拉说道。他们抵达圣·莫妮卡·布尔瓦大道。熙熙攘攘的街上车水马龙,行人来来往往,美女们在街角闲逛,欢快至极。

佩特拉说:"对道卜勒来说,她还有另一个特点:她是第一个。侦探巴卢告诉我说他觉得库尔特·道卜勒的反应有点奇怪,我见了库尔特之后,我想了一下:如果这个坏蛋从来没有想过要犯下一连串的谋杀案呢?如果他出于个人原因杀死玛塔并发现自己喜欢这样做呢?他找到了一个爱好。这让我们回到了库尔特身上。"

"一年一次的爱好。"艾萨克回答道。

"一年一次的,"她说,"如果6月28日这一天对库尔特来说意义非凡,因为他碰巧在那一天杀了玛塔呢?所以他又重温了一遍。"

他注视着她:"这可真是太精彩了。"

内心独白反思

人物反思也可以通过内心独白表达出来。例如:从劳拉·李普曼的《王尔德湖》节选的这段文字中，律师路易莎·布兰特想了想为什么她会被攻击。

尽管她喃喃自语关于脑震荡的东西，急诊医生依然决定让她回家。当鲁嘲笑他们时，她发现随着就寝时间的到来，她会不由自主地紧张。她明知喝酒糟糕透顶，但是她喝着白兰地酒——因为不管怎样，喝酒能让她不省人事。她只是不能轻易入睡，这并不是因为她一闭上眼睛就会想起她被袭击时的场景，而是她对已经看到的事情有一种奇怪的感觉。物体飞快移动的噪声，一个男人奔跑的场景。鲁迪站在法庭的门口，离他渴望的室外很近。是的，对她的袭击是用来转移注意力的，企图让法庭陷入混乱。所以，接下来他为什么不干脆跑出去呢？

因为他疯了。但不是通常人们认为的那种疯。

内心独白的反思能达到与语言对话的反思同样的效果。

- **回顾过去发生的事情**：鲁记得那噪声，记得那个男人在奔跑，但不是逃跑……她对已经看到的东西有一种奇怪的感觉。

- **显示人物的反应**：她喝着白兰地酒……她只是不能轻易入睡。鲁不必说"我很沮丧"，读者能从她的行为举止上看出来她的状态。随着你的人物的逐渐反思，记忆能够触发你要向读者表达的情感回应。

- **增加疑问：**所以，接下来他为什么不干脆跑出去呢？鲁一点一点地抛出问题，增加疑问，推动故事朝新方向发展。
- **展现顿悟时刻：**鲁意识到这个男人很危险（因为他疯了）。主人公把这些线索都集中在一起，想清楚发生了什么，此刻，故事被推向更高潮。

设置冲突为人物反思增加色彩

矛盾为反思增加深度。矛盾可以循序渐进地在人物对话（争吵、辩论）或者内心独白（怀疑、自我怀疑）中展开。

下面这个例子出自丹尼斯·勒翰的《一月光里的距离》。帕特里克·肯齐与自己做斗争，以努力弄清楚他在想什么：

> 她的揭发与她凌晨三点在停车场被一群愚蠢、混蛋的孩子射击之间没有一丁点关系，不管怎么说都毫无联系。
>
> 但是，的确是紧密相连的。

一个声音说，这本不该有联系的，你只是被激怒了。当你被激怒时，你就会发怒。

我倚靠在椅子上，闭上眼睛，我看到比阿特丽斯·麦克雷迪的脸——痛苦又苍老，可能还带着些许疯狂。

另一个声音说，不要这样。

那声音听起来像我女儿，听起来很不舒服。

那就那样吧。

我睁开眼睛，那声音是对的。

在早上的睡梦中梦到了阿曼达，以及她在灌木丛中扔下的信封。

这一切彼此之间是有联系的。

的确是的。

下面是能够在反思中加入的各种不同矛盾：

- **奇怪的搭档**：有着相反性格的人物在同样的证据面前也有不同的看法。想一想马尔德和斯考利在电视连续剧《X档案》中是如何展开调查的。又或者，一个年老、疲惫的凶案侦探推测受害者死于谋杀，并迫使涉世未深的医药检察官突出那份支持他的证据，但是检察官依然指出了其中的矛盾。
- **相反的欲望或压力**：一个人物要随着调查的深入往

前走，而另一个人则各种阻碍。例如，一个记者特别希望能够调查警方最近认定为自杀的一起死亡案件，而她的编辑则坚持让她报道城镇政治。

- **可靠性：** 主要人物对证据的出现争论不休。例如，一个旅店老板在午夜时分听到外面一声尖叫，看到一个模糊的身影在外面四处乱窜。警察没有发现任何犯罪证据，也没有其他人听到那些声音，他们都想知道旅店老板是不是疯了。

- **自我怀疑：** 主人公看到或感知到某些事情，然后问自己，想知道是不是自己反应过度，还是有所掩饰，又或者是自己杜撰的。

- **内心斗争：** 主人公束手无策，不得不做一个决定以推动故事发展。例如：一个记者不得不决定是否披露消息来源的合理性，就算是为了抓捕杀人犯。

- **隐瞒消息：** 一个人物告诉另一个人物有关事情的部分消息，但对整件事情撒谎了或者有所隐瞒。例如，一个人物可能告诉她的父亲在一个案子中发生了什么，但忽略其中会让她父亲担心她安危的部分；他不是好说话的人，所以他给她打电话。

牛刀小试：自我反思　　　　　　　　　　　　　21.1

你的主人公在疼痛中醒来，发现自己待在一个狭窄的空间里，冰凉的水浸没了他的脚踝。写一个在地下室的密室里，水位不断上升的反思场景：

牛刀小试：反思部分的计划与写作

　　在你的提纲里选一个你的主人公需要后退一步进行反思的部分，决定如何写你的小说：
- 你是用对话、内心独白，还是两者都用？
- 如何增加矛盾？
- 顿悟的时刻是什么？
- 视角人物的感受是什么？你如何将这些传递给读者？
- 什么样有待回答的问题会激发读者的阅读兴趣？

现在开始你的创作。

独立练习：反思部分的写作

1. 在你最喜欢的几个侦探小说中查找一些行动和悬念，在每一个行动和悬念之后，作者会给主人公留些思考的时间吗？你能在每一个反思中找到顿悟的时刻吗？

2. 在大纲找到适合人物对发生的事情进行反思的位置，并进行标记。

3. 继续写作。写反思的时候，参考下列内容进行写作。

☐ 使用感官印象让你的想法跃然纸上。
☐ 展示你的人物的情绪反应。
☐ 写一个你的人物在意识到某一条线索的重要意义或者即将发生的危险时的顿悟时刻。
☐ 在结尾设置一个开放性问题，激发读者阅读兴趣。
☐ 设置合理的冲突（自我怀疑、争论）。

第22章

背景故事的层级

> 我在第二部小说《普通谋杀》的初稿中，开篇用五个章节为我的主人公林赛·戈登精心编写了背景故事。我把它寄给经纪人看时，她说："不如把开头的五章删掉。这部分写得虽好，但没有讲述任何的故事情节。前面的这一切等到我们需要知道时，再讲也不迟。"
>
> ——薇儿·麦克德米德

假如你正在创作一部小说，小说开头是一例血腥的奸杀案。开篇场景，验尸官雷纳塔·鲁伊斯在检验尸体。读者并不知晓雷纳塔出身贫寒，生于加利福尼亚中部的一个农场，凭借自身努力上了大学，大学期间通过为《花花公子》杂志做模特勉强维持生计。但最为重要的是，她曾遭到强奸，那个残忍的罪犯还强奸并杀害了她最好的朋友。你想要给读者传达所有的这些背景信息，因为你想在小说结尾让雷纳塔实现两个层面的胜利——第一，把这个性变态者送入监狱;第二,实现自我救赎,消除自身作为幸存者的罪恶感。

问题是,你什么时候给读者呈现雷纳塔的这些背景故事呢?

答案是,每次写一点。

一开篇就写太多的背景故事,可能会让你的小说还未腾空出世就陷入泥沼。一开始,你的读者可能仅需要知道,雷纳塔是个经验丰富的验尸官,尤其擅长处理性犯罪,并且当有女性受害者的尸体在解剖台上时,她无法容忍任何人在旁边开玩笑。一旦你的故事能平稳运行了,就适时地就雷纳塔的过去描写更多细节性的东西。

与本次调查相呼应且真正令人印象深刻的信息——雷纳塔本人是一宗强奸案的受害者,并且她最好的朋友也让罪犯给杀害了——最好以分层的形式铺陈开来。你可以先写雷纳塔是个受害者。后来再写她被强奸了,再后来提到她最好的朋友被强奸杀害了。在小说的一个关键转折点,可能在雷纳塔即将要面对罪犯时,你可以写个生动的倒叙,展开曾经的这桩强奸案或她死去的好朋友的葬礼。

前面的故事越有力,情节越吸引人,其能承载得起的背景故事就越多。以下三条法则需要你记于心间。

1. 小说创作之前先不急着交代背景故事。

2. 只在能和故事主线相呼应的情况下,才逐层展开背景故事，用过去的故事情节来加强当前的故事情节。

3. 以多种方式来讲述背景故事。

关于呈现背景故事这点有多种策略。

背景故事呈现的策略：叙述形式

叙述者只可以告诉读者有关人物的过去。以下选段出自丹尼斯·米娜的《死亡血液》，叙述者帕迪·米汉刚走进记者休息室。她是一群男人中唯一的一个女记者。

> 帕迪对男人没有好感，也不想跟他们一直待在一起，但她却想在他们中占据一席之地，作为一名真正的记者，而非跑腿的。如果她不是为了新闻事业，在这里给图片编辑的酒杯倒满酒，她会觉得自己是休息室里的一个闯入者。

这里是一个有关她是谁，她希望成为什么样的人的简介。我们已经知悉了她的局促不安。像这样直接和读者对话就是用来展现人物背景信息的一个经济有效的方式。这样一次一点地放出背景故事是个相当高效的方式。

背景故事呈现策略：对话形式

一种同样简单但某种程度上更为巧妙的背景故事逐层呈现的办法就数对话了。以下例子选自《丘吉尔的秘书》，作者苏珊·伊利亚·麦克尼尔让其主人公玛吉·霍普以内心独白的形式，阐释她为何因工作被拒而生气，又为何道歉都无济于事。

"你说你抱歉？是吗？"她说，音调越升越高。
…………
"很好，你觉得抱歉。但这改变不了什么。"只见她字字句句说得更分明了。"这改变不了我去面试私人秘书，我明明足以胜任，但事实就是没被录取。这并不能改变迪克·斯诺德格拉斯对我来说是个居高临下的混蛋的事实。这并不能改变约翰把我看作只会打字、结婚和生孩子，其他什么都不会的女孩的事实。这也改变不了他们雇佣的是那个耳歪眼斜的康拉德·辛普森的事实——这个用嘴呼吸，只敢试探别人口气，靠着数指头计数的人。"

这尖酸的抨击谴责可谓相当奏效，它不仅很好地呈现了玛吉的背景故事，也传达了她的态度。

但这里需要注意,满载信息的对话可能听起来做作而不自然,下面我拼凑起来的这个选段体现的就是这点:

> "迪格比,这里写的这些可能正对你的胃口,"普罗泰罗拿指头戳着报纸上一篇文章说道,"你很了解毒药,你哥哥不是吃了毒蘑菇中毒身亡的吗?我听说你因此才成了一位专为毒品控制中心写通用小册子的专家。"
>
> 迪格比扫了几眼那个故事。"威廉·班克斯博士因马钱子碱中毒而亡。他不就是那个住在大宅邸里的怪老头吗?就在几年前我还想买下那个大府邸来着。我的三个姐姐中或许有人知道他。"

没错,我们了解到大量的背景故事,它就像木楔子钉进木桩一般,通过对话的形式一股脑地全抛给了我们。千万不要像这样硬把信息塞到人物嘴里逼着人物吐露。用对话的方式传达背景故事,仅适用于在恰当的时机将故事自然而然地讲述出来,那样才能起到精妙的效果。

背景故事呈现策略:虚构的文件

传达背景故事的另一种方式,就是通过虚构的文件——

牛刀小试：通过叙述者或人物对话传达背景故事　22.1

　　写下你小说中人物轶事的一些方面，或你想要在小说前期就呈现给读者的有特殊目的的背景故事。

1.

2.

3.

叙述形式：	对话形式：

如遗嘱、报纸上的文章、照片、信件、学校年鉴等。你可以模拟出一份或让其中一个人物总结文件上的内容。

比如，你的主人公可能收到来自故交的一封信，信中回忆当年他们一起在学校的旧时光，问候主人公的家人，回忆起曾有一个朋友救过主角的性命。现在这位朋友正请求帮忙。这样一封信在交代主人公过去的同时还能很好地推动故事情节发展。

人们一般认为读者会跳过悬疑小说中虚构的证件文档环节，去寻找情节。我不确定这种说法正确与否。但由于此类话已经听了很多，所以我提出这些告诫：虚构的证件文档应尽量简短，不要把那些切实需要读者了解的信息只放在虚构证件文档中，其他哪儿也找不着。

背景故事呈现策略：回忆

运用回忆，以巧妙的方式来交代背景故事。下面这个例子选自路易兹·阿尔弗雷多·加西亚-罗赞的作品《科帕卡巴纳的一扇窗户》，选段为侦探埃斯皮诺萨回忆祖母。

> 接下来的两小时，他全身心地翻看祖母留给他的一本书，祖母留下的还另有好几百本。他祖母偶尔觉得需要清扫一下，那摆在她公寓两个房间里的好几千

本。这些书注定是要留给孙子的,他正好也继承了祖母喜欢收藏书籍的习惯。不过他们的藏书风格不同:祖母是乱堆乱放,而他是有序地靠墙堆放。但他们的共同之处在于从来不屑于使用书架。

翻阅祖母遗留的书籍这个动作勾起了回忆。这一回忆对故事情节而言可有可无,却给读者提供了观察埃斯皮诺萨这一人物的机会,从而展现警察局局长这一平日的硬汉也有好沉思、有文化修养的一面。"有序堆放"表明他思维井然有序,而"不屑于使用书架"表明他一个大男人独居,感觉没必要遵守那些条条框框。

以下是一些可参考的例子:

- **人物所言:** 他听起来就像我警校的导师雷德,他……
- **人物的表情:** 她这副表情,就跟第一任妻子要跟我离婚,把协议书甩我脸上时是一样的。
- **一个梦境:** 我梦见我回到小学四年级,我的老师乔佛里瞪大眼珠看着我,就好像觉得我智力低下一般。
- **一个实物:** 无论何时看见那张照片,我都能想起我们……
- **一首曲子:** 那是属于我们的曲子,我记得第一次……

回忆从一个句子到上下几段都有,有策略地将它们分散到小说的各个部分,这使你一层一层地揭开人物的背景故事。

背景故事呈现策略：大篇幅的倒叙

你可以插入一个大篇幅的倒叙——一个场景嵌入一个场景——来交代背景故事。一个大篇幅的倒叙，可以呈现一个人物过去的经历是如何造就其今天的行为方式的，或者可以帮助读者理解如今出现的状况。

以下节选片段摘自威廉姆·G. 塔普利作品《比奇溪》的第二章，他运用整整四页来进行倒叙：

> 大概就是五年前一个六月的黎明，太阳再有一个小时才出来，卡尔霍恩正沿着一条潮水汹涌的小溪泥泞的河岸缓慢前行，此潮沟汇入波特兰北部的卡斯科湾。青灰色的天空中一抹红晕开始漫染东半边天。河湾退潮了一半，靠岸的河水波澜不惊，漆黑如杯里的营地咖啡。一片雾弥漫在……

倒叙的一个棘手的部分是处理时间和空间的转换。注意看塔普利是如何简单做到的：

- **时间转换：** 大概就是五年前
- **空间转换：** 正沿着一条潮水汹涌的小溪泥泞的河岸

记住，大篇幅的倒叙会打断你主体故事情节的叙述。如果在不恰当的时候开始倒叙——比如在追捕中——倒叙会打断当前的动作，从而白白浪费你苦心营造的种种。而抓住恰当的时机展开倒叙将起到精妙的效果，能加强、深化故事情节，助推表达。可以试着把倒叙放在小说的不同部分，看看在什么位置起到的效果最好。

> **牛刀小试：将背景故事分层，写成回忆或倒叙的形式**
>
> 22.2
>
> 1. 快速写下你想呈现给读者并达到惊艳效果的有关你人物过去的一件事。
>
> 2. 以内心独白的形式来倒叙——由当前某件事所引发的回忆。先写下引子，然后再写下回忆。
>
> 3. 写一个大篇幅的倒叙。记住引导读者进行时空移位，变换时态，倒叙结束后再返回到主体故事部分。

第 22 章 背景故事的层级

独立练习：背景故事分层

1. 选一本畅销的悬疑小说，阅读前三章。就背景故事因素列一个清单，注意观察作者是如何选择并呈现每个背景故事的。

2. 每次就背景故事进行分层时，记住故事前面部分的情节感越强，越吸引人，它所能承载的背景故事就越多。有意识地权衡，决定如何逐层呈现背景故事：
- 叙述者讲述所有背景故事（内心独白的形式）
- 对话
- 虚构的证件文档
- 回忆
- 大篇幅的倒叙

3. 继续创作。无论何时涉及背景故事，参考以下清单，进行叙写。

☐ 确保是恰当的时机来呈现此层背景故事给读者。

☐ 选取最恰当的方式来呈现（包括叙述者讲述、虚构的证件文档呈现、对话、回忆，以及大篇幅的倒叙等）。

☐ 以当前的一些细节为引，勾起一些回忆（如一辆车回火的声音勾起枪炮射击的一段回忆；看见一个女人与其丈夫争执的场景不禁想起和前妻吵架的画面；棉花糖的气味勾起一段童年时期去嘉年华的回忆）。

☐ 至于倒叙，要注意引导读者进行时空移位，变化时态，最后注意过渡回到主体故事情节。

第 23 章

最终的高潮

> 所谓令人叹为观止的结局,除出人意料之外,还得迫使读者回想之前所读的内容,站在一个全新的角度审视情节、人物,甚至对整本书完全改观。
>
> ——劳伦斯·布洛克

悬疑小说临近结尾时,故事戏剧性逐渐增强,主人公和反派角色之间激烈争锋对峙。赫尔克里·波洛会将嫌疑人们召集到一起,当着众人,推理出谁才是真正的凶手。在现代小说中,更是常常出现肉搏、追逐或者险象环生的猫捉老鼠游戏。

其中,通常会发生:

- 主人公陷入低谷。
- 主人公重新振作。
- 反派角色承认其所作所为,主人公梳理案情。
- 将反派角色绳之以法。

最终的高潮也落幕之时,主角和读者明了了罪案中发生了什么、怎么发生的以及为什么发生,故事也迎来了落幕。

主人公陷入低谷

对峙的硝烟燃起,主人公就像大卫意识到哥利亚这一庞然大物有多么危险,甚至无敌,但此时已无退路。

孤注一掷。这就好比你笔下的主人公爬树,下有火苗沿树干蔓延而上,鳄鱼伏地垂涎三尺,上有敌人投石攻击。倘若主人公一路风雨无阻,就算故事终了,也不会给读者以高潮的感觉。

以下例子是贝基·马斯特曼如何在《怒不可遏》一书中,在高潮部分不断打击退休联邦调查局特工布里吉特·奎因。书中的反派角色将她绑住,用胶布封住她的嘴,夺走她的枪,并射伤前来援救她的警官麦克斯。

埃默里明显被激怒了,他看着麦克斯被他0.45口径的枪射中脚部,躺倒在地,伤口流血不止。他拿出麦克斯枪套里的枪,跨过地上的躯体锁上前门,然后快步向前,跑到我身旁。我倒在地板上,为了减轻我的手臂被绑在身后的痛苦,我翻了个身。我看不见他,只能听见他踩在我脖子上,把枪贴近我的太阳穴。我

第 23 章　最终的高潮

> **牛刀小试：陷入低谷**　　23.1
>
> 角色在与反派的最后对抗的准备过程中是如何陷入低谷的？参考以下事项，并尝试描述。
>
> ☐ 负伤
>
> ―――――――――――――――――――
>
> ☐ 患疾
>
> ―――――――――――――――――――
>
> ☐ 精疲力竭
>
> ―――――――――――――――――――
>
> ☐ 体力不支
>
> ―――――――――――――――――――
>
> ☐ 被阻挡
>
> ―――――――――――――――――――
>
> ☐ 心智受损
>
> ―――――――――――――――――――
>
> ☐ 畏惧
>
> ―――――――――――――――――――
>
> ☐ 被解除武装
>
> ―――――――――――――――――――

感觉他的吐沫喷在我身上。我身体中的一部分可能会耗尽精力并见证我自己的存在，我听到自己像一只戴着口枷的狗一样呜咽着。

不久，布里吉特的背传来一阵抽搐，疼得她无法动弹。就在这时，她忽然闻到一股汽油味，并意识到这股汽油味来自隔壁房间的自制炸弹。不出意料,事态持续升级。

这才是真正考验主人公的时刻。她是会坠入绝望的深渊,还是重整旗鼓,振作起来以证明自己,阻止事态进一步恶化,将反派绳之以法?故事一直在朝着这个对主人公能力的终极考验前进。

主人公重新振作

主人公陷入绝地,经历转折点后奋力崛起。现在的他,有信心承担一切未知的后果。他毅然面对死亡,摆脱往日挫折留下的阴影,这一转折点在小说情节中至关重要。这才是主人公自己的征途。

在《怒不可遏》一书中,布里吉德鼓起勇气,向她的对手宣战:"有种你就开枪吧,你个王八蛋。一定会有人听到枪声,然后报警的。"他动摇了,而她也开始试图化目前的形势为有利。

要时刻谨记这一转折点的重要性。你笔下的主人公变被动挨打为主动出击,变消极放任为奋力抵抗。放慢创作的脚步,开阔故事的局面,给予主人公足够的时间理清思绪、转变情绪。

反派角色承认其所作所为，或主人公梳理案情

在小说的高潮部分，犯罪的内幕得以揭示。有时，主角会根据线索找到答案，然后与反派面对面对峙。但是反派也可能会主动承认案件的原委，自我吹嘘，毫无顾忌，口无遮拦，就好似主人公命不久矣。

《怒不可遏》中就有这样的情节：

"那是伏特加吗？"我问。

"什么？"

"在林奇的 LV 包里的那瓶。"

他把我的枪放在柜台上，继而端起那瓶法国灰雁伏特加。"我想，他开了那么多止疼药，这一升酒就足以把他干掉，而且我还有充裕的时间离开医院。不过，你又是怎么知道的？"

我这才告诉他，我曾看见他假扮护士……

这场斗智斗勇构成了小说高潮的一部分。罪犯的供认必须让读者信服。而你要做的，就是让读者相信主人公足够狡猾敏锐，能够让反派主动揭露他的秘密。

将反派角色绳之以法

故事的高潮是一场主人公与反派面对面的对峙,他们都愿为之殊死一搏。紧张气氛持续升级,直至被忽地打破。《怒不可遏》之中:

> 我们当时都非常安静,他站在约两米以外,随时都能撤离,而我则不得不跪倒在他的面前。我别无选择,忍不住思考死亡究竟是何种感受。我们互相盯着对方,揣测着对方下一步的行动,却都被一声虽轻但清晰的霰弹枪声分散了注意力。

欲知后事如何,就必须读这本书,它会使你大吃一惊。这一典型的最终高潮中,充满了意想不到的事件。最终,正义仍得到了伸张,虽不是在严格的法律意义上。

你能创作出一个逃脱制裁的反派角色吗?当然可以。托马斯·哈里斯《沉默的羔羊》中的汉尼拔·莱克特,就是一个极佳的例子。在我的小说《睡个好觉》中,坏人也得以逍遥法外。如果故事中充满了冷嘲热讽,结局也未必非得皆大欢喜。

高潮应推动小说的两条情节主线——侦探的个人旅程与犯罪调查——达成令人满意的结局,除此之外,并无什么硬性规则。

失败的结局

以下结局会令读者读后火冒三丈:

- 咄:这是一个对每个人都很明显的结局,除了侦探。这种情况发生在你向读者预告了结局的时候(侦探一直忽视的那个阴暗人物)。
- 过度夸张:结尾过度使用暴力。例如罪犯在海边用机关枪挟持了侦探,砍掉了侦探的手和耳朵,并炸毁了附近郊区的房屋。
- 你是在逗我:坏人乍一看就不具备犯罪能力。(勒死人的凶手竟是一名厌食症青少年。)
- 全盘供出:不为任何特别的原因,坏人竟主动坦白犯罪细节,还一发不可收拾。
- 当我一觉醒来:这种结尾表明前面的所有内容仅是一场梦,从未真正发生。
- 我当初知道就好了:是的,如果叙述者没有隐瞒关键信息,你本可以解决这个问题。
- 眼不见:最重要的对峙却发生在幕后。
- 但,但,但:结尾并没有为所有的未知画上圆满的句号,也没有为整起事件做出合理的解释。
- 是的,对的:结局让读者认为某些关键部分仅仅是巧合。

独立练习：创作小说的高潮

1. 创作小说的高潮，尝试使用以下元素：
   - 主人公陷入低谷，处境雪上加霜。
   - 主人公重新振作，展现其由绝望不堪转向奋力崛起的转折点。
   - 反派角色承认其所作所为，或主人公梳理案情，使得动机和分析真实可信，富有逻辑，在劝诱反派供出案件的来龙去脉时，让侦探处于关键地位。
2. 将反派角色绳之以法（或没有绳之以法）。悲剧得以避免，正义在一定程度上得以伸张。

当你写作时，把调查和主人公的旅程带向一个令人满意的结局。你应该能够回答这些问题：主人公达到他的目标了吗？主人公是如何通过破案而改变的？

第24章

尾 声

> 读者不想猜到故事的结局,但同时也不想因此而倍感困惑。
>
> ——苏·格拉夫顿

悬疑小说通常以最后一幕结尾,我将之称之为"尾声"。在尾声之中,案件最终被解决,其来龙去脉也得以大白天下,人物在历经了千钧一发的最终高潮之战后,终于得以深呼吸一口气。同时对作者来说,也是一个收尾的机会。尾声可能是两个角色关于该起案件的对话,也可能是主人公思索这起案件的内心独白,甚至还有可能是主人公和爱人之间的甜蜜场景。在谢幕时,你笔下的所有情节拼图都应完整、紧密地拼合在一起。

尾声：摘录

以下段落摘自小说《长眠不醒》中的结尾部分。该小说由雷蒙德·钱德勒所作，是硬汉派小说的代表作之一，色情和勒索的元素充斥其中。阅读时，注意思考作者如何由主人公的自省来表现出他是如何看待整个故事的，并提供一种结束感。

我坐上车，向山下开去。

你死后尸陈何地又有什么关系呢？无论是在肮脏不堪的污水坑里，还是在高山山峰上的大理石塔里。如果你咽下最后一口气，坠入无尽的沉睡之中，便不会再被这些事情烦扰。柴米油盐对你而言就如同风和空气。你只是坠入沉睡，毫不在乎如何邋遢地死去，又尸陈何地。而我，此刻就是肮脏的一部分，比鲁斯地·里根更肮脏。但那老人本不必落得如此下场，他本可以静躺在他那遮有天篷的床上，未沾血的双手交叉置于被单之上，等着。他的心里发出一阵短暂的、模糊不清的咕哝声；他的思想是灰蒙蒙的一片。过不了多久，他也会同鲁斯地·里根一样，坠入沉睡。

在去市中心的路上，我在一家酒吧稍做停留，喝了两杯双份苏格兰威士忌。喝这威士忌对我并没有任何的好处，只是勾起了我对银假发的回忆，只是从那以后，我再也没有见过她。

了了的几件事：菲利普·马洛侦探走出房子，驱车去酒吧，喝了两杯酒。这些动作本无关紧要，只是为了陪衬马洛最后那痛苦的反思罢了。但是，当马洛既是字面意义上又是比喻意义上地将故事抛在身后（我坐上车……），这些充满讽刺意味的段落就像是一首挽歌的尾声。他从他人的逝去之中沉思"沉睡"，反刍死亡的意义（你死后尸陈何地又有什么关系呢……）以及他是如何被往事击溃的（而我，此刻就是肮脏的一部分……）。他在一家酒吧稍做停留，企图利用酒精来麻痹自我，但这却更加勾起了他对"银假发"的回忆。是那位女生把他从沉睡中唤醒。（只是从那以后，我再也没有见过她。）

尾声的意图

最终的尾声绝不应该是冗长的场景，机械地重复故事中的每一点，或提供冗长的大纲。此时，不应再引入新的情节线索或新的角色。相反，应回到主人公最初的起点，向读者展现他历经往事后的改变。以下是一些尾声可达到的目的：

- **解决主要冲突**。包括内部冲突——主人公必须面对的困境,比如与过去的事件和解,以及外部冲突——主人公为追踪凶手而必须克服的障碍。
- **说明事实**。这是确保所有重要事实都得到阐释的最后机会:坏人的动机,以及不可告人的秘密。
- **讲述高潮之后发生的事情**。为读者提供该书高潮环节之后的线索。主人公在最后一场枪战中所受的枪伤是否愈合?坏人是否被控告?被盗珠宝是否被归还博物馆?
- **收尾次要情节**……在尾声对次要情节进行收尾,比如人物之间的浪漫关系或竞争。
- ……**或为次要情节营造悬念**。你可能想留下一个涉及主角或配角的次要情节不去解决。例如,侦探正欲和爱人联系,或者被降职到文案工作,与工作中的不服从指控做斗争。这一次要情节也可留到下一部同系列小说中再进行收尾。
- **了解侦探对此案的看法**。她对结果满意吗?她认为正义得到伸张了吗?这是否为她带来了根本性改变——这个世界上是还存有希望,还是徒留绝望?
- **扬帆驶向夕阳**……最终场景可以是皆大欢喜的结局,邪恶被打败,世界变得更安全了。
- ……**或者让你的英雄失去平衡**。小说的最后一幕可以让你的主人公产生不安感,因为尚有任务亟待解决(在下一本书中!)。也许最后杀手被捕获了,但他背后的指使者却潜逃了。也许你小说中的主角做了一些令人质疑的行为,他将背负这些继续前行(比如杀害了某人、说谎、置亲人于险境或者跟敌人睡了)。

- **最后一惊。** 把最后一个曲折的情节留到尾声。比如,在《消失的爱人》的尾章中,尼克离开了他的妻子艾米,并且正要出版一本揭露艾米是反社会者的小说。然而就在这时,艾米告诉尼克她怀了他的孩子。他陷入了进退两难的境地。为了保护他们的孩子,他必须继续和她在一起,保守她的秘密。
- **令读者满意。** 结局并不一定得是皆大欢喜的,但至少是令读者满意的。

结尾词

书的最后几行应尽到一个结局的职责。一种方式是让你的主人公回顾过去,展望未来,就像罗马神话中的双面杰纳斯一样,放下过去,继续前进。以下结尾词来自一些畅销悬疑小说,其中就表明了主人公将奋力前行:

乔治深深地叹了口气,把车挂上挡,慢慢地驶回斯卡代尔路。无论未来如何,是时候迈出第一步,遗忘过去了。这一次,便是永远。(薇儿·麦克德米德的《刑场》)

头顶,天是湛蓝的一片。迈阿密炎热的太阳温暖了人们的心灵,遥指向南方。午后的微风拍打在棕榈树上,咯咯作响,引得比斯坎湾的海水轻轻拍打在船壳上。在佛罗里达生活确实十分惬意。好了,我也要去修我那车了。不得不说,我对这车十分满意。真期待借用胡克的设备。我曾看过他的底盘,那真是太酷了。(珍妮特·伊诺维奇的《都市女孩》)

她离开了那栋囚禁灵魂的建筑。前方,停着她的车,和回家的路。她再也没有回头看。(苔丝·格里森的《替身》)

花费心思来构思令人刻骨铭心的结尾句,好让读者期待你的下一部作品。

第24章 尾声

牛刀小试：创作尾声　　24.1

尾声是一个重要的场景，因此需要做一点规划，以确保它为小说画上一个圆满的句号。列出结局需要完成的事件：

尾声的元素	你想涵盖的内容
告知读者自上一处高潮后，发生了些什么	
对线索进行收尾	
结束次要情节	
为次要情节做铺垫，营造悬念	
告知读者主人公对于解决方案的看法	

独立练习：小说的尾声

1. 决定小说尾声的背景：在你笔下的人物回顾发生的事件时，会发生些什么？
2. 参考以下清单，创作小说尾声：
   ☐ 自上一处高潮后，发生了些什么。
   ☐ 概括解决方案，告知读者主人公随事件发展的心境变化。
   ☐ 收尾松散情节和次要情节。
   ☐ 用结尾词点睛。

第三部分

修 改

> 创作的魅力就在于，直至为作品画上句号，也没有什么是一成不变的。也只有到那时，你才能把自己晾在一边。
>
> ——伊凡·亨特（又即艾德·麦克班恩）

当我在初稿上打出"完成"时，我就会开始庆祝。乐队演奏！打开香槟！最困难的部分（对我来说）已经结束了，乐趣即将开始。

很少有人像我一样热衷于修改。但无论你是喜欢它、厌恶它，还是处于这两种极端之间，不可否认的是，没有人能写出可以直接出版的初稿。小说的情节和人物刻画需要加强，措辞、拼写和语法也都需要调整。

所以，完成文稿时，给自己放个假。将文稿打印出来，放在一边，休息一两周——只有这样，你才能站在新的角度审视自己的作品，然后再向下一个阶段前进：修改。

简而言之，我的小说修改策略就是先深吸一口新鲜的空气，然后从整体到细节进行修改。

1. 备份文稿。你应该从创作伊始就坚持备份文稿，若没有，现在就建立备份。你可以将文件备份在你的个人电脑里。与此同时，你也应该在你家以外的设备上备份一份。我以电子邮件的形式给自己发了一份文稿，同时也把它备份到了云端。如果你使用云端服务的话，你要确保该云端服务可以给你的文稿加密，保护你的隐私。

2. 打印文稿，给自己放个小假。检查拼写，处理页面空白，更改字体，增减页面数量。前一天读着还称心如意，改日再读却不堪入目。你意识到你的作品没有刚开始以为的那么好，却也没有后来看到的那么差。为了有效地修改，你需要新的观点。把整篇文章打印出来，给自己放个小假，休息至少一两个星期。钓鱼、搭鸟巢、去新泽西旅行——只要能让你不去惦记文稿，什么都可以。

3. 忍痛割爱，创建"淘汰"文件。亲手杀死自己的爱人让人心如刀绞——删除你费尽心思创作的部分也同样如此。所以让它变得简单点：与其将这些部分删除，不如把它们放在一边单独保管。如果你在创作时并没有这样做，可以现在就创建一个"淘汰"文档，在其中粘贴保存任何淘汰下来的单词、句子。倘若日后改变主意，你也知道到哪里去找它们。

4. 整体分析，找出可以进一步完善的重要部分。重读文稿，同时邀请几位忠实读者发表评论。编写一份需要修改的主要内容的列表，例如情节转换、角色调整或需要加快节奏的地方。

5. 调整有先后。 重写，先处理较突出的问题，然后再处理较小的问题。

6. 细节分析，找出可以进一步完善的细节部分。 阅读你的文稿，仔细检查每一行——校对拼写、语法和标点符号；删除冗余；改善措辞；调整对话；修改含混的地方。

7. 重新开始。 从第一步开始，重复以上过程，修改文稿，直至达到你心中最完美的状态。

修改应历时多久？答案因作者和项目而异，但修改第一部小说需要的时间可能和创作所需时间一样长，甚至更长。毫不夸张地说，我花了一年的时间创作我的第一部小说，但修改花了我三年。在出版了十本小说之后，我需要花十个月的时间来创作，十个星期来修改，但我仍然希望能有更多的时间修改小说。

什么样的小说才能称得上是一本佳作？这个问题困扰着众多作家。你怎么才能确认你的文稿已经彻底完成且不需要修改了呢？其实这全凭一种感觉，基于你自身的直觉和忠实读者的反馈。大量作家甚至会请自由编辑对作品进行评论，并提供最后的改进意见。我推荐这种方法，尤其是你需要自助出版时。

会不会有修改过度的情况？当然有，尤其是你修改错地方的时候。这就是有时我们会听到作家诉苦："我重写了这本书，却毁了它。"诀窍就是分清楚作品中的无效和有效部分，修改无效部分，对有效部分就不用管它了。

　　本部分的章节提供有关如何修改文稿的建议，让它做好出版准备。

第 25 章

着眼大局
确定故事情节和人物

> 我的铅笔比他们的橡皮擦更耐用。
>
> —— 弗拉基米尔·纳博科夫

打开文档后开始编辑，推敲字词，改写句子，这都很有吸引力。你当然可以做这些，或者你也可以从更大的格局出发，先着眼于大方面。我们谈及的 260 页到 400 页的文稿修改可不是个轻松的活。

这个章节会给出方法，旨在帮助大家跳出文稿，着眼于需要解决的大方面。此后，通读各个部分，重点关注需要独立拆分开来加以改进、修正的具体部分。

针对这个过程，我推荐以下三个技巧：

1. 从头到尾重读一遍，审视主要情节和中心人物，并列出你认为需要做的变动。

2. 逐个场景列提纲，分析发生的年代及节奏。

3. 进行多次有选择性的通读，跳脱出你的文稿，这样你才能将次要情节和人物独立出来，并进行检视。

从头到尾地读：审视主要情节和主要人物

把文稿放下，隔几周后，从头到尾地再读一遍。在通读过程中，做笔记并列出一个建议改动的流动轮候名单。尤其注意你小说的这些方面：

- 主要情节
  - 你的情节是否是有逻辑地展开的，是否有可信度，是否诉诸巧合？这些人物会做你小说要求他们做的事吗？
  - 主要的情节转折够三个吗？（转折点：注意力转到一个无辜的嫌疑人身上或谋杀案看起来别有隐情。）
  - 你是否在故事中植下了能让结局看起来合情合理的线索？
  - 你是否很好地隐去了线索，并用一些干扰信息成功转移了读者的注意力，以至于结局看起来的确出人意料。
  - 你是否公平对待你的读者，跟读者分享你的小说叙事人物知道的一切？
- 到故事结尾，你有没有解释案件是谁做的，为什么，怎么做的，你是否将所有松散的线索都黏合到了一起？

- 视角
  - 不论你选择的是第一人称还是第三人称写，单人视角还是多重视角，你有坚定你的选择吗？
  - 你能加强每个叙述者的叙述声音，并让其整篇下来都更连贯吗？

- 主要人物
  - 你是否已经充分写清楚为什么需要这个特定的主人公去解决这个特定的案件，且没有一开始就堆砌背景故事？
  - 你是否已为你的人物设置了足够丰富的内心世界，使得读者既知道她的行为方式，也知道她的想法？
  - 整本书下来，人物与他人的对话、内心独白以及行为方式是否与其个性相符？
  - 你的人物在破解谜团时，是否做了积极的侦查工作？
  - 故事向前发展时，你有没有人为地给主人公增加办案风险？
  - 你的角色的所有英雄事迹是否与她的身份一致？

小说接近尾声时，你的人物有没有碰壁，遇到别无选择的情况，感觉失落或是无疑走到了死胡同，跌落再无出路了的低谷？
- 主人公与罪犯的对决是否令人满意？
- 最终，你笔下的人物是否在完成个人心路成长之旅时也解决了谜团？

- 罪犯
  - 你是否确立了一个令人信服的动机，说明为什么反派要犯罪？
  - 小说中你有没有给足罪犯出现的镜头，让读者得以猜测一下罪犯的身份。
  - 你是否在小说的大部分内容中都将罪犯塑造得清白无辜，从而在最后揭露罪犯身份时能让读者真正大吃一惊？
  - 你是否为罪恶打下基础，使得揭露罪恶显得顺理成章？

为所要创设的场景列个大纲

一个场景大纲对于从大格局、大层面审视全文来说，是十分有用的。我重读我的文稿时，会把这个大纲上的场景放在一起。对于每个场景，我的大纲都包含以下这些要素：

- 基本的事件发生顺序表，包括场景发生的时间，自小说开篇以来已过去多久。
- 场景中事件的一个简单概括。
- 场景起到的效果，即这一场景对于情节来说有什么意义。

场景大纲要尽量简短。若是添加太多的细节，其作用将大打折扣，因为大纲其实就是一篇小说的"鸟瞰图"。下面的例子是我的小说《永远不要说谎》的开头几个场景的"鸟瞰图"。

《永远不要说谎》场景大纲

章节	场景	日期以及流逝的时间	周几/时间	主要的情节点
1	1	11/1，第一天	周六早晨	庭院甩卖活动。艾薇（怀孕九个月）让梅琳达（同样也怀孕九个月）感到奇怪和不安，她们高中时就认识了。灰绿色的玻璃天鹅盘。大卫带梅琳达进去看房子。

续表

章节	场景	日期以及流逝的时间	周几/时间	主要的情节点
2	2	11/1，第一天	周六下午	艾薇和乔迪在通电话。他们记得梅琳达在高中上学时又古怪又贫穷。
2	3	同上	周六晚上	艾薇和大卫洗了个澡，她的幸运项链让一条毛巾给挂住了，大卫帮她取了下来。她脚上粘了绿玻璃碎片。
3	4	11/2，第二天	周日清晨	艾薇清扫阁楼。宾德尔夫人把弗拉斯科维奇的行李箱塞给她。
4	5	同上	周日上午	艾薇和大卫翻看箱子，他们发现了照片、银制品、结婚礼服、信件和紧身衣。
4	6	同上	周日晚上	艾薇清理干净行李箱里的银制品。行李箱被拿出来放在街上准备当垃圾收走，有人在行李箱里乱翻。她察觉到她的幸运项链丢了。
5	7	同上	周日晚上	艾薇找项链但是没找到。她告诉大卫见有人在人行道那翻找行李箱。

第 25 章 着眼大局

一旦给整本书列出一个提纲，小说时间轴上存在哪些问题就会一目了然。下面是一些供你检查的方面，看你的作品是否存在这些问题。

- **每个场景都留着：** 一个场景若是对推动故事情节没有显著效果，可能就需要删除或者可以选择和其他起作用的场景合并起来。
- **错过的片段：** 大纲能提醒你遗漏了哪个片段。就那些情节上需要强化的或需要新增的情景列个清单。
- **重复的部分：** 你可能不经意间就将一个信息重复写了两遍。
- **连续性错误：** 如果说你写的情景发生在周一，次日你的人物却在读周日报纸上的连环漫画，这就是个问题。
- **时间错乱：** 确保你没有把 20 个小时才能完成的事情挤在一个日出到日落之间。如果你把时间安排得过于满当，可以选择修改来给处理这些事情以充足的时间。
- **六月飞雪：** 确保天气与季节及地理位置相符合。假如你的人物正于 8 月份在凤凰城里跑来跑去，那么应该提到人们为天热而发牢骚。
- **日出和日落：** 检查一下太阳是否在该升起或该落下的时候升起落下了。如果你的人物身处北半球，时值2月，下午6点半的时候准备回家，那么这时候天应该黑了。

- **多米诺骨牌效应：**一个场景中的时间顺序修正可能需要你调整周围场景的时间顺序。

使用场景大纲来掌控好节奏

节奏对于一部悬疑小说而言至关重要。你自然想让你的作品被评论员们奉为引人入胜的经典著作！但这也不是说小说就需要从头到尾都保持一个快速发展的节奏。相反，小说需要很好地掌控跌宕起伏，在即将达到高潮时渐渐加速。

读稿子时，你需要问自己：小说是不是在有些地方停滞不前，或者动作场景不间断写了好几页，写到读者都麻木了。拿出场景大纲来分析，从而准确找到节奏出问题的根源。

进行有选择的通读

跳着读你的稿子让你得以阅读评估相关的章节。这也是个用来区别情节和人物的好办法。

你按场景构建的大纲将便于你每次选取场景进行重读。

第 25 章 着眼大局

> **牛刀小试：小说的节奏**
>
> 以红黄绿三种颜色做标注，便于强调。这三种颜色在交通指示灯中，红灯停，黄灯注意，绿灯行。大纲中用不同颜色标出主要的情节点，从而表示情节的不同强度：
> - 红色表示节奏放缓的部分，主要是叙述、基础性调查和反思部分
> - 黄色表示紧张感和悬念升级
> - 绿色表示动作和情节转折
>
> 现在把你那列出来的一页页大纲放在地上铺展开来，你靠后站，审视评价你的作品。
>
> 一部节奏感控制得好的作品，其间的紧张感是跌宕起伏的。换言之，那些充满悬疑和充满动作的场景是由调查和思考场景来调节的。情节转折也是有间隔的。所以你想要看到：
> - 前三部分红色标注居多
> - 最后三部分绿色标注居多
> - 全篇下来是红绿黄相间
>
> 如果一行场景下来红色标注过多，就应转而多制造些悬念，多添加些动作，这样读者才不至于因情节过于拖沓而昏昏欲睡。如果一个接一个的场景都标注了黄色，你可能想要插入一到两个思考的场景来调控节奏。如果你所有绿色标注的场景都挤在了一处，那你就应该想着重新改动你的小说来将它们分隔开。

- **以次要情节为轴通读。** 从最大的次要情节开始，而后移向小一点的部分。注意以下事项：
  - 检查一下，确保每个次要情节都有开头、中间和结尾。

- 检查一下，确保你为每个次要情节设置的问题都得到了解决，若没有，那也应是你故意为之。
- 思考一下，删除每个次要情节是否会损害故事全局，若没有影响，则考虑删掉看看。

- **以人物为轴通读。** 从小说中最核心的人物开始，之后移向那些在小说中扮演次级角色的人物。注意以下事项：
  - 小说中塑造的人物，从发色到个人卫生，从穿衣风格到姿势体态，是否前后一致。
  - 人物从外貌到给人的感觉是独特鲜明的吗？你如何通过人物的对话及行为举止使人物形象更加鲜明，不落俗套？
  - 人物是否陈腐老套？你怎样才能磨去人物的棱角而使其不落俗套？
  - 人物有变化吗？你怎样才能更有效地呈现这种变化？
  - 人物有隐瞒什么事情吗？是否表现得过于明显？你怎么才能更有效地暗示这一点呢？
  - 思考一下人物能否在不影响全局的情况下删掉或者合并。

独立练习：着眼大局　　　　　　　　　　25.1

重读你的文稿，就需要修改的点列个清单。

利用这个表格创建一个场景大纲。运用大纲检查、审视你小说发生事件的年表和节奏；将必要的调整填入表格。

章节	场景	流逝的时间	季节/日期/时间点	主要的情节点

有选择地通读全稿，每次只看一个特定的次要情节或人物。把需要调整的部分填入表格。

1. 修改时有优先度，从贯穿全书的大事件着手，之后转向那些只对单个章节或场景有影响的章节。

2. 修改。

第 26 章

着眼细节
优化场景和句子

> 我去掉了形容词、副词和每个仅用来制造效果的词。每个句子出现在那就只是为了那个句子所需。
>
> ——乔治·西默农

你已经做出了必要的修改,写下了你的拿手故事,其中的转折起伏趋近完美。你笔下主人公的历程是精心策划的,充满了挑战。文章的疑团和转折点的布置也充满了策略。你尽你所能让笔下的人物变得有趣。现在你已经准备好要着眼细节,审视检查每个场景、段落、句子,优化文稿来使其具备生命力。

最终的优化润色可以直接在电子文档上完成。但是打印出稿件进行阅读、编辑、改写,这一步绝对不能省略。那些在电脑屏幕上一闪而过的错误,一旦阅读打印的稿件就能发现。

在编辑改写的阶段,稿件至少要过三遍。

变讲述为展示

作家正确的做法是去展示,而不是讲述。当作者在运用一个宽泛而平淡的速记去描绘一个人物时,他们做的就是讲述。比如说:

- 他害怕。
- 她受教育程度不高,贫穷而可怜。
- 这是座标准的雅皮士公寓。
- 他充分展露出他的个人魅力。

转而运用展示细节的方式。比如说,在《暗水》这部作品中,作者乔·R. 兰斯代尔本可以写:"叔叔吉恩和爸爸看起来并不怎么像兄弟俩,不过他们都很胖。"但他是这样写的:

> 叔叔吉恩不仅肥得像头猪,还毫无个性可言。他身材肥胖,肩膀宽厚,胳膊有马脖子那样粗。虽说是兄弟,两人却截然不同。爸爸就像个瘦骨嶙峋的啄木鸟,挺着个大肚皮。你若是看见他没戴帽子,那一定是帽子从他头上腐烂掉了。他和叔叔吉恩两人总共有

18 颗牙齿，而爸爸占大部分。妈妈说这是他们刷牙少和经常嚼烟草造成的。有时看着他们凹陷的脸，我就能想起田野上腐烂的南瓜。我明白被亲人嫌弃是件很悲伤的事，但事实就摆在那，一目了然，众所周知。

作家在为读者阐释人物的感受时，也应当采用展示的手法。你可以写"詹妮在这种情况下感觉不舒服"，但是把这种情形戏剧化，通过写詹妮做了什么、说了什么，从而让读者自己感受詹妮的不舒服，岂不更好？

将那些最好将其戏剧化的动作进行总结是另一种讲述的方式。如果你小说的第一个场景是人物计划抢劫银行，你肯定不会写"周六他去抢劫银行，抢走了 5000 元现金，但被一个银行出纳员认出了他"。总的来说，就是你需要将场景戏剧化。

有时候单纯讲述也是可以的，原因如下。

- **保持快节奏：** 运用讲述的方式给读者传递那些他们不需要思考就应该了解的信息（我们等了一个多小时的公共汽车）。
- **避免重复一些你已经呈现给读者的信息：** 如果你已经将一个事件戏剧化了，可以在故事后期将其加以总结（詹妮解释了发生的事，遗漏了有关……的部分）。

- **写完一幕并推动情节向前发展：**（后来我看见了烟。）

找到你文稿中运用了一般性描述、总结或简略表达来讲述重要人物和情节的地方，自己定夺是要修改还是保持原样。

增加动词

注意文稿中动词的选择，尤其是悬疑和动作环节。

让人物的生理反应富于变化

注意观察那些总是同一副表情的人物，例如总是微笑、老皱着眉头、总是点头或总是摇头。偶尔的微笑或摇头是可以的，但剩下的时间要试着运用更多的讲述、更巧妙的方式来展现人物的反应。以下三个例子选自卡罗尔·奥康奈尔的《冬天的房子》。

"不。"她微微颤抖，好似大梦初醒，正想从梦境中逃脱一般。"不，我没有。"

"她疯了吗？"比蒂伸手捂住嘴，就像她刚刚在一个瘸子面前赤裸裸地讲出别人的弱点一样，她用这个动作承认自己失态了。

"你什么?"奥尔特加夫人关掉吸尘器,满腹疑惑地看着她。

换掉过于平淡的动词

有些动词平淡无奇,只要在句子中发现了这类动词,都要想着换用更生动鲜活的动词来描述所发生的事件。

下面是一个运用了平淡动词的句子和它的一些替换版本:

平淡动词	升级版
她站在大厅里。	她在大厅里坐立不安。 她在大厅里假寐。 她在大厅里徘徊。 她呆立在大厅里。

选那些最能展现动作和态度的动词

你或许会因动词的选择而苦恼,但不同动作所呈现的意义却是完全不同的,比如以下这个使用了一般动词的句子:

他走出来,去了前门。

如果你想要展现一个执行任务的男子的形象,可以写为:

　　他跨下车,朝前面的人行道进发。

如果你想展现一个醉汉从声色犬马的宿醉中醒来要回家:

　　他撑起身体靠着车,走过前面的人行道时绊了一跤。

另外,如果这个男人想要尽快完成什么任务:

　　他跳下车,跑向前面的人行道。

只有你自己知道你想表达什么。选择那些能够达到你想要的动作或态度效果的动词。

不要被冲昏了头

小忠告:不要过分堆砌创意而毁了一个很好的句子。比如,我宁愿用平淡、一般的动词组成的句子"他下车去了前门",而不会选择这个过分花哨的:

> 他从车里一下爆了出来,雷鸣般去向前面的人行道。

"爆"这个字显示的是一种身体飞起来的状态;而"雷鸣"是一种声音,不能表示一种迅速的动作。这些都是很好的词,但用在此处不合适。

找出动名词

如果使用动词的主动形式,表达效果通常会更好。对比下面的例子:

> 他当时正往车那儿跑。(was racing)
> 他跑向了车。(raced)

运用主动动词(raced),句子给人感觉更为直接,动作也更为主动。

你可以使用文字处理软件的查找功能帮助你找到你文稿中的动名词。输入 -ing,点击"查找",来锁定句子中的动名词。不要立马删除你稿子中的动名词,而应是检查每一个,心中问自己:若是换成动词的主动形式,这个句子的表达效果会不会更好?如果是,就进行修改。

去除副词

作家有时用副词来加强平淡动词的表达效果（比如走得很快，懒洋洋地坐着或痛苦地移动着），但不必这样。这有两个方法供你们修改动词与副词的组合：

- **用更能达到动作效果的动词代替原先使用的动词。** 如"蹒跚""冲""快步走"，这些都能用来描述人物是如何走路的。
- **用更具描述性的动作替代副词。** 这可能要花费更多的笔墨，但起到的效果也会非常好。比如：

动词与副词的组合	用更具描述性的动作修改
他痛苦地移动着。	他一脸怪相，扶住一侧。只见他背往前弓着，一只脚往前走一步，另一只才能跟着拖一步。

增加对话的数量

大声朗读那些有对话的文章，以这种方式来发现问题。

- **如果听起来僵硬呆板又虚假做作：** 进行修改。对话听起来应该像某个人在说话。句子片段以及俚语都能算作对话的形式。
- **如果持续的时间过长：** 删掉一些，将那些单调枯燥但又必不可少的信息加以总结。

- **如果人物听起来相似：** 进行修改，尝试为每个人物设置独一无二的会话声音。认真选词、慎选句子结构、谨慎构思内容，从而塑造人物独特的个性。

- **如果对话听起来平淡而无趣：** 选用更多恰当的词，调动更多实际存在的事物（比如一个姿势或一个运用道具的动作）来展现人物的情感。

- **如果没有效果，徒劳无益：** 删掉不必要的闲谈。避免插入任何对整体故事情节无益的对话。仅因为某人会说这句话并不意味着就应该把它写入书中。

与对话相关的从属词与动词的使用

不能仅将对话理解为放在引号里的词句。对话还包括从属词（例如"他说"）以及实际动作。下面是一些关于如何修改对话方面的建议：

- **加上"说"和"问"。** 这两个字眼应该是出现在文稿中的。它们无形中对会话起着重要的作用，只是偶尔的情况下，需要用一些更华丽的词汇，如"称""否认""要求""低声耳语"。

- **不要使用和对话无关的从属词。** 下面这个句子存在什么问题？

"救我,"她喘息着。

像"喘息""哼声""战栗"这样的词汇放在本属于"说"的位置会陷入困境。问题是这些词和说话本身没有什么关联。一个简单的变动就是把说的话单独成句,动作也单独成句。

"救我。"她喘息着。

或者另一种修改的办法是把表示说话的动作变为一个加逗号的短语。

"救我,"她说,说时喘息着。

确保说话人身份明晰。每次不管是写"他说"还是"她说",都应该确保读者清楚他或她是谁。假如读者不清楚,应该写清楚是谁在讲话:

"我不这样认为。"琳达说。

或者在对话的同时就写出是谁在发出这个动作:

第 26 章 着眼细节

> 琳达双臂环绕，怒视着我："我不这么认为。"

但凡可能就删掉归属词。如果对话是在两人之间进行的，你就无须再写"安娜说"或"琳达说"，因为读者已经很清楚，这就是两个说话者在轮流讲话。

用行动来打破对话。你可以通过行动或物理细节来改变对话的戏剧性效果。以下是相同内容的三个版本，阅读并思考哪一个版本是最有力的：

> "你要离开我吗？因为我现在就需要知道。"她站在门道上，双手放在她的臀部上。

> 她站在门道上，双手放在她的臀部上。"你要离开我吗？因为我现在就需要知道。"

> "你要离开我吗？"她站在门道上，双手放在她的臀部上。"因为我现在就需要知道。"

个人认为，最后一个版本最强有力。因为读者在这个女人发出最后通牒之前就弄清了她的立场：因为我需要马上知道。动作的顺序强化了文字，增强了戏剧效果，并使最后一句话看起来更具对抗性。在你的小说中加入对话、从属词和动态姿势，试试看什么顺序能最好地使你的故事变得戏剧化。

> **牛刀小试：将对话和动作结合起来** 26.1
>
> ---
>
> 对话："不要动，不然我就开枪了。"
> 动作：他双手抓着枪，只见枪颤抖着。
>
> ---
>
> 将对话和动作结合起来写成片段，圈出你认为表达效果最好的一个版本。

删掉陈词滥调

陈词滥调就是已经用过很多次的短语。不幸的是，即便是最好的文字处理软件也无法标出它们。这太糟糕了，因为我们的初稿总是充满了陈词滥调。我永远都有角色

"像猪一样吃东西""跃跃欲试""像黄瓜一样酷",等等。

如果你的人物是那种爱炫耀、夸夸其谈的人,那就让他说些陈词滥调吧。但如果把它们放在故事行文里,夸夸其谈的人就变成你了。

当你试图变得雄辩或显得聪明时,这些陈词滥调就不知不觉蹦出来了。检查你写作中的明喻暗喻,找出陈词滥调,然后按照以下策略去除。

用新的意象或暗喻来代替陈词滥调

下面三个例子是一些出其不意、不落俗套的说法,出自杰斯·沃尔特的作品《公民万斯》:

> 游戏结束后万斯满脸通红,数着袜子大小的一卷钞票。

> 万斯感觉他的想法像火车一样离去了。

> 里根的孩子看起来就像一个接近中年的记账人,算得上体面气派,甚至还穿着外套,系着领带。

用更多描述性术语代替陈词滥调

无须说人物吃东西像猪一样,可以给读者展示他领带上大片的油渍，张大嘴巴咀嚼，成拳的手紧握着叉子。还有拱背弯腰勾在盘子上，狼吞虎咽。

虎头虎尾

那些粗略浏览文章的读者在看完文章首句尾句后就结束了。所以初印象和末尾给人的印象至关重要。他们会在读者脑海中停留一定时间，值得你花时间好好琢磨。

以下是一些值得注意的地方：

- 第一页，第一段
    - 你的首行写得强有力吗？
    - 第一段强有力吗？
    - 第一个场景呢？
- 每个场景的开头和结尾
    - 每个场景的开头行和开头段都强有力吗？
    - 你有没有早早交代地点、时间以及出场的是哪个人物？
    - 每个场景在最后结束了吗——是安定解决型结局，还是出其不意的紧张结局？
- 刚开始设定的环境
    - 第一次内部外部环境都需要设定，它是描述性的还是生动有趣的？
    - 每次你的故事回到这个场景时，它是否前后一致？

- 刚开始设定一个人物
  - 人物的实际出场是否用一些讲述性细节具体交代并呈现了？
  - 人物每次的外表、行为方式、说话方式和下一次出场时的是一致的吗？
- 最后一页，最后一段
  - 你书的最后一个场景足够强有力吗？
  - 最后一段呢？
  - 最后一行是否能引起共鸣？

找出用词不当之处

我们总是会过度使用一些画面或动作。在我的小说中，不论是什么场景，只要影子覆盖了某事物，我就会使用"遮蔽"这类词来形容。我前不久读了一本小说，作家总是使用"娇小"来描写几个女性人物和一只宠物狗。像"仅仅""很"等这类没必要的词也常常会夹杂在你的文稿里。

场景描述或措辞越惹人注目、越不寻常，你用词过度的问题就越会引起读者注意。找出你过度使用的词语和表达，并将它们换掉。

保持情节的一致性

细节决定成败,而所有细节都需要有一致性。仔细阅读你的初稿,并注意以下几点:

- **连续性:** 在你的小说中,一个人物从椅子上站起来,两段之后,又站起来了吗?明明是两个人物在喝酒,最后只有一只杯子在水槽吗?人物在进屋时挂的衣服在其离开时是叠着放在椅背上的吗?读者会注意到这些细节,喜欢读悬疑小说的读者会将这种不一致解读为线索。
- **地理环境:** 如果你使用的是真实的场景,检查一些细节确保其准确无误。确保人物停下车喝咖啡的地方确实有一个带停车场的星巴克。
- **时间框:** 时间框应该具有逻辑性和一致性。发生在早晨的场景,结尾中不应该有车的大头灯晃着起居室的窗户。如果人物需要开车四个小时才能到达某个地方,那么你就不能写一个小时。
- **称呼:** 叙述者对每个人物的称呼都应该保持一致。假设在场景一中,比尔是叙述者,说:"帕特丽夏打开了门。"之后比尔描述时,他应该坚持"帕特丽夏"这一称呼,而不是"帕特""帕蒂""助手"或"沃泽尔小姐"。其他人物在对话中对该人物的称呼也应该与叙述者保持一致。她的儿子可能称其为"妈妈",她的妈妈可能称其为"帕蒂"。
- **一致性:** 确保人物逛的地方在别人参观时没有重新修建或装饰;确保在场景一中身材高挑的人物在场景二中没有变矮或腰间长出赘肉。

避免情节间断

寻找视角转移之间衔接不好的地方,并加以修正。如果是以人物一的视角描述故事情节的,那么确保每个场景都是以人物一为叙述者来写的。如果故事情节中有多个叙述者,那么确保每个场景是由一个叙述者单独叙述的。你可以更换叙述者,但是要在场景之间进行提示。

改正语法、拼写和标点错误

一位未出版过书的作家曾经问我:"出版社不会修正语法和拼写错误吗?"

当然,他们会改正这些错误。但是,如果你的初稿中有拼写和语法错误,编辑或经纪人就会认为不能把你的作品印在纸上。如果你独立制作出版,文稿中含有诸多错误,那么你的作品注定不会受人欢迎。

你的目标应该是写出一份语法完美、没有标点和拼写错误的书稿，然后再把它寄出去。以下是实现这个目标的方法：

- **使用拼写检查程序：** 使用拼写检查程序，其自带的文字处理系统不但可以找出那些明显的常见错误，还可以自行改正。

- **使用文法检查程序：** 我理解使用文法检查程序检查时的痛苦，因为它标注的所有问题，在你看来都不是问题。例如，它想要修改所有的句子片段，包括在一个对话中你故意使用的句子片段，因为当时人物就是这么说的。使用文法检查程序时，不管怎样，跳过那些不必要的问题。都能找出那些你故意遗漏的问题——例如主谓不一致、标点遗漏、词语重复，等等。

- **阅读并进行修改：** 仔细阅读初稿，找出文字处理软件遗漏的错误。

- **找一个愿意给你改正错误的人：** 如果你找不出拼写和语法错误，那么将初稿给别人，让别人帮忙找出错误。请对方在打印的纸质版初稿上标出错误，然后自己进行修改——你会在拼写和语法这两方面吸取教训。记住：这是你的小说，所以最后应该由你决定什么地方需要修改。

第26章　着眼细节

独立练习：着眼细节

当你注意细节问题时，以下事项是你需要检查和修改的。

需要清除的东西：
- ☐ 拼写错误、语法错误、标点错误；
- ☐ 过度使用的词；
- ☐ 过度使用的意象、动作和措辞；
- ☐ 陈词滥调；
- ☐ 听起来虚假的呆板对话；
- ☐ 篇幅过长的对话；
- ☐ 从属词及对话中动作的位置调整；
- ☐ 多余的闲谈；
- ☐ 不必要的"她说""他说"等；
- ☐ 时间、地点和称呼的不一致。

需要修改润色的地方：
- ☐ 将讲述变成展示；
- ☐ 将主要人物的对话特色化；
- ☐ 在对话中加入一点动作；
- ☐ 对场景的开头和结尾进行修改；
- ☐ 在背景第一次出现的时候进行描述；
- ☐ 在人物第一次出场的时候进行描述；
- ☐ 确保视角不变。

第 27 章

接受批评并寻找解决途径

> 我讨厌这本书!这本书的文笔太难懂,就好像在阅读一团浓雾。主人公混乱不清,不甚成熟,情节……只有这一个吗?
>
> ——购书网站上一位匿名读者对侦探小说的评论

接受批评对所有人来说都不是一件容易的事,尤其是对一份倾尽精力、呕心沥血地创作了好几个月的书稿的批评。我们多么想要听到一个奉承的声音说:"哇!你的作品比《消失的爱人》更引人入胜,比《马耳他之鹰》更精彩绝伦。"

然而事实却与之相反,我们听到的是"我认为这个结局不怎么样"或者"为什么你的主人公这么烦人",又或者是我最喜欢听的话:"我不经常读这种书,所以我可能不太明白。其实我的意思是,她为什么不打电话报警呢?"

当你看到或听到这些评论时,你可能想打断他们,与之争论，向他们解释你的目标是什么，你想要把你温柔的读者拉到身边说："哦，那好吧——我挺期待你试着写一部小说的。"

更糟糕的是，你会大声为你的书辩护，而听不到这个善意的灵魂想要告诉你的事情，到目前为止，他生活中唯一的重大错误就是主动提出阅读你的书稿。这是你欠自己的，也是欠那些慷慨地评论你的书稿的人的，至少要倾听并尝试理解他们的反馈。

倾听批评

下面这些方法可以帮助你倾听读者在告诉你什么：

- **不要打断说话。** 为了从批评中获取最大收获，你要倾听并且理解这个人在说什么。如果你一直打断他人的话，一直处于保护状态，一直解释你要做什么，你就会听不进去他人的建议。你要知道，倾听并不意味着你必须要同意或者接受他人的批评，而是由你决定自己接受什么批评建议，如何接受。但是为了你自己和你的读者，你应该闭上嘴去倾听。
- **询问一些需要说明的问题。** 如果你不是很确定，那就问一下，如果对方说"我很喜爱这本书"，就进一步了解具体部分和对方喜爱的元素。但如果对方说

"那个人物看起来有点轻浮",那你就要让他举例说明。如果对方说"这个结局我不是很明白",那就让他大致总结一下你的小说是如何结尾的,这样的话你就可以知道这个结局是怎样被误解,又是为什么被误解的。

- **做好记录。**人的大脑有一种神奇的能力,能够屏蔽那些带来痛苦的内容,所以不要认为你会记住他人提出的批评建议。做记录还有另一个好处就是:给你在不打断他人说话时找一些事情做。奇怪的是,在你第一次听到这些评论的几天甚至几个星期后,再从理性的角度来看待它们时,那些看似荒谬或令人恼怒的评论就会变得看上去行之有效。

寻求反馈

在给读者阅读你的稿件并给出评论前,如果你能先让他们建立起期望值,那你更有可能收获一些有用的评论。例如,如果你希望他们进行编辑,那就照直说。我通常告诉先期读者不要为了一点小失误而担心——虽然从生理上来说,大多数作家是不可能不经过查阅修改而不出现一点打字失误的。

让你的先期读者把评论意见写到稿件边上,在他们完成后，记下一些高水平的意见，总结他们喜欢什么，不喜欢什么，然后好好地聊一聊，确保你理解他们的反应。

下面是一些你可能和先期读者讨论的话题和问题。

- **总体反应：**最好的方面是什么？最差的方面是什么？
- **戏剧性的开端：**第一场景是否能抓住人的眼球、吸引人的注意力？是否能吸引读者继续阅读接下来的故事？
- **主要情节：**主要情节是否真实可信？是否容易让人理解？是否出人意料？是否能激发兴趣？
- **次要情节：**次要情节是否引人入胜？是否真实可信？是否容易让人理解？是否适合这本小说？结尾时是否得到了充分解决？
- **结局：**结局是否清晰？是否可信？是否出人意料？
- **主要人物：**主要人物是否令人信服？是否是三维立体的？是否具有同情心？是否能引起人的兴趣？读者对他是否在意？
- **反面人物：**反面人物的行为是否合乎逻辑？她对主要人物来说是否是一个值得尊敬的对手？罪犯的犯罪动机是否清楚？
- **其他人物：**听起来是否真实？是否能抓住读者的兴趣？其中有无对方特别喜欢或讨厌的人？
- **把握节奏：**故事的节奏是否能让你一直读下去？有

没有哪些部分是发展过慢或过快的？是否有设置悬念？是否能激发对方的兴趣？

- **人物对话：** 每一个人物都有一个强劲有力、独一无二、听起来自然不做作的声音吗？

不要满足于是或否的答案。探讨下列问题，以获取具体反馈，什么内容是有用的，问题出在哪。

牛刀小试：从评论中获取最大收获　　27.1

在下列表中添加你关心的问题。

问题：

1. 你喜欢什么，不喜欢什么？
2. 故事是否吸引眼球，或是否陷入困境？
3. 故事是否容易让人理解，或令人困惑？
4. 有什么部分是不可信的？什么部分是不合理的？
5. 角色中有哪些部分是你特别喜欢的或不喜欢的？
6. 有没有什么不真实的角色？如果有的话，是哪些？他们为何让人感到不真实？
7. 故事情节是容易预料，还是出人意料？

添加问题：

8.＿＿＿＿＿＿＿＿＿＿＿＿＿＿＿＿＿＿＿＿＿＿
9.＿＿＿＿＿＿＿＿＿＿＿＿＿＿＿＿＿＿＿＿＿＿
10.＿＿＿＿＿＿＿＿＿＿＿＿＿＿＿＿＿＿＿＿＿
11.＿＿＿＿＿＿＿＿＿＿＿＿＿＿＿＿＿＿＿＿＿
12.＿＿＿＿＿＿＿＿＿＿＿＿＿＿＿＿＿＿＿＿＿

把这些问题和章节稿件交给一个你信赖的朋友或者作家，邀请对方阅读这些材料，在稿件上写下反馈，思考这些问题。

坐下来和这位读者讨论这些章节和问题，注意听的时候记下对方的评论，以及你对此评论的反应。

对评论的记录：	你对此评论的反应：

对这些评论以及你的反应进行评估，在下一次听取评论时，试着下意识地调整可能阻止你从他人评论中获得收获的行为或感受。

根据他人的评论意见进行修改

你已经听到了评论，并做了相应记录，那么你就可以理智地考虑一番。你该怎样决定什么需要修改，什么不需要修改？

下面这一幕来自我最喜欢的侦探小说之一，多萝西·L. 塞耶斯创作的《俗丽之夜》，这个场景将本章主题以情节的方式呈现了出来。哈里特·文恩要求业余神探彼特·温西爵爷阅读她正在创作的侦探小说。她知道有一些

内容是有问题的,但是却不知道到底是什么问题。彼特点出了她所担心的问题:

"如果你问我,"温西说,"那就是威尔弗里德。我知道他娶了这个女孩,但是他一定是个蠢货吗?为什么他要去把证据隐藏起来,编出那些不必要的谎话?"

她为她的主角辩护道:

"我承认威尔弗里德是世界上最糟糕的家伙,但是如果他没有藏起那块小方帕,那我的故事情节该怎样发展呢?"

"那就不能让威尔弗里德成为那些极端谨慎认真的人之一吗?这些人从小就认为任何开心的事情都是错误的——因此,如果他想相信那个女孩是光明的天使,那么,正是因为这个原因,她更有可能是有罪的。你可以给他一个清教徒的父亲和一个地狱之火般的宗教信仰。"

"彼特,这可真是个不错的主意。"

"你知道,他有一个悲观的信念,那就是爱本身是罪孽深重的,并且他只有通过把年轻女人的罪孽托付给他并沉迷其中才能净化他自己的心灵……他仍然是个讨厌鬼,一个病态的讨厌鬼,但是这样他的性格和行事就更协调了。"

"是的,他很有趣,但是如果我给威尔弗里德所有那些暴力和逼真的感受,他会让整本书都失衡的。"

"那你就得放弃错综复杂的故事线,写一本关于人的改变的作品。"

这就证明了读者可能问的最难的问题之一就是:为什么一个主要人物会做一件对故事情节至关重要,却缺乏逻辑的事情呢?这个问题不过是抱怨罢了,因为如果读者问出了这样的问题,你就知道你有一个问题还缺少简单的解决方法。为了让它更加可信,你可能需要改变这个人物潜在的个性,重新修改这个人物的背景故事,然后把这些改变整合进故事情节里。这样的话你会发现,整本书的很大一部分都需要修改。

进行修改之前要先确认一下。如果你同意评论者的意见,那当然你就可以进行修改;如果有其他阅读过你稿件的读者也提出了同样的问题,那就应该进行修改;如果两个读者的想法互相矛盾,那就要求他们分别做出详细解释。你得到的信息越多,你就更容易决定你是进行修改,还是忽略不计。

接下来,将这些问题转化为解决方案,例如:

读者的评论意见	解决方案
第三章结尾得有点突然。	首先决定第三章应该有一个留有悬念还是平静稳定的结尾,然后对结尾进行修改,这样就不会让人感觉本章是戛然而止的了。
我知道这是谁干的了——我发现查理在生日场景的时候心怀内疚。	如果生日场景对读者来说知道罪犯的身份太早,那就对此场景进行修改,把线索删减一点,然后增加一些分散注意力的线索陷阱。
我无法说明这个场景是在哪发生的。	在这一场景开始时就设置好背景。
这个妻子太夸张了,没有人会像她那么邪恶。	让这个妻子的对话、着装、行为举止等温和一些,以使人物多一些可信度,少一些邪恶感。
为什么你的主人公自己去追赶猥亵儿童的人,而不是打电话报警?	及早建立动机;增加回忆,展现鲍勃过去有关性骚扰的方方面面;设立他对警察的猜疑;展示他要将罪犯绳之以法的决心。

思考他人提供的解决方案

要关注那些持有解决方案的先期读者。一个编辑曾建议我把一个男性角色改写成女性,她说:"你更擅长塑造女性角色。"

然而我并没有这样做,而是努力搞清楚我写男性角色的方法出了什么问题。于是我重新阅读了我的书稿,然后发现,原来每次男主人公发现自己身处对抗情况时,他都会以道歉的方式解决。当然,这是常态(千真万确),但是男性更可能直面困难,解决矛盾。当被逼迫时,他们不惧怕生气,也不担心身体冲突的发生。通过道歉来避免矛盾冲突是我会采用的方法。所以我并没有更改角色的性别,而是对其性格和行为进行重新塑造,使他的人物形象变得更加可信。

仔细考量你从读者那里得到的所有评论,但是当有人告诉你如何修改你的小说时,那你就要关心一下了。不要忽略了他人的建议,但是一定要试着去弄明白这些建议从何而来。为此,你可以多问一些问题,然后告诉自己:这是我的小说。你要知道什么样的建议有用,什么样的建议没用,然后你自己决定修改什么,怎样修改。

牛刀小试:寻找你自己的解决方案   27.2

查看你在先前的练习中收集到的评论,在下列表格中,在左侧写下读者的评论或建议,在右侧写下你的解决方案。

读者的评论意见	解决方案

什么样的读者是优秀的先期读者？

你应该寻找谁来对你的书稿进行评论呢？如果让认识的人都参与进来，这会是一个巨大的工作，所以你可能会考虑你的朋友或家庭成员，但是不要这样做。朋友和亲人对你的感受会影响到他们对你作品的看法，而一个客观的、和你无关的读者才能给出真实有用的反馈，这样的话，你就要仔细谨慎地选择一个合适的人选。

一个有能力的评论家是聪明友善、头脑清晰、善于表达的人，是一个阅读像你写的这类小说的人，是一个勇于告诉你真相的人。如果你在一个优秀的写作小组中间，那你很幸运，因为他们就是你需要找的人。

一个作家同事往往能从写作的专业角度来审视你书稿的优势和不足，例如，如果叙述有点疲弱，作家可能会指出是叙述视角的问题，而一般读者可能只会告诉你你的写作似乎缺乏亮点。

你需要询问足够多的读者，那样的话你可以判断出某一个读者的反应是否有偏差，而另一方面，你也不需要太多读者，太多不同的想法会令你不知所措，所以我建议你可以找至少两个读者，最多不要超过四个。

浅谈图书医生和自由编辑

许多作家可能都想知道雇用一个外部职业编辑并支付费用,从而使自己的图书达到标准是否值得。下面这些说法你可能都听过:

- **图书医生**:这是指一个独立的、阅读你的书并在结构、情节、人物发展、风格、连续性等方面全面进行修改的自由编辑。
- **稿件评价**:这是一个阅读整个稿件并给出反馈的编辑,通常包括内容的优势所在、不足之处以及修改的大致建议。
- **开发编辑**:编辑阅读你的小说,然后对发现的问题进行批注,如结构、节奏、人物发展以及风格等。他们往往会对小说进行一些修改,或者提供给你一些详细的意见,告诉你如何修改。
- **审稿编辑**:编辑对语法、拼写、标点、词组搭配等进行修改,同时也会对逻辑矛盾以及连续性等问题进行修改。
- **校对编辑**:这类编辑主要关注句和词,会修改语法、标点、词组搭配、拼写以及选词上的错误。

如果你决定要雇一个编辑来为你编辑图书,那你作为买方可要当心了,这可是一笔价值不菲的消费——从一个基础的审稿编辑的数百美元到一个全面开发编辑和经验丰富的自由职业编辑的数千美元。小心，这里面有骗子的艺术，他们中的一些会高兴地拿着你的钱，然后向你承诺作品的成功（并没有这样的好事）。

雇用一个有着扎实资历和良好履历的人，雇用前要仔细了解一下：

- 查看简历，寻找专业的编辑或有写作经验的编辑。
- 咨询与你要找的编辑合作过的作家，找他们聊一聊他们与这个编辑共事的经历。
- 找一些由这个编辑编辑的已经出版的书，看看这些书籍的致谢中是否有这个编辑。
- 看一看这个编辑写的评论范本，试着想象如果你是作者，这些评论对你是否有帮助。
- 与编辑进行电话交流，确认你们之间的相处合作是一种比较舒服的状态。
- 在网上对这个编辑进行检索，注意你要查看的是人们对该编辑的众多抱怨，而不是一两个。
- 做一个预估，并起草合同，精确地告诉编辑他的工作范围、时间期限以及费用问题。

> **独立练习：找一些评论并寻找解决方案**
>
> 1. 把你的书稿给几个你信任的读者看。
> 2. 对他们提出的修改建议做好笔记。
> 3. 听一听他们的修改方案，自己决定你认为有什么地方需要修改。
> 4. 对有可能修改的地方做出筛选，按重要性排列。

第28章

准备定稿

> 当我收到书稿时，只要不是 Times New Roman 12 号字体的，我都会立刻对其进行转换。
>
> ——文学经纪人珍妮特·里德，也即科尔瑞·沙克

一切准备就绪，你创造了一个有意义的主人公，创作了一个很棒的故事，也听了他人的评论意见并做了修改，对每一个章节进行了编辑，对语言进行了润色，你的故事已经无可挑剔。如果你下一步是要咨询一个代理或编辑，那你需要为其准备一份看起来专业的、容易阅读的书稿。

现在大多数代理和编辑会要求作者将文稿以 Word 或 PDF 形式通过电子邮件进行发送，所以为了有一个好的印象，你的文稿最好是以代理和编辑能接受的格式发送给他们。

你的文稿开头要有标题页，包括书的名字、你的名字以及你的联系方式。

> **图书谋杀案**
>
> 维克托·雅布隆斯基 著
>
>
>
> 维克托·雅布隆斯基
>
> 奥德勒市榆木街33号
>
> (011) 822-3344 — VictorY@email.net

下面是其余文稿页的检查清单：

☐ 文本：双倍行距，左对齐

☐ 段落：首行缩进五个字符

☐ 页边空白：每边 1～1.25

☐ 字体：Times New Roman，12 号（你可能特殊情况下会使用其他字体，例如发一段消息或展示一下手写内容）

☐ 页眉：你的名字以及联系方式（电话或邮箱地址），书名左对齐，页码右对齐

☐ 页码：按顺序编排页码，不要分章节排序

- ☐ 不要页脚
- ☐ 删除不必要的空格
- ☐ 去掉不必要的下划线、斜体和粗体（使用斜体进行强调）
- ☐ 删除备注的修改和注释
- ☐ 不必备注版权声明。

> **独立练习：参考标准模板修改文稿**
>
> 参考以上检查清单修改文稿。

第四部分

出版你的悬疑小说

> 人们普遍认为……侦探小说的框架就好比儿戏，作者从这座文学金矿所得到的经济回报，远超过他所付出的心血，然而这些都是人们的臆想罢了。
>
> ——霍华德·海格拉夫，《谋杀为乐：侦探小说的时代》

完成这本书的创作已经很困难，将它交到读者手中则是新的挑战。现在，你必须对出版业务有所了解，并做出精明的决策，以支持你的书和今后的创作生涯。

过去10年，电子书的崛起和亚马逊的发展使出版社的面貌焕然一新。亚马逊是一家在线零售公司，目前主导着印刷和数字图书的销售。幸运的是，犯罪小说顺利度过该过渡期，并取得了优异的销售成绩，所以更多的出版商将视线转移到犯罪小说上，发行了不少佳作。

但不变的是，要想与顶级的文稿代理人合作，并与实力雄厚的传统出版社签约，竞争仍然是非常激烈的。然而，随着自助出版的发展，作者不再需要依靠传统出版商来出版他们的书。

选择传统出版还是自助出版？如果你无法做出决定，不妨思考下你最看重的是什么。将以下列表按重要性从1

至 8 依次排序。

　　____ 高额的稿费

　　____ 参与书本出版全程

　　____ 把书尽快推广到市场

　　____ 成本低廉

　　____ 在书店里销售

　　____ 可在图书馆查阅

　　____ 商业杂志和主流媒体的评论

　　____ 跻身畅销书作家之列

表中的前四项是自助出版的好处，后四项是传统出版的好处。

如果重启职业生涯，我会二者兼选。完成小说的创作和修改，并在筹备下一部作品的同时与代理人联系。当下一部小说即将面世时，我就可以得知传统出版中是否有我的一席之地，是否能以我希望出版自己作品的方式出版。

以下列出部分在此过程中作者们需要掌握的术语。

- **传统出版商**：传统出版商通常通过文稿代理人这一中间人来挑选出版的书籍以及签约的作者，并负责出版所需的所有费用（包括编辑、设计、印刷和发行）。他们以书本销售量为基准支付作者相应的稿费，有时会支付预付款。

- **小型私人出版社**：许多小规模出版社因不隶属于任

何大型公司，被称为"私人出版社"，年出版书本从几本到几十本不等。其中部分出版社仍然延续传统的出版业务模式，一部分则不。

- **自助出版（又称独立出版）：** 作者不依靠出版社，独立将书推向市场，节省了大量的筛选过程。由作者一人决定出版的大小事宜，例如编辑、封面设计和印刷。
- **自费出版：** 要求作者预付费用或者自行消化最低销售量的出版社。
- **数字出版：** 出版电子书，可供在电脑或者 Kindle、NOOK、iPad、Kobo 等电子阅读器上阅读。传统出版商、小型出版社和自助出版的作者都可以选择数字出版。此外，部分悬疑小说只有电子版本。
- **按需印刷：** 按需印刷技术可以按照实际需求量实时印刷纸质书本。作者可以签订按需印刷服务合同，但实际上很多书店不会摆放作家按需印刷的书籍，因为这些书籍通常无法退回。传统出版商通常采取这种方式以确保再版书的供应。部分实体书店甚至还专门为此设有印刷机。
- **销售渠道：** 批发商负责储存和销售图书以及电子书。最大的印刷图书经销商是英格拉姆和贝克＆泰勒。他们向书商、图书馆和网络零售商批发图书，包括亚马逊、Kindle。Smashwords 和 BookBaby 则主要出版和分销电子书。

- **文稿代理人：** 他们是代表作家的专业人士，负责把作者的书稿卖给潜在的出版商，并代表作者与出版商协商。他们从作者的收入中提成，通常是 15%（对于外文译作和影视，提成则是 20%）。

- **咨询信：** 向代理人或编辑推介小说的信，通常附有简短的梗概或开篇章节。多数代理人和编辑都希望先收到咨询信，若该信引起了他们的兴趣，合作便由此展开。咨询信可以以电子邮件或普通邮件的形式发送，网站上通常会发布关于咨询信的详细说明。

- **主动提供的稿件：** 当一个出版商说不会考虑主动提供的稿件时，其意是只考虑文稿代理人或某位编辑推荐的作者所提交的稿件。（例如，来自一位在某次写作会议上成功地推销了该书的作者。）当一位文稿代理人说不会接受来稿时，其意是希望作者首先递上咨询信。

- **无代理商交稿：** 当出版商说不会考虑无代理商交稿时，其意是只回复代理人的咨询。

- **预付款和稿费：** 预付款是出版商在合同签订后，在图书销售之前付给作者的钱。稿费基于销售额，是作者收到的钱。此外，预付款必须在额外费用前支付。

第29章

与传统出版社合作

> 传统的出版方式与独立制作出版并非全然不同，但是并不是所有人都能意识到这一点。当然，有一些作者写的书很畅销，但他们只是少数。独立制作出版比在传统的出版社出版要容易得多，但老实说，与传统的出版社相比，独立制作出版的书很难畅销。
>
> ——阿曼达·霍金

美国传统出版社自 1876 年以来便开始出版悬疑小说，当时哈伯和布拉泽斯出版了威尔基·柯林斯的《月亮宝石》。五大出版社（企鹅兰登书屋、麦克米兰出版公司、哈伯·科林斯出版公司、哈切特出版社、西蒙与舒斯特出版社）都曾出版犯罪小说，一些还出版只有电子版的犯罪小说。亚马逊的犯罪小说出版社，托马斯和默瑟出版社，与传统出版社很相似。专门出版犯罪小说的规模较小的传统出版社包括索霍出版社、永久出版社、午夜墨出版社、第七条街书等。

为传统出版保驾护航

传统出版之路始于一份修改完善的书稿。给出版社的书稿必须完整,不能只是一部分,也不能是你的第一部未出版的悬疑小说的一个提案——除非你是詹姆斯·帕特森或者碧昂丝。

在传统出版社的出版通常以咨询信开始。作者需要写一封询问函,询问函中会介绍小说并说明将小说寄给该出版社的一位编辑(或者由其作品经纪人将小说寄出)。如果编辑对询问函中提到的小说感兴趣,那么她会要求看书稿。如果他对书稿足够满意,大多数编辑将会向出版社的董事会禀告,之后便开始报价。

如果作者接受了报价,那么他或其经纪人会与出版社协定合同,合同应该包括以下必要因素:

- 版权费
- 预付款时间表
- 正式交付日期
- 出版日期
- 二次使用权(电子书、有声书、翻译版等)
- 免费样书

- 封面设计的审核
- 其他

不要忽视"其他"因素。订立合同是漫长而复杂的。出版社会草拟合同模板,附加对其有利的条款。如果你没有作品经纪人代表你的利益协定合同,那么我建议你要认真对待出版合同,有很多关于此话题的书籍可供阅读。如果你负担得起,那么你可以雇一位精通知识产权和书籍出版的律师(而非那种帮你解决财产问题和法律官司的律师)。

了解传统出版社承担的责任

传统出版社负责书的编辑、版式与封面设计、生产(包括实体书和电子书)、营销、分发和销售。传统出版社效率很低,通常提交书稿数月后才可能知道出版社是否接受。接下来,书的编辑和生产则需要九个月到两年的时间,之后书可能才能上市。总而言之,传统出版社出版书籍的定价比独立出版的更高,但作者的收益占比更低。

传统出版社出版会提高小说在市场上的可见度。例如,在一些主流媒体或像《柯克斯书评》和《出版人周刊》等杂志上会有书评。传统出版社很可能在实体书店会占有一个显眼的书架,以便读者发掘。

找一个作品经纪人

如果你想向各大传统出版社推销你的作品,那么你需要一个作品经纪人。这些出版社每年会出版一些新作家的作品,但多数都是从作品经纪人提交的书稿中选出来的。如果想让小型出版社考虑你的作品,你可能不需要作品经纪人。大多数小型出版社都会在网站上发布提交作品时的一些注意事项。

作品经纪人的职责

如果你希望由传统出版社出版你的小说,那么你的作品首先要符合作品经纪人的质检要求。大多数经纪人都会对作者的书稿做出评价,并对修改后的版本进行审核,直到稿件符合他们的要求。经纪人会将你的书稿寄给他信任的编辑,这些编辑是从以往的经验和记录中筛选出来的,正在寻找与你写的悬疑小说相同类型的小说。经纪人会与这些编辑保持联系,确保你的书稿不会在成堆的提交作品中丢失。经纪人的名声越大,你的书稿就越可能放在废稿堆上面,以便编辑阅读,并得到认可。

然而,即使是赫赫有名的经纪人也不能保证你与出版社一定会订立出版合同。当你提交的书稿不能得到认可时(大多数书稿都会遭到几次拒绝),你的经纪人会告诉你被拒绝的原因,发给你回绝函。当编辑对书稿感兴趣时,经纪人会与你联系，她会尝试发起竞卖——这是出版社之间的一场投标，从你的利益出发与出版社协定合同细节。经纪人也会联系律师，让其对合同进行必要的检查。经纪人也会协定外语版权以及有声读物、影视版权等附加条件。

有名的作品经纪人总是会对佣金有严格要求。那是内在的奖励机制。如果经纪人不能将书卖出，那么他将得不到酬劳。出版商会将支票给经纪人，所以只有经纪人得到支票后，作者才能得到酬劳。经纪人会按照合同规定，从书的版权费中抽取佣金（一般是15%～20%），然后将剩余的版权费支付给作者。

作品经纪人不会做的事

如果还没有售出小说，经纪人就向你收取服务费，这是违反商业惯例的。一些经纪人会收取一定费用，例如影印费。如果合同中列出了这些费用，并且双方一致同意，那么这很合理。但若是在订立合同之前，经纪人就向你索要服务费——阅读费、营销费、定金，或者借其他委婉的方式索要，这都值得怀疑。

如何找到适合你的经纪人

诚实正直、聪明无畏、熟悉书籍业务与订立合同的相关知识，是一个有能力的作品代理人的必备因素。这样的经纪人有好几百人，其中许多是前编辑和公关人员，对出版业了如指掌。一些代理有着令人敬畏的记录。其他则刚刚起步,渴望证明自己。

为自己找到一个合适的经纪人有点像寻找一个灵魂伴侣,尽管匹配指的是你的写作和经纪人的品位。如果经纪人能够将质朴的热情投入到工作中,并且了解哪些编辑会认可这份热情,那你就找对人了。

寻找代理犯罪小说的经纪人。上次,我在检查作者代表协会的网上数据库时,列出了386个作品经纪人,其中的138人属于悬疑小说类。想要知道哪个经纪人现在很成功,请阅读《出版人周刊》,或者订阅"出版者午宴"网站的免费新闻推送,他们每周都会在"成交午宴"栏目报道最近的交易。你可以在《文学代理年度指南》中找到更多的信息。此文摘会对作品经纪人进行介绍。

经纪人每天会收到作家的很多问询函,所以要想办法让你的问询函脱颖而出。为了经纪人能够认真考虑你的作品,你可以采取如下建议:

- **由朋友、亲戚和其他作家引荐**。如果有朋友、同事、亲戚,或更理想的,已有出版书籍的作家、编辑和评论家引荐,那就再好不过了。这也是让经纪人能够认真查阅你的作品的最好方法。问一问你身边的人,你会惊奇地发现你认识的人中竟然有认识经纪人的。你可以在参加一些与悬疑小说相关的会议时,或利用加入美国悬疑小说作家当地俱乐部、悬疑小说姐妹群、全国作家协会等机会，结识一些作家。我发现大多数作家是很乐于与他人分享经验的，你可能还会得到被举荐的机会。

- **在写作会议和工作场所遇见经纪人。**经纪人会在很多写作会议和工作场所进行团队讲授、评论书稿、聆听作家对他们作品的推广。他们这么做也是在发掘人才。你可以报名参加与悬疑小说有关的会议，向他们推销你的小说。

- **找出代理相同小说类型的经纪人。**在网上做一些搜索功课（例如，搜索"詹姆斯·帕特森的经纪人"），很快就会找到那些知名作家的经纪人。或者去书店的悬疑小说栏，找一些与你的作品相似的悬疑小说，或者一些你钦佩的作家的作品，阅读致谢页，因为大多数作家都会感谢经纪人。列一个清单，标明哪个经纪人代理的是哪个作家，列出的这些经纪人都值得一问。

写问询函

将书稿附在邮件里，发给很多经纪人和编辑，然后立即得到肯定，这听起来很好呀！不幸的是，在出版小说时，

牛刀小试：寻找经纪人的计划　　29.1

1. 在第一列中，写出 10 到 30 个有意向的经纪人。

经纪人/经纪公司	选择经纪人的原因	是否最近问询过？	与之相关的抱怨	是否是作家代表协会的成员？	联系方式

2. 写下选择每个经纪人的原因。
   - 举荐人的名字（你的朋友、亲戚、同事或者其他作家）
   - 你遇见经纪人的日期、地点
   - 经纪人代理的悬疑小说作家
   - 经纪人最近成功卖出的作品

3. 淘汰制一：访问经纪人的网站，如果她最近不接受问询，那么将其淘汰。

4. 淘汰制二：留意作家对该经纪人是否有不好的评价，如果有，这些评价是否大致相同？利用网站上的有用信息排除掉那些信誉度不高的经纪人。

5. 筛选：根据自己的意愿列出优先名单。

这种方法不起作用。大多数经纪人和编辑喜欢先收取询问函——这是一种巧妙的方式，表示他们想听你推销自己的小说，由此决定你的书稿是否值得一读。

访问经纪人的网站，看她对询问函是否有具体要求。例如，经纪人通常会谈到她习惯接收普通信件还是电子邮件，她是只想看你对小说的介绍还是想要看几页文稿。典型的询问函包括：

- 特意为经纪人写的信件
- 剧情介绍或者初稿的前十页

千万不要把全稿都发送过去，除非编辑或者经纪人要求这样做。如果你在信件中表现出你对这位经纪人有所了解，那么她更可能会给你回复。所以，不要寄一些以"亲爱的代理人"开头的样板信件。

询问函的组成成分

问询函应该简短，最多一页。有经纪人告诉我，他们更喜欢直接的商务性的信函，只需传达出小说的基本内容，引诱他们想尽快看到全稿。询问函是完全营销性质的，有点像是书的皮囊，唯一目的就是让经纪人或者编辑想要读你的小说。询问函可参考以下例文。

① 主题：拉斯维加斯魔术师的处女作，引荐人：马克思·弗莱斯

② 亲爱的琼斯先生：

③ 随信附上悬疑小说《诡计多端》的前十页，希望能够引起您对作品的兴趣，并帮我找一个出版商。

④《诡计多端》是一部悬念不断的惊悚小说。故事发生在拉斯维加斯，人物是私家侦探梅琳达·斯塔尔。斯塔尔是魔术大师的女儿，在做父亲助手时学到了一些魔法，她用这些魔法找到连环杀手，并借用轮盘赌救了受害者。

⑤ 我知道您是马克思·弗莱斯的作品代理。马克思建议我向您问询。

⑥ 我的书与马克思的风格相似，会带读者领略魔法世界。它的风格更偏硬汉，神秘色彩较少，但是我相信会深受读者的喜爱。

⑦ 我是一位专业的魔术师，在北美和欧洲有一定的名气。我曾写过不少与魔法相关的非小说类文章，在魔法杂志上开设了每月专栏。此书是我的第一部小说。

非常感谢您在百忙之中抽出时间阅读我的信。

⑧ 随信附上小说前十页，期待收到您的来信。

⑨ 请通知我是否可以给您发全稿。

真诚致谢

第29章 与传统出版社合作

齐格弗里德·沙扎姆

皮尔丹街23号

邮编03333，新泽西州，帕拉莫斯

⑩电话号码：022-444-5555

微博：sshazamagician.com

邮箱：sshazam@isp-server.com

推特：sshazamagic

---

① 为了突出问询，主题鲜明很重要；

② 问询函的称呼要具体；

③ 开门见山，标明原因；

④ 写出书的标题、类型，并用一个段落介绍主要内容；

⑤ 如果有人引荐，写明引荐人；

⑥ 说明经纪人适合该小说的原因、悬疑小说的类型以及目标读者；

⑦ 附上相关个人背景便于书的营销。如果这是你的处女作，如实说明；

⑧ 要提到你已附上书稿前几页或者主要情节介绍，不论经纪人对发送问询函的要求是什么；

⑨ 结尾：我能寄给您全稿吗？

⑩ 署名，留下联系方式、网站以及可用于宣传的社交平台账号。

要记住，大部分的询问函都是由出版实习生或初级员工筛选的。因此你的主题至关重要。以下的额外要素可以写在询问函中：

- 是作家、编辑或其他熟人建议你发送初稿给这位经纪人的；
- 你与经纪人的共同之处（大学校友、老乡、同行）；
- 你遇见经纪人的地点，会议、书店还是聚会上等；
- 你在哪里听过经纪人演说，或者读过他写的文章，就你从他的评论中发现的某个观点发表评论；
- 在行业中有一定地位的、受人尊重的作家已经阅读过你的作品并对作品感兴趣，并且同意可以传达他们的兴趣；
- 这将是你出版的第一部小说，你是出版社和经纪人正在寻找的埋没人才；
- 你曾经出版过作品，并且很畅销，提一下销量和时间；
- 你的书与畅销书、你及其作者的比较，写出对比的点，避免夸大其词。

最后，确保问询函没有明显的拼写、语法、标点错误，没有累赘的句子，没有生硬的转折。再三检查，确保你拼对了经纪人的名字。

撰写剧情梗概

当你在构思小说时，主要剧情肯定是越详细越好。但是，当给经纪人或者编辑写问询函时，主要剧情的介绍一定要简明扼要。一些作家，包括我在内，都认为简短的剧情介绍要比写小说难得多。你必须将长度限制在一至两页纸之间，并且你挚爱的小说的未来就掌握在这一两页纸中。剧情介绍必须提供必要的信息，还不能缺乏趣味性。你必须让你的小说听起来令人感兴趣，但是又不能自卖自夸。

跟我一起说：剧情介绍是具有营销性质的。记住：这并不是故事的全景图，也不是将一切都囊括在内的总结。要尽可能地具体化，最好加入一些能够凸显小说独特性的细节。

若要知道如何写一篇能为你的悬疑小说提供卖点的梗概，可以访问线上书店，阅读出版社对悬疑小说的介绍。以下是我摘取的三个片段：

> 梅尔文·马尔斯被判有罪，他不久就要被执行死刑了——因为他二十年前残忍地杀害了父母——令人意外的是，当时法院声明缓期执行死刑。另一个人已经招供了。阿摩司·德克尔，联邦调查局的特别行动小组的新任雇员，发现马尔斯先生与自己的经历极其相

似，开始关注马尔斯案件。(戴维·鲍尔达奇的《最后一英里》)

探长阿曼德·伽马奇和他的调查小组被召集到蒙特利尔南部村庄——嫌疑人死亡现场。简·尼尔是三棵松村的村民,被发现死于森林中。村里人认为这只是一场猎杀悲剧,但阿曼德在僻静的森林中却嗅到了一些肮脏的东西。不久,他便发觉简·尼尔并不是死在粗心的弓猎手手中,而是死在卑鄙小人手中。《静止的生命》介绍了探长伽马奇先生指挥调查小组,凭着正直和勇气查明真凶的故事。(露易丝·佩妮的《静止的生命》)

在舒适安逸的爱尔兰村庄格林切勒的山坡上,羊群聚集在牧羊人乔治身边。乔治的躯体被一把铁锹钉在地上。乔治照顾羊群,每天晚上给它们读大量的书。每天接触文学使它们比普通的绵羊更了解人类的思维方式。在格林切勒(也可能是全世界)最聪明的羊——枫树小姐的带领下,它们开始寻找杀害乔治的凶手。(莱奥妮·斯宛的《三只满袋子》)

剧情介绍至多一到两页。就像出版社介绍小说一样,

第29章　与传统出版社合作

你应该介绍主要人物，交代背景，对故事进行总结，其中包括开头的策略和一些情节转折，不必透露结局。

以下是我的小说《来找我》的情节梗概的第一页。

两年来，戴安娜一直都是个隐居者。自打从瑞士回来，这位35岁的电脑安全专家几乎都待在波士顿教区低矮的平房中。在瑞士艾格尔山的阴影下，她和她的生活和工作伙伴丹尼尔·斯佩克特去攀登瀑布冰冷的冰面。当丹尼尔滑倒时，她正在冰冻的瀑布中站稳。丹尼尔在峡谷那边回响的哭号，以及尸体被冻住了，卡在冰缝里的画面一直折磨着戴安娜。因为她看向别处的那一刻，他的尸体永远停留在了那里。

她和丹尼尔是一个黑客组织的成员。大多数黑客是理想主义者，他们的目标是揭露电脑安全的纰漏，让软件公司、企业和政府机构别再那么自满；另一些黑客只是想要证明自己有多聪明和优越。但是黑客一个接一个地离开了。一些人背道而驰，制造动乱谋取钱财。而另一些人遵纪守法，从事高级网络安保工作。戴安娜、丹尼尔和丹尼尔的好朋友杰克将成立一家安全咨询公司，通过查找安全漏洞、保护系统免受黑客攻击获得酬劳。这次旅行就是来庆祝即将开始的转变的。

戴安娜回到家，伤心不已。她打碎了屋内所有的镜子，无法面对自己。几个月来，她一直待在屋子里，把家变成了一个堡垒，用隐形电子安全防护栏将屋子围住。卫星、光纤、电缆、数字用户线确保网络畅通，方便她与外界联系，不论需要外界的什么东西都能送货上门。她的访客只有她的姐姐阿什利和杰克。

戴安娜的姐姐失踪后，戴安娜不得不走出堡垒……

故事梗概会加快经纪人了解小说内容的速度。以下是在写故事梗概时，可以在这些例子中学习的一些策略：

- 用一般现在时进行描写；
- 对主要人物做出总结；
- 描述背景；
- 可以只讲述、不展现，毕竟将情节戏剧化地展示出来需要很长一段文字；
- 简要概括情节，突出重要的情节转折；
- 描述主人公的动机和主要挑战；
- 不要将所有的人物和情节都讲述出来。

发送问询函

将问询函发送出去，等待回复，这个过程很折磨人。

遭到拒绝后可能情况会更糟。试着理智地对待整个过程。把它看成一个营销活动，你只是被雇用来提供帮助的——因为在这世上死亡和纳税是确定的，你可能会遭到拒绝也是确定的。所以这将是一场持久战。

做好计划，并实时记录。将电子邮件发给你心仪名单中的前四到五个经纪人。遭到拒绝后，发给名单上的下一个经纪人。如果四周过去了，你仍没有收到任何回复，那么发送后续跟进邮件。如果八周后你仍然没有收到回复，放弃这个经纪人，继续给下一个经纪人发送信函。

给初露头角的小型出版社发送问询函

和那些知名出版社一样，小型出版社也会与作家签订合同、编辑、出版书籍，负责营销和发行，付给作者版权费。一般来说，小型出版社的预付额较少，首印数量也比那些知名出版社要少。

大多数小型出版社会在其网站上发布提交作品时的注意事项。如果你没有经纪人，也有一些小型出版社会接受你的问询函的。

要想找到可靠的出版社，你必须多花点时间。有很多骗子承诺与你签订合同但是却没有实际行动，他们只是想骗取钱财。因此，在发送问询函之前，应该了解出版社的声誉：

- 确保出版社曾销售与你的小说类型相似的书；
- 看一些该出版社已出版的书，他们的设计和展现方式专业吗？文本清晰吗？进行编修了吗？
- 在谷歌输入"出版骗子"，搜索出版社的名字；
- 在编辑网站或者美国科幻小说读者意识网站上核实出版社；
- 通过购书网站查看出版社出版图书的销售额。

如果你一发送了书稿，编辑就开始和你谈论阅读费、出版费、封面费，以及在购书网站上架图书所需的费用，那么这就是危险信号。如果编辑给出不寻常的高价，你也应该有所警觉。

询问分配渠道。如果书是通过大型经销公司分配出去的，那么你的书会很容易进入书店或者图书馆。

如果你没有作品经纪人，想要将书稿卖给小型出版社，那我强烈建议你雇一个懂评估出版合同的律师，或者自己做必要的研究，评估并协定出版合同。你要确保自己最重要的利益在合同上得以呈现，包括版权的估算和所有权回归等问题（也就是书籍印刷后或者小型出版社破产后的问题）。

牛刀小试：准备与小型出版社交涉　　29.2

1. 选定心仪的小型出版社；
2. 在以下表格中填上目标出版社；

小型出版社	选择此出版社的原因	作家的抱怨	畅销书作者	联系方式

3. 核实列表中的出版社的声誉。要区分是作者心怀不满还是出版社本身糟糕的商业行为模式导致的。淘汰那些埋怨属实的出版社。

4. 在购书网站搜索每个出版社出版的书籍，并关注其销量排行榜。翻一翻书，看书的编排是否专业，之后再决定你是否想和这个出版社合作。

5. 分类整理。按你想合作的程度对列出的出版社名单进行排序。

6. 最终选择了出版社之后，访问出版社的网站，准备符合提交要求的问询函。

学会处理回绝信

要做好遭拒绝的准备。有的经纪人可能会回复你"不用了,谢谢";有的编辑可能会要求阅读一章内容(你兴奋到尖叫!),接着阅读全稿,之后你收到一封回绝信;还有一些编辑,他们拿着你的全稿数月迟迟不回复,此时你的希望越来越大,最后他却拒绝了你。

要提醒自己:写作行业里竞争是很激烈的。优秀的经纪人会有很多作家,他们都希望经纪人能够给予他们关注。每年编辑的档期也只能留给少数几个新作家。

大多数情况下,回绝信一般都是一些陈词滥调,以下是从我的回绝信中找到的几个典型例子:

> 非常抱歉,我对此项目不是很感兴趣,可能不能做您的经纪人。

> 由于目前市场相当紧缺,所以我对新项目的要求非常严格。

> 恐怕我帮不了你卖这本书。作品很好,但是故事情节不太适合我。

但你也可能会收到一封回绝信,里面对小说的优缺点进行了详细点评。你应该珍惜类似这样的回绝信,因为经纪人和编辑很少会花时间说这些,除非他们看到了作品的潜力。如果回绝信中都指出了同样的问题，例如有几封回绝信认为主要人物的描写不够生动，或某一封信中指出了故事情节上的不足，而你也十分赞同，那么你应该暂停发送问询函，针对上述问题对书稿进行修改，然后再发送给别的经纪人和编辑。竭尽全力做好每个细节，毕竟一旦遭到拒绝，你在这位经纪人这里就没有重来的机会了。

即使编辑对你的稿很满意，也没有几个编辑能够单方面做出决定。编辑通常需要说服其他编辑、销售部门和营销部门，告诉他们你的作品很特别，市场需求会很大。出版书籍是商业活动，决定出版一本书需要考虑经济效益。

随着收到的回绝越多，你的脸皮会越厚，自我也会更加坚韧。这些都是你成功道路上所必需的。自己爬起来，掸去衣服上的灰尘，继续向其他出版社发送问询函。说不定下一封你就会收到意想不到的惊喜。

结　语

如果你的悬疑小说是一部优秀的作品，而且你足够幸运，它会找到出版社的，那你就开始庆祝吧！

然后在陷入推销你刚卖出的书的漩涡之前，开始写下一本书。

独立练习：写一封问询函

1. 研究你想投稿的代理商和出版商；优先考虑他们。
2. 给名单上的前五个经纪人或出版社就其特点发送问询函，检查询问函的以下事项：
   - ☐ 称呼经纪人或者编辑的姓氏；
   - ☐ 在主题栏说明该问询函与其他问询函的区别；
   - ☐ 说出你写问询函的目的；
   - ☐ 标明书的题目及类型，用一段话概括故事情节；
   - ☐ 具化悬疑小说的类型和目标读者；
   - ☐ 说明你为什么认为该作品经纪人适合这本小说；
   - ☐ 与小说销售相关或有助于小说销售的个人背景；
   - ☐ 要写相关的个人背景，以便你销售书籍；
   - ☐ 附上小说文稿的前几页或者故事梗概——任何代理人要求提交的内容；
   - ☐ 分享你和经纪人的任何个人联系，包括提醒你在哪里见过这个经纪人或编辑，或者是谁介绍给你的；
   - ☐ 在作家同意的前提下，可以引用出版过书的作家对小说的积极评价；
   - ☐ 向经纪人或者出版社说明这是否是你的处女作；
   - ☐ 以"我能给您发送全稿吗？"结束；
   - ☐ 署名，留下联系方式、网站以及有助于作品传播的社交平台账号；
   - ☐ 检查拼写、语法、标点错误，对不恰当的句子和生硬的转折进行修改。
3. 如果遭到拒绝，那就准备给其他的出版社发送问询函。

第 30 章

自助出版你的小说

> 对于那些打算自助出版的作家们,我唯一的建议就是:编辑。
>
> ——阿曼达·霍金

自助出版的作者就是他们自己的出版商。由传统出版社承担和支付的所有出版任务——编辑、排版、封面设计、发行、营销、订单履行,等等——都需要自助出版的作家或他们所雇佣的自由职业者负责。

自助出版耗时短,而且作者可以完全把控出版的大小事宜。尽管自助出版的电子书价格往往低于传统出版社出版的图书,但作者的收益比例更高。费率各不相同,但通常情况下,由传统出版商出版电子书,作者所收的版税可能是 25%;若自助出版,版税则可高达 65%。

悬疑小说家莉比·菲舍尔·赫尔曼就曾尝试过自助出版几部小说,也曾与传统出版社合作出版,分享了她对于独立作家的看法：

　　我现在正经营着一家小公司，我非常清楚公司的底线。我的大部分利润又重新投入到公司中，用在了额外营销和推广上。这并不是一件简单的事，甚至占用了我用来写作的宝贵时间。我雇用了编辑、校对、封面设计师、网站管理员、社交媒体经理和一支街头团队。我的小说还被译成 4 种外语，它们需求的推广手段大相径庭。经营一家公司还意味着要搞清楚哪些项目适合自助出版，哪些项目适合传统出版。

　　本章大致介绍了自助出版，同时也传达了一个信号：出版业正在快速变化。对于选择走这条路的作者，我建议你对准备出版时可用的选项和服务有一定的了解。

自助出版：把控出版的大小事务

　　自助出版的作者在出版过程之中，需要做一系列关键决策，包括版式（实体书和电子书）、销售渠道、售价、市场营销策略。

　　需完成的事项包括：

- 编辑和校对

- 转换文本格式、对文本进行排版
- 设计图书装帧和封面
- 推广

虽看似艰巨,然而辅助独立作者的手段也在不断发展,并且出现了一个完整的服务业来分担自助出版的困难。

编 辑

雇佣专业编辑是独立作者在自助出版中最有价值的投资。当你彻底完成文稿后,就可雇佣一名自由编辑。

专业编辑所能提供的业务可分为以下几种:

- **内容编辑:** 着眼于全局,对叙事、人物塑造、节奏和叙事声音的整体效果进行评价。
- **审稿:** 编辑句子和段落,使其清晰和流畅,并纠正语法、标点符号和拼写。
- **校对:** 属于最后一步,对已排好版的文稿进行必要的检查,看看是否有拼写错误和空格错误。

找到一位优秀的自由编辑,最好的方法之一就是他人的口头推荐,可以向你欣赏的独立作家请教。

转换文本格式、对文本进行排版

为了生成页面整洁、专业的图书，大多数出版服务商都要求转换 Word 文件的格式。查阅服务商所提供的指导事项，设计图书的版式和风格。

电子书最常见的格式如下：
- EPUB: 电子书的标准格式，适用于大部分设备。
- MOBI: 适用于 Kindle 的格式。
- PDF: 适用于电脑设备，但不适用于电子阅读器。

设计封面

书的封面是潜在读者所能看到的唯一东西，而且可能只是缩略图。它需要足够吸睛，即使是在缩略图中，书名也应清晰可见。它应该让读者一眼就辨认出这是一部悬疑小说的封面（而非浪漫小说或教科书）。

有关封面设计的书籍比比皆是，如果你想自己设计，不希望封面俗气、不入流，更应读一本。记住：封面是你的书第一次，也可能是唯一一次，给潜在读者留下印象。

> **牛刀小试：小说封面**
>
> 1. 浏览电子书网站，观察排名靠前的畅销悬疑小说，复制吸引你的小说封面的缩略图，并把他们保存在文件夹中。将你最不喜欢的封面缩略图，粘贴到另一个文件夹中。留意优秀的封面有何共同点，特别是与你不喜欢的那些对比时。
> 观察：
> - 颜色
> - 书名的文字字体和大小
> - 作者名字的文字字体、大小和位置
> - 推荐广告的位置（或没有简介）
> - 图像
> - 整体观感
>
> 2. 在电子书购书网站里浏览浪漫和奇幻小说，并注意这些封面是如何传达浪漫或幻想而非神秘感的。

销售小说

是通过单一渠道还是多渠道销售，完全取决于你自己。例如，若想在亚马逊网站上向 Kindle 用户独家发售，就选择 Kindle 直接出版平台。若希望你的书供 kindle、Nooks、iPad 和 Kobos 用户阅读，就需要找诸如 Smashwords、BookBaby 或者 Draft2Digtal 这样的经销商。若想要销售印刷版本，就选择如 CreateSpace、Lulu 或者 Lightning Source 的按需印刷服务。

如果经费充足，你可以付费聘请一家公司来处理出版的大小事务，包括文档转换、排版、按需印刷、发行以及市场营销。例如，Lulu 提供出版全套服务。货比三家，一定要仔细阅读每家公司的客户评论。

事先调查，比较不同供应商的价格和服务，并思考你自己想要把控哪些环节。尽可能多地了解你的读者，把握他们的需求。在你创作下一部悬疑小说时，为你新出版的小说腾出足够的时间来进行宣传和营销。

附录二

人名、书名中英对照

前言
Sara Paretsky
莎拉·派瑞斯基
Dickens
查尔斯·狄更斯
Brontë
勃朗特
Edith Wharton
伊迪丝·沃顿
Jean Rhys
简·里斯

简介
David Owen
大卫·欧文
The New Yorker
《纽约客》
Ruth Rendell
鲁斯·伦德尔
Elmore Leonard
埃尔默·伦纳德

Agatha Christie
阿加莎·克里斯蒂
Murder on the Orient Express
《东方快车谋杀案》
Dashiell Hammett
达希尔·哈米特
The Maltese Falcon
《马耳他之鹰》
Gillian Flynn
吉莉安·弗琳
Gone Girl
《消失的爱人》
The Sixth Sense
《第六感》
Diane Mott Davidson
黛安·莫特·戴维森
Goldy Schulz series
"高迪·舒尔茨"系列
Carolyn Hart
卡罗琳·哈特
Death on Demand series
"按需死亡"系列

Alexander McCall Smith
亚历山大·麦考尔·史密斯
No. 1 Ladies' Detective Agency novels
"第一女士侦探社"系列
Wilkie Collins
威尔基·柯林斯
The Moonstone
《月亮宝石》
Ed McBain
艾德·麦克班恩
Evan Hunter
伊凡·亨特
87th Precinct novels
"八十七分局"系列
Joseph Wambaugh
约瑟夫·万鲍
Ian Rankin
伊恩·兰金
Inspector Rebus novels
"雷布思警探"系列
Louise Penny
露易丝·佩妮
Chief Inspector Armand Gamache novels
"阿尔芒·伽马什探长"系列
Raymond Chandler
雷蒙德·钱德勒
Sue Grafton
苏·格拉夫顿

Robert B. Parker
罗伯特·B.帕克
James Lee Burke
詹姆斯·李·伯克
Walter Mosley
沃尔特·莫斯里
Josephine Tey
约瑟芬·铁伊
The Daughter of Time
《时间的女儿》
Anne Perry
安妮·佩里
Laurie R. King
劳拉·金
Jacqueline Winspear
杰奎琳·温斯皮尔
Maisie Dobbs series
"梅西·杜伯斯"系列
Susan Elia MacNeal
苏珊·伊利亚·麦克尼尔
Maggie Hope series
"玛姬·霍尔普"系列
Scott Turow
斯考特·杜罗
Presumed Innocent
《无罪的罪人》
William Landay
威廉·蓝迪
Defending Jacob
《永远没有的真相》

Lisa Scottoline
丽莎·斯科特林
Rosato & Associates series
"罗萨托与合伙人们"系列
John Mortimer
约翰·莫蒂默
Rumpole of the Bailey series
"法庭上的鲁波尔"系列
Tana French
塔娜·法兰奇
In The Woods
《神秘森林》
Jennifer McMahon
珍妮弗·麦克曼
Island of Lost Girls
《迷路女孩之岛》
Megan Abbott
梅根·阿波特
The End of Everything
《一切之终结》
Nora Roberts
诺拉·罗伯茨
J. D. Robb
J. D. 萝勃
In Death series
"2058·未来犯罪"系列
Sandra Brown
桑德拉·布朗
Friction
《摩擦》

Daphne du Maurier
达芙妮·杜穆里埃
Rebecca
《蝴蝶梦》
Steve Berry
史蒂夫·贝利
Barry Eisler
巴里·艾斯勒
Brad Thor
布拉德·托尔
David Baldacci
戴维·鲍尔达奇
John le Carré
约翰·勒卡雷
Graham Greene
格雷厄姆·格林
Alex Berenson
亚历克斯·贝伦森
Tom Clancy
汤姆·克兰西
Tony Hillerman
东尼·席勒曼
Craig Johnson
克雷格·约翰逊
C.J. Box
C. J. 巴克斯
Dennis Lehane
丹尼斯·勒翰
Mystic River
《神秘河》

Patrick Kenzie / Angela Gennaro novels
"帕特里克/安琪"系列
Harlan Coben
哈兰·科本
Tell No One
《恶魔的吻别》
Myron Bolitar sports agent series
"米隆·波利塔"系列
Laura Lippman
劳拉·李普曼
Tess Monaghan novels
"苔丝·莫纳汉"系列
Kinsey Millhone series
"金西·米尔虹"系列
Rita Mae Brown
丽塔·梅·布朗
Sneaky Pie series
"斯尼克·派"系列
Alan Bradley
艾伦·布拉德利
Flavia de Luce series
"弗拉维亚·德卢斯"系列
Rhys Bowen
里斯·鲍恩
Royal Spyness series
"皇室血裔"系列
Laura Childs
劳拉·查尔德

Tea Shop mysteries
"茶店"系列
Katherine Hall Page
凯瑟琳·霍尔·佩奇
Faith Fairchild mysteries
"费思·费尔柴尔德"系列
Barbara Ross
芭芭拉·罗斯
Maine Clambake series
"缅因州室外宴会"系列
Charlaine Harris
莎莲·哈里斯
Southern Vampire (True Blood) series
"南方吸血鬼"系列
Bailey Ruth Raeburn series
"贝利·鲁思·雷伯恩"系列
Michael Connelly
迈克尔·康奈利
Janet Evanovich
珍妮特·伊诺维奇
Carl Hiaasen
卡尔·希尔森
William Kent Krueger
威廉·肯特·克鲁格
Steve Hamilton
史蒂夫·汉密尔顿
Linwood Barclay
林伍德·巴克雷

James Patterson
詹姆斯·帕特森
Jeffery Deaver
杰夫里·迪弗
An Unsuitable Job for a Woman
《一份不适合女人的工作》
P.D. James
P. D. 詹姆斯
The Chill
《寒颤》
Ross Macdonald
罗斯·麦克唐纳
Devil in a Blue Dress
《蓝衣魔鬼》
The No. 1 Ladies' Detective Agency
《第一女士侦探社》
High Five
《击掌欢呼》
LaBrava
《拉布拉瓦》
Looking for Rachel Wallace
《寻找瑞秋·华莱士》
Farewell, My Lovely
《再见，吾爱》
Coyote Waits
《狼在等待》
The Hard Way
《假面人质》
Lee Child
李·查德

Final Jeopardy
《最后的危险》
Linda Fairstein
琳达·费尔斯坦
The Day of the Jackal
《豺狼的日子》
Frederick Forsyth
弗·福赛斯
Where Are the Children?
《幸福家庭的秘密》
Mary Higgins Clark
玛丽·希金斯·克拉克
Indemnity Only
《索命赔偿》
The One I Left Behind
《被我遗弃的》
The Black Echo
《黑色回声》
When the Bough Breaks
《当树枝折断时》
Jonathan Kellerman
乔纳森·凯勒曼
The Girl on the Train
《火车上的女孩》
Paula Hawkins
宝拉·霍金斯
"The Hound of the Baskervilles"
《巴斯克维尔的猎犬》
Arthur Conan Doyle
阿瑟·柯南·道尔

The Circular Staircase
《螺旋楼梯》
Mary Roberts Rinehart
玛丽·罗伯茨·莱茵哈特
The Roman Hat Mystery
《罗马帽子之谜》
Ellery Queen
埃勒里·奎因
The Murder at the Vicarage
《寓所谜案》
The Nine Tailors
《九曲丧钟》
Dorothy L. Sayers
多萝西·L. 塞耶斯
Fer-de-Lance
《矛头蛇》
Rex Stout
雷克斯·斯托特
Death in Ecstasy
《死亡序曲》
Ngaio Marsh
奈欧·马许
The Big Sleep
《长眠不醒》
I the Jury
《审判者》
Mickey Spillane
米奇·斯皮兰
Brat Farrar
《博来特·法拉先生》

The Talented Mr. Ripley
《天才雷普利》
Patricia Highsmith
帕特里夏·海史密斯
The Laughing Policeman
《大笑的警察》
Maj Sjöwall
马伊·舍瓦尔
Per Wahlöö
佩尔·瓦勒
Twice Shy
《两次害羞》
Dick Francis
迪克·弗朗西斯
Virginia Woolf
弗吉尼亚·伍尔夫

第一部分 计划

第 1 章

Never Tell a Lie
《永远不要说谎》
Peter Høeg
彼得·赫格
Smilla's Sense of Snow
《冰雪谜案》
Dan Brown
丹·布朗
The Da Vinci Code
《达·芬奇密码》

B.A. Shapiro
B. A. 夏皮罗
The Art Forger
《我不是德加》

第 2 章

Aaron Elkins
艾伦·埃尔金斯
John Grisham
约翰·格里森姆
The Girl with the Dragon Tattoo
《龙文身的女孩》
"The Tuesday Night Club"
《星期二晚间俱乐部》
Hank Phillippi Ryan
汉克·菲利皮·瑞安
The Other Woman
《另一个女人》
S. J. Rozan
S. J. 罗赞
Mandarin Plaid
《中国话格子》
City of Bones
《白骨之城》
The Murder of Roger Ackroyd
《罗杰疑案》

第 3 章

The Last Coyote
《最后的郊狼》

第 4 章

And Then There Were None
《无人生还》

第 5 章

NCIS
《海军罪案调查处》
Law and Order
《法律与秩序》

第 6 章

Loren D. Estleman
劳伦·D. 艾斯特尔曼
Tess Gerritsen
苔丝·格里森
A Scandal in Bohemia
《波希米亚丑闻》
Kathy Reichs
凯西·莱克斯
Monday Mourning
《黑色星期一》

第 7 章

James Scott Bell
詹姆斯·斯科特·贝尔
Plot & Structure
《这样写出好故事》

第 8 章

There Was an Old Woman
《老妇人》

Red Wind
《红风》

Miss Marple series
"马普尔小姐"系列

Donna Leon
多纳·莱恩

Commissario Guido Brunetti novels
"吉多·布鲁内蒂警监"系列

The Sugar House
《糖屋》

One for the Money
《一个缉拿逃犯的女人》

Mr. Churchill's Secretary
《丘吉尔的秘书》

10 Downing Street: The Illustrated History
《唐宁街 10 号：图像史》

第 9 章

Louis Bayard
路易斯·贝阿德

In the Bleak Midwinter
《在冷冽的隆冬》

Julia Spencer-Fleming
朱莉娅·斯宾塞-弗莱明

Mistaken Identity
《身份错位》

Winter and Night
《冬夜》

第 10 章

"A" Is for Alibi
《A：不在现场》

John D. MacDonald
约翰·麦克唐纳

Travis McGee novel
"崔维斯·麦基"系列

The Deep Blue Good-by
《深蓝告别》

15th Affair
《第十五次风流韵事》

The Last Mile
《最后一英里》

Extreme Prey
《终极猎杀》

John Sandford
约翰·桑福德

Boar Island
《野猪岛》

Nevada Barr
内瓦达·巴尔

Redemption Road
《救赎之路》

John Hart
约翰·哈特

The Pursuit
《追求》

Lee Goldberg
李·高德伯格
End of Watch
《警戒解除》
Stephen King
斯蒂芬·金
Knit to Be Tied
《未解之结》
Maggie Sefton
玛吉·塞夫顿
The Crossing
《交叉世界》
The Butterfly Sister
《蝴蝶姐妹》
Amy Gail Hansen
艾米·盖尔·汉森
Mean Streak
《夺命触杀》
Books of a Feather
《羽毛之书》
Kate Carlisle
凯特·卡莱尔
Family Jewels
《家丑》
Stuart Woods
斯图亚特·伍兹
Tall Tail
《高尾》
Ordinary Grace
《普通恩典》

14th Deadly Sin
《第十四宗罪》
Murder in Morningside Heights
《晨兴山庄谋杀案》
Victoria Thompson
维多利亚·汤普森
Find Her
《找到她》
Lisa Gardner
丽莎·嘉德纳
The Highwayman
《拦路强盗》
Women's Murder Club series
"女子谋杀俱乐部"系列
Prey series
"猎杀"系列
Knitting Mystery series
"编织悬疑系列"

第二部分

Anne Lamott
安妮·拉莫特
Bird by Bird: Some Instructions on Writing and Life
《关于写作：一只鸟接着一只鸟》

第 11 章

Flannery O'Connor
弗兰纳里·奥康纳

No Second Chance
《别无选择》

Widows
《寡妇》

Banker
《庄家》

The Concrete Blonde
《混凝土里的金发女郎》

The Beekeeper's Apprentice
《养蜂人的门徒》

Mr. Mercedes
《梅赛德斯先生》

Let Me Die in His Footsteps
《让我在他的脚步声中死去》

Lori Roy
罗莉·罗伊

第 12 章

Bad Business
《经营不利》

Lawrence Block
劳伦斯·布洛克

Sarah Caudwell
莎拉·考德威尔

"G" Is for Gumshoe
《G：侦探》

The Magician's Tale
《魔术师的故事》

William Bayer
威廉·拜尔

David Hunt
大卫·亨特

Carlotta Carlyle
琳达·巴恩斯

The Big Dig
《大挖掘》

第 13 章

Mark Twain
马克·吐温

The Love Boat
《爱之船》

Spanish Blood
《西班牙血盟》

Jasper Fforde
贾斯泼·福德

The Eyre Affair
《艾尔的风流韵事》

Devices and Desires
《阴谋与欲望》

Bonecrack
《骨裂》

第 14 章

Sidney Sheldon
西德尼·谢尔顿

第 15 章

Plotting and Writing Suspense Fiction
《悬疑小说的构思与写作》

Mark Haddon
马克·哈登

The Curious Incident of the Dog in the Night-Time
《深夜小狗神秘事件》

A Bad Day for Sorry
《难过的一天》

High Noon
《正午》

Hugger Mugger
《凌乱不堪》

Val McDermid
薇儿·麦克德米德

Pride and Prejudice
《傲慢与偏见》

Harry Potter books
"哈利·波特"系列

Philip Pullman
菲利普·普尔曼

Golden Compass
《黄金罗盘》

Frank Herbert
弗兰克·赫伯特

Dune
《沙丘》

Death Comes to Pemberly
《达西的疑问》

第 16 章

Telling Lies for Fun & Profit
《布洛克的小说学堂》

Absent Friends
《逝去的朋友们》

Four to Score
《四人得分》

第 17 章

Miami
《迈阿密》

Wyoming
《怀俄明州》

Venice
《威尼斯》

Thomas Wheeler
托马斯·惠勒

The Arcanum
《奥秘》

Listening Woman
《倾听的女人》

Chuck Hogan
查克·霍根

Prince of Thieves
《侠盗王子》

The High Window
《高窗》

William G. Tapply
威廉·G. 塔普利

Bitch Creek
《比奇溪》

Killing Floor
《杀戮之地》

第 18 章

Franklin W. Dixon
富兰克林·狄克逊
The Tower Treasure
《哈迪男孩：神秘的宝塔》
Peter Robinson
彼得·罗宾逊
Friend of the Devil
《恶魔的朋友》
"Silver Blaze"
《银色马》
Henning Nelms
海宁·内尔姆斯
Magic and Showmanship
《魔术和表演》

第 19 章

Alfred Hitchcock
阿尔弗雷德·希区柯克
Suspicion
《深闺疑云》
9 Dragons
《九龙》
The Wrong Girl
《错误的女孩》

第 20 章

Mary McCarthy
玛丽·麦卡锡
The Enemy
《双面敌人》

Kate Flora
凯特·弗洛拉
Liberty or Death
《自由或死亡》
D.P. Lyle
D. P. 莱尔
Forensics: A Guide for Writers
《法医学：作家指南》

第 21 章

Thomas B. Sawyer
托马斯·B. 索耶
Murder, She Wrote
《女作家与谋杀案》
"The Speckled Band"
《斑点带子》
Twisted
《扭曲》
Wilde Lake
《王尔德湖》
Moonlight Mile
《一月光里的距离》
The X-Files
《X 档案》

第 22 章

Common Murder
《普通谋杀》
Playboy
《花花公子》

Denise Mina
丹尼斯·米娜
Field of Blood
《死亡血液》
Luiz Alfredo Garcia-Roza
路易兹·阿尔弗雷多·加西亚-罗赞
A Window in Copacabana
《科帕卡巴纳的一扇窗户》

第 23 章
Becky Masterman
贝基·马斯特曼
Rage Against the Dying
《怒不可遏》
Thomas Harris
托马斯·哈里斯
The Silence of the Lambs
《沉默的羔羊》
Night Night, Sleep Tight
《睡个好觉》

第 24 章
A Place of Execution
《刑场》
Metro Girl
《都市女孩》
Body Double
《替身》

第三部分

第 25 章
Vladimir Nabokov
弗拉基米尔·纳博科夫

第 26 章
Georges Simenon
乔治·西默农
Edge of Dark Water
《暗水》
Joe R. Lansdale
乔·R. 兰斯代尔
Carol O' Connell
卡罗尔·奥康奈尔
Winter House
《冬天的房子》
Jess Walter
杰斯·沃尔特
Citizen Vince
《公民万斯》

第 27 章
Gaudy Night
《俗丽之夜》

第 28 章
Janet Reid
珍妮特·里德

Query Shark
科尔瑞·沙克
Howard Haycraft
霍华德·海格拉夫
Murder for Pleasure: The Life and Times of the Detective Story
《谋杀为乐：侦探小说的时代》

第 29 章

Amanda Hocking
阿曼达·霍金
Beyoncé
碧昂丝
Kirkus Reviews
《柯克斯书评》

Publishers Weekly
《出版人周刊》
Guide to Literary Agents
《文学代理年度指南》
Still Life
《静止的生命》
Leonie Swann
莱奥妮·斯宛
Three Bags Full
《三只满袋子》
Come and Find Me
《来找我》
Libby Fischer Hellmann
莉比·菲舍尔·赫尔曼

致 谢

许多悬疑小说作家曾经与我分享过写作进程，告诉我，若想创作精彩的悬疑小说，创作思路不可故步自封，我想向他们表达深深的谢意。难过的是，我也了解到想要一跃成名、跻身热门小说作家之列无路可循。多亏我引用了许多作家的作品作例证，让我能够在此书中论证写作标准。

感谢我的代理商盖尔霍奇曼以及她带给我的读者们。感谢编辑瑞秋·兰达尔女士，她一针见血的建议使这本书得以顺利出版。感谢读者文摘出版商菲尔·塞克斯顿，大力支持新版的发行。感谢读者文摘的前编辑梅勒妮·瑞格妮和芭芭拉·卡洛夫，她们耐着性子听完了我教授的悬疑写作课程，并问我后续是否考虑写一本如何创作悬疑小说的书。

特别感谢莎拉·派瑞斯基，一位现当代写作大师，悬疑小说的标杆作家，她欣然答应为这本书作序。

另外，感谢我亲爱的丈夫杰瑞·韬格。

图书在版编目（CIP）数据

悬疑故事写作指南：人物塑造、悬念设置、事件叙述与创作技巧/(美)海莉·艾芙隆著；王文雅译. --北京：九州出版社，2023.11
ISBN 978-7-5225-2306-4

Ⅰ.①悬… Ⅱ.①海…②王… Ⅲ.①推理小说—小说创作—指南 Ⅳ.①I054-62

中国国家版本馆CIP数据核字(2023)第200723号

WRITING AND SELLING YOUR MYSTERY NOVEL REVISED AND EXPANDED.
Writing & Selling Your Mystery Novel, Revised & Expanded.
Copyright © 2016 by Hallie Ephron.
All rights reserved including the right of reproduction in whole or in part in any form. This edition published in arrangement with Writer's Digest Books, an imprint of Penguin Publishing Group, a division of Penguin Random House LLC.
著作权合同登记号：图字01-2023-5325

悬疑故事写作指南：人物塑造、悬念设置、事件叙述与创作技巧

作　　者	〔美〕海莉·艾芙隆 著　王文雅 译
责任编辑	牛 叶
出版发行	九州出版社
地　　址	北京市西城区阜外大街甲35号（100037）
发行电话	（010）68992190/3/5/6
网　　址	www.jiuzhoupress.com
印　　刷	嘉业印刷（天津）有限公司
开　　本	889 毫米×1194 毫米　32 开
印　　张	14.375
字　　数	235 千字
版　　次	2023 年 11 月第 1 版
印　　次	2024 年 6 月第 1 次印刷
书　　号	ISBN 978-7-5225-2306-4
定　　价	68.00元

★ 版权所有　侵权必究 ★